欧阳修集

全鉴

〔宋〕欧阳修◎著
东篱子◎解译

中国纺织出版社

内 容 提 要

欧阳修（1007—1072），字永叔，号醉翁，又号“六一居士”。北宋著名文学家、史学家。他的诗、词、古文、辞赋和学术著述等创作在宋代都领风气之先，艺术水平均臻于一流，深为当时和后世所钦仰。本书精选了欧阳修诗、词、文中极具代表性的作品，并设置了原文、注释、译文、赏析、生僻字注音几大版块，使该书解析清晰，通俗易懂，便于读者更好地阅读与赏析。

图书在版编目（CIP）数据

欧阳修集全鉴 /（宋）欧阳修著；东篱子解译 . —北京：中国纺织出版社有限公司，2020.7（2023.11 重印）

ISBN 978-7-5180-7459-4

Ⅰ . ①欧… Ⅱ . ①欧… ②东… Ⅲ . ①古典诗歌—诗集—中国—北宋 ②古典散文—散文集—中国—北宋 Ⅳ . ① I214.412

中国版本图书馆 CIP 数据核字（2020）第 085247 号

责任编辑：段子君　　责任校对：高　涵　　责任印制：储志伟

中国纺织出版社有限公司出版发行

地址：北京市朝阳区百子湾东里 A407 号楼　邮政编码：100124

销售电话：010-67004422　传真：010-87155801

http://www.c-textilep.com

中国纺织出版社天猫旗舰店

官方微博 http://weibo.com/2119887771

德富泰（唐山）印务有限公司印刷　各地新华书店经销

2020 年 7 月第 1 版　2023 年 11 月第 2 次印刷

开本：710 × 1000　1/16　印张：20

字数：218 千字　定价：39.80 元

前言

欧阳修是北宋著名的政治家、文学家、史学家，与韩愈、柳宗元、苏轼、苏洵、苏辙、王安石、曾巩合称“唐宋八大家”，并与韩愈、柳宗元、苏轼被后人合称“千古文章四大家”。他在北宋的诗文革新中做出了卓越的贡献，其文论和创作实践，对当时以及后代产生了极大的影响。

在宋代文学史上，欧阳修是最早开创一代文风的文坛领袖。取得这样的成就，与他一生勤奋刻苦是分不开的。欧阳修4岁那年，父亲便去世了，由于家境十分艰难，无钱上学堂读书，欧阳修只能靠母亲教他读书认字。买不起纸和笔，他就以河边的荻草为笔，在沙土上轻轻写画。这就是“画荻学书”的故事。欧阳修还常常到当地藏书比较丰富的李氏大族那里借书。他读书非常刻苦，遇到好的文章，往往连抄带背，从读书中获得无穷乐趣。有一回，欧阳修从李家借得《韩昌黎先生文集》六卷，甚爱其文，手不释卷，这为日后北宋诗文革新运动播下了种子。

欧阳修于宋仁宗天圣八年（1030年）中进士。次年任西京（今洛阳）留守推官，与梅尧臣、尹洙结为至交，互相切磋诗文。直至到老，始终坚持公事之余，把全部精力都用于读书写作。其诗、词、散文俱佳，文风婉约清丽，寓理于情，艺术精湛。

就诗来说，其特点在于内容题材多样，形式结构新颖。既有许多抒写个人情怀和寄情于山水的诗，也有不少揭露社会黑暗，反映百姓疾苦的作品；他还在诗中议论时事，抨击腐败政治。欧阳修还善于论诗，在《梅圣俞诗集序》中提出诗“穷者而后工”的论点，发展了杜甫、白居易的诗歌理论，对当时和后世的诗歌创作产生了很大影响。他的《六一诗话》是中国文学史上第一部诗话，以亲切的漫谈方式评述诗歌，成为一种论诗的新形式。

就词而言，其主要内容为恋情相思、酣饮醉歌、惜春、赏花之类，尤擅以清新疏淡的笔触写景抒情。另外还有一些艳词，虽写男女约会，但也不失朴实生动。他的词中约有四分之三是表现男欢女爱、离别相思、歌舞宴乐之类的内容，所用词调也多以小令为主，深受南唐词的影响，但在表现这类传统题材时，较之南唐词有着很大的进步。欧阳修笔下的妇女生活，涉及面要比前人宽阔；所写的男女之情，大多热烈地歌颂了爱情的永恒。

就文而论，欧阳修是北宋诗文革新运动的领袖。他的文学成就以散文最高，影响也最大。他继承了韩愈古文运动的精神，在散文理论上，提出文以明道的主张。他善于汲取韩愈“文从字顺”的精神，摒弃其怪僻晦涩的一面，开创了简而有法，平易流畅，委曲婉转的文风，这也是他对宋代散文发展的最大贡献。由于他在政治上的地位和散文创作上的巨大成就，使他在宋代的地位有似于唐代的韩愈。他荐拔和指导了王安石、曾巩、苏轼、苏辙等散文家，对他们的散文创作产生了很大影响。甚至其平易文风，一直影响到元、明、清各代。

总而言之，欧阳修一生著述繁富，成绩斐然。鉴于篇幅有限，本书精选了欧阳修极具代表性的诗、词、文等作品编辑而成，书中设置了注释、译文、赏析、生僻字注音几大版块，如此对每篇作品都进行了精准而通俗的解读，有助于读者比较轻松地理解或领会其作品的特色与内涵。那么，就让我们借助欧阳修诗、词、文这个入口，去更好地了解一代文学宗师的内心与艺术魅力吧。

编者

2020 年 3 月

目录

第一部分 诗

◎自菩提步月归广化寺 / 2

◎边户 / 3

◎雨后独行洛北 / 6

◎幽谷晚饮 / 7

◎秋怀 / 11

◎早春南征寄洛中诸友 / 13

◎晚过水北 / 15

◎夜夜曲 / 16

◎猛虎 / 17

◎被牒行县因书所见呈僚友 / 21

◎古瓦砚 / 24

◎题滁州醉翁亭 / 26

◎书怀感事寄梅圣俞 / 29

◎明妃曲和王介甫作二首 / 37

◎忆焦陂 / 42

◎画眉鸟 / 44

◎梦中作 / 45

◎田家 / 47

◎礼部贡院阅进士试 / 48

◎唐崇徽公主手痕和韩内翰 / 50

◎怀嵩楼新开南轩与郡僚小饮 / 53

◎别滁 / 55

◎戏赠丁判官 / 57

◎赠王介甫 / 58

◎丰乐亭游春三首 / 60

◎初出真州泛大江作 / 63

◎江行赠雁 / 65

◎晚泊岳阳 / 66

◎宿云梦馆 / 68

◎戏答元珍 / 69

◎春日西湖寄谢法曹歌 / 71

◎黄溪夜泊 / 74

◎代赠田文初 / 77

◎答杨辟喜雨长句 / 79

◎琅琊溪 / 82

◎百子坑赛龙 / 84

◎雪 / 87

◎再至汝阴三绝（其一） / 92

第二部分　词

◎生查子·元夕 / 96

◎采桑子·轻舟短棹西湖好 / 97

◎蝶恋花·庭院深深深几许 / 99

◎玉楼春·樽前拟把归期说 / 101

◎浪淘沙·把酒祝东风 / 103

◎采桑子·群芳过后西湖好 / 105

◎玉楼春·别后不知君远近 / 107

◎长相思·花似伊 / 108

◎浣溪沙·堤上游人逐画船 / 110

◎诉衷情·清晨帘幕卷轻霜 / 112

◎踏莎行·候馆梅残　/ 114

◎踏莎行·雨霁风光　/ 116

◎望江南·江南蝶 / 118

◎南歌子·凤髻金泥带 / 120

◎渔家傲·花底忽闻敲两桨 / 122

◎采桑子·残霞夕照西湖好 / 124

◎朝中措·送刘仲原甫出守维扬 / 126

◎蝶恋花·面旋落花风荡漾 / 128

◎蝶恋花·越女采莲秋水畔 / 130

◎蝶恋花・翠苑红芳晴满目 / 132
◎蝶恋花・小院深深门掩亚 / 133
◎蝶恋花・画阁归来春又晚 / 135
◎蝶恋花・尝爱西湖春色早 / 137
◎蝶恋花・百种相思千种恨 / 139
◎蝶恋花・欲过清明烟雨细 / 141
◎渔家傲・与赵康靖公 / 143
◎渔家傲・暖日迟迟花袅袅 / 145
◎渔家傲・别恨长长欢计短 / 147
◎渔家傲・五月榴花妖艳烘 / 149
◎渔家傲・近日门前溪水涨 / 151
◎临江仙・柳外轻雷池上雨 / 153
◎临江仙・记得金銮同唱第 / 155
◎采桑子・荷花开后西湖好 / 157
◎采桑子・十年前是尊前客 / 159
◎采桑子・画船载酒西湖好 / 161
◎采桑子・何人解赏西湖好 / 163
◎采桑子・清明上巳西湖好 / 165
◎采桑子・天容水色西湖好 / 167
◎采桑子・平生为爱西湖好 / 169
◎减字木兰花・伤怀离抱 / 171
◎减字木兰花・楼台向晓 / 173
◎采桑子・春深雨过西湖好 / 175
◎减字木兰花・画堂雅宴 / 176

◎减字木兰花·歌檀敛袂 / 178
◎浪淘沙·五岭麦秋残 / 179
◎浪淘沙·今日北池游 / 182
◎青玉案·一年春事都来几 / 184
◎少年游·阑干十二独凭春 / 186
◎少年游·玉壶冰莹兽炉灰 / 189
◎夜行船·忆昔西都欢纵 / 191

第三部分　文

◎峡州至喜亭记 / 196
◎养鱼记 / 200
◎非非堂记 / 203
◎丰乐亭记 / 206
◎醉翁亭记 / 210
◎秋声赋 / 214
◎释秘演诗集序 / 218
◎祭石曼卿文 / 223
◎菱溪石记 / 227
◎朋党论 / 231
◎樊侯庙灾记 / 236
◎送杨寘序 / 240
◎纵囚论 / 244

◎梅圣俞诗集序 / 248
◎五代史伶官传序 / 254
◎五代史宦者传论 / 258
◎相州昼锦堂记 / 263
◎送徐无党南归序 / 268
◎答吴充秀才书 / 273
◎真州东园记 / 278
◎六一居士传 / 284
◎画舫斋记 / 290
◎记旧本韩文后 / 295
◎苏氏文集序 / 302

◎参考文献 / 310

第一部分 诗

自菩提步月归广化寺[①]

【原文】

春岩瀑泉响[②]，夜久山已寂[③]。

明月净松林，千峰同一色[④]。

【注释】

①菩提：菩提寺。广化寺：寺院名，与菩提寺同在今河南洛阳附近。

②春岩：春天的山岩。瀑泉：此指瀑布。

③夜久：指夜深了。寂：寂静，空寂。

④千峰：这里只是虚数，代表很多山。色：颜色。

【译文】

春天的岩石上，瀑布飞流而下哗哗作响，夜色深沉，群山已然归于空寂。

明月高悬，皎洁明净的月光普照松林，洁净如洗，远看群山巍峨，夜色中仿佛成了同一种颜色。

【赏析】

这首诗大约是欧阳修于天圣九年（1031 年）在洛阳期间所作。

这年春天，欧阳修前往菩提寺游览，返回广化寺的时候，天色已晚。他一路步行归来，边走边被这春夜的山林景色所触动，于是即景生情写下了这首小诗。

前两句采用了静中有动的写法，从听觉着笔，以春天到来，万物复苏之时，瀑布飞流直下的震撼声响，生动地反映出山林深夜的寂静；后两句从视觉出发，描绘了山林月夜的静美。月光泼洒如同净水洗练，巧妙地将月光、山色、飞瀑泉流与山林空寂融为一体，展现出一幅春夜山林清幽、月色明净的迷人图画，令人流连忘返。

边户

【原文】

家世为边户，年年常备胡①。

儿童习鞍马，妇女能弯弧②。

胡尘朝夕起，虏骑蔑如无③。

邂逅辄相射，杀伤两常俱④。

自从澶州盟⑤，南北结欢娱。

虽云免战斗，两地供赋租⑥。

将吏戒生事，庙堂为远图⑦。

身居界河上，不敢界河渔⑧。

【注释】

①边户：指边境地区的住户，此处指大辽（契丹）交界处宋境内的居民。备胡：防备胡人侵扰。胡：古代对北方、西北少数民族的泛称，这里指契丹。

②弯弧：拉弓呈弧形，指弯弓射箭。

③胡尘：辽军骑兵入侵中原扬起的沙尘。蔑（miè）如无：指边民轻蔑虏骑，根本没把他们放在眼里。蔑：轻视。

④邂逅（xiè hòu）：偶然相遇。辄（zhé）：就。俱：相当。

⑤澶（chán）州盟：宋真宗景德元年（1004年），辽主萧太后和圣宗耶律隆绪亲率大军南攻，直抵澶州，威胁汴京。真宗本想听从王钦若、陈尧叟之计迁都南逃，因宰相寇准力排众议，坚持抵抗，只得勉强去澶州督战。由于部署得当，加之宋军士气高涨，在澶州大败辽军，并杀死辽国大将，辽军被迫请和。结果战败的辽国，不但没有退还半寸幽燕的土地，打了胜仗的宋朝反而同意每年赠辽国绢二十万匹，银十万两，同辽国签订和约，史称“澶渊之盟”。

⑥两地：两边，指宋和辽。

⑦庙堂：指北宋朝廷。远图：深远的谋略。

⑧界河：两国分界的河流。渔：渔人捕鱼。

【译文】

家族世代都是边界上的住户，每一年都要长期防备胡人进攻。

儿童从小就学会了骑马，妇女们也都能射箭开弓。

胡人不管早上还是晚上，经常发起突然袭击，但是边民毫不畏惧，根本没把他们放在眼里。

辽、宋两国人偶然相遇就互相射杀，彼此之间经常都有伤亡。

自从双方签订了澶州之盟，南北两国结为友邦、握手言和。

虽然说这样做避免了杀戮和争斗，可是边民却要向宋、辽两国缴纳赋税。

将军和地方官吏都不许百姓抵抗惹事，说是朝廷为了深谋远图。

祖祖辈辈居住在界河岸上，却不敢划着渔船到界河里去捕鱼维持生活。

【赏析】

欧阳修于至和二年（1055年）冬，出使契丹，途经边界时看到边界人民的生活状况，深有感触，于是写下了这首五言古诗。通篇采用边民叙述的口吻，使人感到更加真切，从而增强了作品的感染力。

全诗共分为两部分。前八句为第一部分，主要叙说“澶渊之盟”之前，胡人连年入侵中原，出没无常，形成威胁之势，危害极大。因此边民为了生活安定，尚武之风日渐浓郁，不论妇女还是儿童，都积极参与到对契丹的抵抗和斗争之中，尽管每次两国交战都是两败俱伤，依然坚持。后八句为第二部分，写“澶渊之盟”以后，暗寓朝廷软弱无能，即使打了胜仗，还是软弱退让与赔款。虽然停止了战争，却使边民承受向两国缴纳税负的煎熬，致使边民的生活更加艰苦。诗人巧借边民之口，揭露了屈辱的“澶渊之盟”给北宋人民带来的深重灾难，讽刺宋朝用大量绢、银买来“和平”，换来了表面上“情同手足”，似乎“欢娱”得很，以此更加深刻地抨击了朝廷的腐败无能，同时对边户的不幸遭遇表达了深切的同情。

雨后独行洛北

【原文】

北阙望南山①，明岚杂紫烟②。

归云向嵩岭③，残雨过伊川。

树绕芳堤外，桥横落照前。

依依半荒苑④，行处独闻蝉。

【注释】

①阙（què）：古指宫门前的望楼。南山：指龙门山和香山。

②岚（lán）：山间的雾气。这句话的意思是山间的雾气与阳光穿过云雾折射出的紫烟交汇在一起。杂：交杂在一起，混杂。

③嵩（sōng）岭：嵩山，在洛阳东南方向。

④依依：依稀；隐约。荒苑：古代遗留下来的荒废苑囿。

【译文】

登临北面的宫阙，遥望洛阳城南的龙门山和香山，雨过天晴，山间的雾气交杂在一起，阳光折射出缥缈的紫烟。

悠然归去的云朵向嵩山飘去，残余的雨已经过了伊川。

绿树成荫环绕在百花芬芳的堤岸之外，一座拱桥横亘在落日夕照前。

远处依稀可见的，是一座快要荒废坍塌的古代苑囿，能步行通过的地方，只能听到声声蝉鸣。

【赏析】

这首诗描写了作者雨后独自一人，行经洛阳城北门所看到的自然风光，荒寂中流露出一抹淡淡凄凉，另有别样的意趣与雅致，真可谓是寓情于景，回味无穷。

作者通过描绘站在北阙楼前远望南山，见到了雨后岚气与阳光折射出的紫烟交汇在一起的壮观景致，幻化出海市蜃楼般的仙境。如此虚实相生的写作手法，完美地展现出“远望”的神清气逸，巧妙地将雨后景象进行了脱俗意会，透露出如临仙境的感觉。作者从高处和虚处着笔，渲染出嵩山的云霞变幻，突出其神秘和高危；然后又将视野拉近，展示出一幅绚丽的夕照图；忽然又笔锋一转，“依依半荒苑，行处独闻蝉”，这无疑是对昔日繁华的一种眷念；结尾“行处独闻蝉”，寂静之中突发蝉鸣，如歌如泣，引人怀思。

行文到此，不但写足了荒苑的凄凉幽寂，还借此隐隐流露出一个政治家的落寞，以及对于国家前景无限忧虑的爱国主义情怀。

幽谷晚饮

【原文】

一径入蒙密①，已闻流水声。

行穿翠筱尽②，忽见青山横。

山势抱幽谷，谷泉含石泓③。

旁生嘉树林，上有好鸟鸣。

鸟语谷中静，树凉泉影清。

露蝉已嘒嘒④，风溜时泠泠⑤。

渴心不待饮⑥，醉耳倾还醒⑦。

嘉我二三友⑧，偶同丘壑情。

环流席高荫⑨，置酒当峥嵘⑩。

是时新雨余，日落山更明。

山色已可爱，泉声难久听。

安得白玉琴，写以朱丝绳⑪。

【注释】

①蒙密：竹林繁茂荫蔽的样子。

②筱（xiǎo）：细竹。

③石泓（hóng）：凹石积水而成的小潭。

④嘒嘒（huì）：象声词，形容蝉鸣声。

⑤泠泠（líng）：形容风的清凉。

⑥渴心：急切盼望之心。不待：不等。

⑦醉耳倾：沉醉中侧耳注意听。

⑧嘉：美好，赞叹。

⑨席高荫：在高高的树荫下席地而坐。

⑩当峥嵘（zhēng róng）：面对着高山。峥嵘：形容山峰的高峻突兀。

⑪朱丝绳：指琴瑟上的丝弦。

【译文】

一条小路曲折延伸到茂密繁盛的林荫，还没走到近前，就远远地听到潺潺的流水声。

一行人横穿过翠绿的竹林尽头，忽然看见一座青翠的山峰横亘在眼前。

山势险要，连绵蜿蜒环抱着幽静的山谷，山谷上流淌下来的清清泉水汇集在山底的石潭。

潭水两旁生长着秀美的树林，树上栖落着美丽的鸟儿，时不时地传来悦耳动听的啼鸣。

鸟鸣声声反衬得山谷更加幽静，树影倒映泉水之中，更显得泉水清清。

饮露的秋蝉已经开始喧闹，山谷中清风回荡，此时使人感觉到凉气袭人。

心情急切，还没等到一饮而尽就已有了几分醉意，侧耳细听，好像我还很清醒。

最值得称道的是我那二三好友，同我一样，也有游山玩水的情致雅兴。

我们一起来到高树的浓荫下，环绕在溪流旁席地而坐，面对着高峻突兀的群山，我们摆下酒宴，一同高举酒樽对饮。

这时正好是一场春雨过后，日落时分，峰峦的轮廓显得更加分明。

山色过一会儿更加可爱，令人流连忘返，可是天色已晚，不能再长久在此听泉水声声。

不知怎能得到一张白玉琴，好将这泉声谱成琴曲，让它永远悠扬在琴瑟的丝弦之中。

【赏析】

本诗约于庆历六年（1046 年），欧阳修邀请几位友人一同游览幽谷胜景之后所作。

诗中所说的幽谷泉坐落在滁州丰乐亭畔，这里的美景被欧阳修发现颇具戏剧性。据说，有一天欧阳修宴请宾客，他急忙派人取酿泉水泡茶。派去的仆人为了偷懒，就随便到附近取来一些泉水，将茶泡好之后忐忑不安地呈送上来。欧阳修一尝感觉味道与往常不一样，于是问仆人这水从何而来。仆人害怕，谎称还是以前取泉水的地方。欧阳修经过再三追问，并说这茶水味道颇好，仆人这才转忧为喜，高声说出是在不远处的幽谷泉下所

汲。欧阳修听罢一时兴起，便邀请友人同访幽谷，面对如此幽静的好去处，一行人流连至晚上才回来。

全诗以泉为主线，首先从一条幽静的小路曲折延伸到茂密繁盛的林荫开始，远远就听到了潺潺的流水声。这一静一动，从视觉和听觉导入，将人们喜爱探幽的情致激发出来。接着穿过竹林，看见一座青翠的山峰横亘在眼前，山峰环抱的山谷也随之映入眼帘。接下来诗人将石潭、溪水、秀木、鸟鸣、树影倒映、秋蝉、清风，一系列星星点点的景致汇集在一起，绘出一幅大自然赐予人类的动感图画，这幽静唯美的画面怎能不让人陶醉呢？所以诗人此刻“渴心不待饮，醉耳倾还醒”，似醉非醉之中，回头再看看身边的友人，一个个如痴如醉，如同他此刻的状态一样，继而一句“嘉我二三友，偶同丘壑情”使读者一目了然。当然，这样的美好时光怎能虚度呢？于是，“环流席高荫，置酒当峥嵘”，大家兴致勃勃地来到高树的浓荫下，环绕在溪流旁席地而坐，面对着峥嵘的群山，他们摆下酒宴，一同高举酒樽，共同以诗词唱和这美好的“新雨后”。结句“安得白玉琴，写以朱丝绳”，如此想以谱曲来留住幽谷泉声之美，颇有新意，也足以表达诗人喜山乐水的疏旷情怀，以及对美好闲适田园生活的向往。

全词脉络分明，又不乏摇曳多姿；即景抒情，又不失语言的饱满流畅。读来如临其境，余味绵长。

秋怀

【原文】

节物岂不好①，秋怀何黯然②？

西风酒旗市③，细雨菊花天。

感事悲双鬓④，包羞食万钱⑤。

鹿车终自驾⑥，归去颍东田⑦。

【注释】

①节物：指节令风物。

②秋怀：秋日的思绪情怀。黯然：心神沮丧的样子。

③酒旗：酒店悬挂于路边用来招揽生意的锦旗。市：集市。

④悲双鬓：形容因忧愁而双鬓苍白。

⑤包羞：承受耻辱；对所做事感到耻辱不安。万钱：并非固定数目，形容俸禄之多。

⑥鹿车终自驾：有本作“鹿车何日驾”。鹿车：一种用人力推挽的小车。此处以喻归隐山林。驾：驾驭。

⑦颍东田：指颍州（今安徽阜阳）田园。欧阳修在皇祐元年（1049年）知颍州，乐西湖之胜，将卜居，不久内迁。翌年，约梅圣俞买田于颍州。

【译文】

这节令风物难道哪里有不好之处，这秋日情怀为何会使人黯然伤神？

西风猎猎，市集上酒旗迎风招展，细雨蒙蒙，到处可见鲜艳的菊花怒放在天地之间。

感叹世事沧桑，无限忧愁使我两鬓苍苍，白白耗费朝廷俸禄，使我羞耻难当。

终会有一天，我要自己推着小小鹿车，归隐到颍东山林，从此耕田植桑。

【赏析】

宋仁宗庆历五年（1045年）八月，以范仲淹等人为首的“庆历新政”失败以后，执政大臣杜衍、范仲淹等相继被斥逐。欧阳修因上书替他们辩护，也被捏造罪名，降知滁州。欧阳修遭贬使他对朝纲无常心灰意冷，官场的倾轧，使他增添了摆脱世俗纷扰，向往归隐生活的欲望，此诗就作于他前往滁州赴任后。

这首诗以反问起，将这里的秋景写得美不胜收。猎猎秋风，吹动着酒旗，细雨滋润着秋菊。全诗仿佛轻描淡写，却又能把秋天迷人的景色，形象地展示在人们面前。如此安排不仅写出了典型的季节风物，也写出了诗人对自然、对生活的热爱之情，可谓高度精练，清新自然。接下来的“感事悲双鬓，包羞食万钱”，不难看出他忧国忧民之情溢于言表。最后以愤然思归之情作结，暗示自己如道家超然物外的精神境界，表达了心中对那种与世浮沉的苟且生活的憎恶之情。

早春南征寄洛中诸友

【原文】

楚色穷千里[①]，行人何苦赊[②]。

芳林逢旅雁[③]，候馆噪山鸦[④]。

春入河边草，花开水上槎[⑤]。

东风一樽酒[⑥]，新岁独思家[⑦]。

【注释】

①楚：古代楚国范围很广，包括现在的湖南、湖北、安徽、江苏、浙江以及四川、广西、陕西等部分地区。后来常常泛指南方的广大地区。穷：穷尽，使达到极点。

②赊（shē）：遥远；渺茫。

③芳林：出自《初学记》，指春日的树林。旅雁：指南飞或北归的雁群。

④候馆：泛指接待过往官员或外国使者的驿馆。噪：聒噪，喧闹。

⑤槎（chá）：木筏，这里指水生植物花开在木筏边上。

⑥一樽（zūn）酒：一杯酒。樽：古时用来饮酒的器具。

⑦新岁：新年。独：独自。

【译文】

楚地的景色秀美，何止于千里，遥远的路途使行人何其苦闷。

春日的树木焕发生机之时，正好遇到旅雁飞归，候馆外，时常传来山中鸦鸟聒噪啼鸣。

春风悄然拂过河边的青草，水面上开着花儿的水生植物，落寞地依附在木筏边上。

借着和暖的春风，暂且饮上一杯酒吧，新的一年到来，我却只能独自思念远方的家乡。

【赏析】

欧阳修曾在洛阳执事，在那里结识了一些朋友。早春时候，他在去往南方的路上，写下了这首借景抒情之作，抒发了一种旅人思乡的落寞情怀。

首联中“楚色穷千里”，描写了楚地风光之美，广阔天地之大，极目千里。接下来的“行人何苦赊”，表达了远行人最怕望不到边际的路，以此表明了自己此刻的心情。颔联写走近芳香的树时，一抬头正好看到北归的大雁在空中飞行，而在宿夜的候馆，又听到山里的乌鸦乱叫的声音，如此境界，诗人的心情怎么能平静下来呢？颈联两句点明好在春风已来到河边的青草中，水上植物也已经开了花，就依附在木筏边上，带来了一派勃勃生机的春天景色。结尾以思乡之情作结，可是，在这新的一年到来之际，我却只能孤身一人借酒浇愁，思念家乡，哪有心思去欣赏春天的美好景色呢？

整首诗被首联的一个“苦”字奠定了基调，然后以乐景写哀情，把对亲友的思念以及自己漂泊异乡的孤独之情，最后借助一杯苦酒释然了。

晚过水北

【原文】

寒川消积雪①，冻浦渐通流②。

日暮人归尽，沙禽上钓舟③。

【注释】

①消积雪：积雪消融。消：消融。

②浦：水边或河流入海的地方。通流：流水通畅。

③沙禽：沙洲上的鸟。钓舟：垂钓的小船。

【译文】

每到初春时节，寒冷山川上的积雪开始消融，冰封的河水也渐渐融化，开始流动通畅了。

傍晚时分，人们都已经回去了，沙洲上的那些鸟儿也都跳上了渔船。

【赏析】

这首诗描写了欧阳修傍晚路过水北时所看到的景致。语句清新，画面温和，读来大有生动传神之感。

诗中前两句交代了时间正值春天，冰雪消融，冰河解冻，溪水渐渐流通，一幅大地回春、万物复苏的景象跃然纸上，给人一种春意盎然的意动；后两句描写了日暮时分，游人逐渐散尽，所有的喧闹场面都已经归为平静，沙洲上的鸟儿也跳到垂钓的小舟上寻觅零星食物，或是想借以安睡，度过

宁静的夜晚。

整首诗似乎都在写景，实则借景抒情。宁静的夜晚，使人感到一种祥和的气氛，料峭春寒之中蕴藏着勃勃生机，而作者正是将自己缕缕思绪，蕴含在这苍茫的夜色之中了，同时留给读者慢慢去遐想。

夜夜曲①

【原文】

浮云吐明月，流影玉阶阴②。

千里虽共照，安知夜夜心③？

【注释】

①夜夜曲：属乐府杂曲歌辞，常用来描写思妇怨女的情怀。

②流影：形容月光清柔流动的样子。玉阶：台阶的美称，指用玉石砌成或装饰的台阶。

③安知：怎么知悉；怎能知道。夜夜：每一夜。

【译文】

浮云把月亮遮住，然后又吐了出来，月光流动在洁净的台阶上，投下了一片阴影。

我与你相隔千里，虽然明月共照你和我，可是明月又怎能知道我夜夜思恋你的心情？

【赏析】

这是一首借物怀人的诗篇。

前两句是借月写人。中国古代的宫怨、闺思诗总喜欢写月亮，似乎唯有月亮，才能理解与陪伴孤凄的女子，才能衬托女子思夫的哀怨之情。这首诗也借孤夜望月的情景，来描绘寂夜遥望明月，遥寄相思之情的心理状态。诗在写月时，同时又把笔墨凝聚在写云上。一个“吐”字用得形象，下句月影也写得恰到好处，运用了传统的“烘云托月”法，相互映衬，可谓是精妙绝伦。

后两句具体写怀人。虽然两人相隔千万里，但同在这明月照耀下，彼此思念，可相思的人此刻是否知道我的心呢？于是把思念之情更加深了一层，由一夜扩展到夜夜，同时把相思之情升华，透出了几分幽怨来，更加情真意切。

猛虎

【原文】

猛虎白日行，心闲貌扬扬[①]。
当路择人肉，罴猪不形相[②]。
头垂尾不掉[③]，百兽自然降。
暗祸发所忽[④]，有机埋路傍。
徐行自踏之，机翻矢穿肠[⑤]。
怒吼震林丘，瓦落儿堕床。
已死不敢近，目睛射余光。
虎勇恃其外，爪牙利钩铓[⑥]。

人形虽羸弱[7]，智巧乃中藏。

恃外可摧折[8]，藏中难测量。

英心多决烈[9]，自信不猜防。

老狐足奸计，安居穴垣墙[10]。

穷冬听冰渡[11]，思虑岂不长。

引身入扱中[12]，将死犹跳踉[13]。

狐奸固堪笑，虎猛诚可伤。

【注释】

①扬扬：扬扬自得的样子。

②当路：挡路，阻碍通行。罴（pí）：熊的一种，也叫棕熊、马熊或人熊，古称罴。毛棕褐色，能爬树游水。不形相：看不上眼。

③尾不掉：尾巴不摇动；尾巴摇动不起来的意思。掉：摇动。

④暗祸：隐藏的祸患。忽：忽略，疏忽。

⑤机：捕兽器。矢：箭。

⑥钩：是一种悬挂或探取东西用的器具，形状弯曲，头端尖锐。铓（máng）：指刀剑等的尖端，锋刃，这里用来形容老虎爪牙的锋利。

⑦羸（léi）弱：瘦弱。

⑧摧折：毁坏，折断；犹死亡之意。

⑨决烈：暴烈。

⑩穴：这里作动词用，指打洞的意思。垣（yuán）墙：院墙，围墙。垣：矮墙，墙。

⑪听冰渡：传说狐性好疑，故渡冰辄听，冰下无水乃过。后遂以“听冰”谓多虑或处事慎重，这里形容狐狸的警惕和多疑。

⑫扱（chā）：引取。这里指捕兽器。

⑬跳踉（liàng）：跳跃。

【译文】

威猛的老虎白天也出来行动，它总是心无顾忌，一副悠闲自得的样子，气势昂扬。

它专门喜欢挡住大路，捕食人肉，熊和野猪都看不上眼。

别看它垂着头，夹着长长的尾巴一动不动，可各种野兽见了它，也都是自动赶紧避让。

隐藏的祸患往往都是因为疏忽而爆发，殊不知，置它于死地的机关就埋在大路旁。

就算老虎慢慢走着，自己不小心踩上机关，只要碰翻捕兽器就会射出利箭，直穿它的心肠。

受伤的老虎愤怒咆哮，吼声震动山林丘壑，震得屋瓦坠落，婴儿也会被颠下床。

纵然它已经死了，还是谁也不敢靠近，因为它那眼睛里还能放射出吓人的余光。

老虎的威猛，其实只是凭借它的形体外观，你看它的爪子和牙齿，如同锋锐的弯钩和利刃的锋芒。

人的外形虽然羸弱，但智慧技巧却在心中深藏。

依靠外表的强壮可以被外力毁坏折断，甚至导致死亡，而智巧却在心中深藏，难以猜测与度量。

虎心英武暴烈，过于自信，所以对阴谋暗算，完全不加以提防。

而老狐狸特别奸狡多计，居住在洞穴之中可以安然无事，有时也打洞于残垣断壁与围墙。

深冬季节渡过冰河，总是一边听着声音一边前行，这样考虑问题，怎能不圆熟周详。

但它还是被猎人诱入捕兽器中，临死仍在挣扎跳跃。

狐狸的奸狡固然可笑，而老虎的威猛也确实令人哀伤。

【赏析】

这首诗为欧阳修早期的作品，诗题为猛虎，但同时将狐狸作对比，然后再在人的智巧面前，将两种动物的各自命运分别呈现出来，使人、老虎和狐狸三者之间微妙的关系结成链条，很有一番寓言风格，耐人寻味。

此诗可分为三部分。首先主要谈论老虎。它的性情暴戾，大白天都是扬扬自得地出入山林、大道，看不起其他兽类，专门劫道吃人。老虎凭借自身爪牙锋利、力大勇猛等外形优势，称霸一方，使人和动物都惧怕与它发生正面冲突，都自动躲得远远的。接下来人类的出现，让它领教了“天敌”的厉害，最终它还是败给了自身的狂妄自大与人的智巧。诗句中“暗祸发所忽，有机埋路傍”“人形虽羸弱，智巧乃中藏”足以说明这一点。就算它慢慢行走，也看不到暗藏的机关在哪里，而一旦触碰人设的机关，再勇猛的老虎也会被射穿心肠而亡。最后以狐狸的“老狐足奸计”“穷冬听冰渡”与前文老虎的“英心多决烈，自信不猜防”相对比，突出狐狸的狡猾与奸诈，但最终“引身入扱中，将死犹跳踉”，说明了再狡猾的狐狸仍然逃脱不了被猎人捕获的命运。

全诗语言质朴直率，刻画独特，略有寓言化，意在说理。嘲笑老虎自恃爪牙锋利，过于自信，而狐狸狡猾多疑，但都难免被人所擒获。意在警戒世人不可凭仗勇力和奸谋为生，同时也暗含抨击朝中仕相奸险之意。

被牒行县因书所见呈僚友

【原文】

周礼恤凶荒①，轺车出四方②。

土龙朝祀雨③，田火夜驱蝗。

木落孤村迥④，原高百草黄。

乱鸦鸣古堞⑤，寒雀聚空仓。

桑野人行馌⑥，鱼陂鸟下梁⑦。

晚烟茅店月，初日枣林霜。

墐户催寒候⑧，丛祠祷岁穰⑨。

不妨行览物，山水正苍茫。

【注释】

①周礼：是儒家经典，十三经之一。世传为周公旦所著，但实际上成书于两汉之间。《周礼》《仪礼》和《礼记》合称“三礼”，是古代华夏礼乐文化的理论形态，对礼法、礼义作了最权威的记载和解释，对历代礼制的影响最为深远。恤：体恤，安抚。凶荒：指很严重的荒灾。

②轺（yáo）车：一般来说，轺车是由车轮、车轴、车舆和伞盖等组成，是古代官家使者所乘的轻便马车。四方：指东南西北四个方向。泛指各个地方。

③土龙：古人祈雨时所造的龙形泥塑，以古应龙为原型。有说土龙是

中国民间流传的动物，生活在稀松的土壤中，行动敏捷，体形庞大，也有人认为它纯粹是根据蛇幻想出来的。

④迥（jiǒng）：远，远处。

⑤古堞（dié）：古城墙上如齿状的矮墙。

⑥行馌（yè）：往田间送饭。

⑦陂（bēi）：池塘。

⑧墐（jìn）户：用泥土堵住门窗。催：逼迫，催促。

⑨丛祠：荒野丛林间的祠堂。祷：祈祷。岁穰（xiāng）：丰年。

【译文】

按《周礼》所制定的礼制，朝廷应该怜惜大荒之年的百姓，应该派遣官家的轺车奔赴四方救济。

然后建造土龙泥塑，清晨摆上祭祀用品祭告求雨，田里燃起火把，晚上一起忙着驱赶蝗虫。

这样的灾荒之年，树叶落尽，远处是孤寂的村庄，一望无际的原野，到处百草枯黄。

古城楼墙上，乌鸦纷纷鸣噪乱飞，寒风里饥饿的鸟雀，渴望能找到一点粮食，纷纷围聚到空空的谷仓旁。

桑树下、野地里，农夫忙着送饭下田，鱼池早已干涸，堤堰上只有鸟雀来回飞翔。

傍晚的炊烟随月亮的升起弥散在茅屋上方，初升的太阳消融了枣林的白霜。

严寒驱迫而来，赶忙用泥土堵住窗户，为了祈祷年年岁岁双丰收，人们都奔向丛林中的荒祠祈祷烧香。

大家不妨到处走走看看，此刻的山山水水，正一派苍凉迷茫。

【赏析】

明道元年（1032 年）夏秋之间，洛阳地区发生旱蝗灾害，欧阳修奉命视察河南府属县，此诗写于巡视途中。诗中主要描写了当年灾荒造成的荒凉破败的景象，以及当地百姓祈雨驱蝗的情形。

诗中开篇两句，说明了这次出行的原因，是奉朝廷之命前去灾荒地区巡视赈灾，称赞当今皇上体恤民情。接下来描绘了到灾区所看到的情景。人们修塑“土龙”祭神求雨，夜里点燃火把驱逐蝗虫，随处可见的是落尽树叶的枯木、百草不生的荒原、乌鸦乱叫、寒雀围仓、鱼塘干涸、枣林霜欺、炊烟稀薄，到处是一片荒凉的景象。但是人们没有放弃，依然到田间送饭守护庄稼，不辞辛苦到野外丛林的祠堂里去祭祀祈祷，渴盼能够年年丰收，他们虔诚的情之真切，怎能不令人感动！所以诗人以“不妨行览物，山水正苍茫”作结，这是一种发自内心的呼吁，呼吁朝廷，呼吁那些执政者真心体恤百姓疾苦。

全篇以叙述的口吻，将自己在灾区所见的荒凉破败的景象，以及百姓祈雨驱蝗的情形娓娓道来，情境苍凉凄切，感情真挚，表达了作者对民间疾苦的无限关怀与怜悯之情。

古瓦砚

【原文】

砖瓦贱微物①，得厕笔墨间②。

于物用有宜③，不计丑与妍。

金非不为宝，玉岂不为坚④？

用之以发墨⑤，不及瓦砾顽⑥。

乃知物虽贱，当用价难攀⑦。

岂惟瓦砾尔⑧，用人从古难。

【注释】

①贱微物：低下微贱的东西。

②厕：厕身，参与，混杂在其中。

③于：对，对于。宜：相适宜；合适。

④岂不：难道不……？怎么不……？表反问语气。

⑤发墨：研磨时出墨多而且快。

⑥顽：指质地顽钝，反而能快速磨出很多墨。

⑦攀：攀比，比较。

⑧惟：只有。尔（ěr）：如此，这样。

【译文】

砖石瓦砾，原本是低下微贱的东西，却能得以用作砚石置身于笔墨之间。

只要对于事物来说，是相适宜的，成了有用之物，就不必去计较它的粗丑与美妍。

金子不能说不是宝贵之物，至于玉石，又怎能说它不是坚硬的物品呢？

用这两样东西来磨墨，反而不如这瓦砾的顽钝更能适用。

你要知道，物品即便自身低下微贱，但只要有用武之地，就提升自身价值，甚至高不可攀。

岂止只有瓦砾是这样，在选用人才方面，不知为什么，从古到今都是那么艰难。

【赏析】

此诗约作于景祐四年（1037 年），当时欧阳修任在夷陵期间。本诗中所说的“古瓦砚”是欧阳修的友人谢伯初赠送的。谢伯初时任许州（今河南省许昌市）法曹，某日在古孔雀台遗址拾到一块瓦当，之后改制成瓦砚寄赠给欧阳修。当时欧阳修非常喜爱此砚，于是创作了这首诗，并借此慨叹古今量才用人之难的现状。

诗中开篇首先肯定了砖瓦是低微卑贱之物，但出乎意料的是却能“得厕笔墨间”，能够登上书香雅苑这样的大雅之堂，这是为什么呢？这就是“于物用有宜，不计丑与妍”的验证。也就是说，有用之物就不必在意其外形相貌的美丑，以此诠释了“物有所用”的道理。接下来用金属与玉石相比拟。“金非不为宝，玉岂不为坚”，虽然世人公认金属高贵、玉石坚硬，但将其拿来制作墨砚，就远不如既微贱，又粗丑顽钝的砖瓦更能研得墨来，而且出墨又快又多。到此作者给出了“乃知物虽贱，当用价难攀”的定论。的确，物品即便自身低下微贱，但只要有用武之地，就会提升自身价值，甚至高不可攀。结尾以“岂惟瓦砾尔，用人从古难”作结，是以砖瓦比兴，

抒发了自己对于国家选用真正人才不该以出身论贵贱，否则选才一定无比艰难的慨叹。

本诗语言平和有力，字字珠玑，不求文辞华丽，重在说理，让人读起来大有为之一振之感。

题滁州醉翁亭

【原文】

四十未为老，醉翁偶题篇①。

醉中遗万物②，岂复记吾年③。

但爱亭下水④，来从乱峰间。

声如自空落，泻向两檐前。

流入岩下溪，幽泉助涓涓⑤。

响不乱人语，其清非管弦⑥。

岂不美丝竹，丝竹不胜繁⑦。

所以屡携酒，远步就潺湲⑧。

野鸟窥我醉，溪云留我眠。

山花徒能笑⑨，不解与我言。

惟有岩风来，吹我还醒然⑩。

【注释】

①醉翁：欧阳修自号“醉翁”。题篇：这里指作者自己之前所作的《醉翁亭记》。

①遗：遗忘，忘记。

②年：年岁。

③亭下水：这里指琅琊溪，在今安徽省滁州市琅琊山。

④涓涓（juān）：水细流不绝的样子。

⑤管弦：这里指管乐器和弦乐器。

⑥繁：繁杂。丝竹：中国传统民族弦乐器和竹制管乐器的统称。亦泛指音乐。

⑦就：靠近。潺湲（chán yuán）：水慢慢流动的样子。

⑧笑：形容山花盛开的样子。

⑨还：回来。醒然：形容清醒的样子。

【译文】

四十岁的年纪还不算衰老，《醉翁亭记》只是醉翁我偶尔题作的文章。

酒醉中已将万物遗忘，哪还记得清我曾经历过的流年过往。

我只珍爱那醉翁亭下潺潺而流的溪水，喜欢它来自群峰间的从容。

声音高远就像从空中飞落，又好似闪光的珠玉，飞泻在亭子的两檐前。

水流汇入山岩下幽深的溪水，甘愿为清幽的泉水增加细流涓涓。

水流的声音不会扰乱人们的说话声，它的声音清澈悦耳，却又与管弦音质有所不同。

那岂不是像丝竹那般美妙，可丝竹演奏的声音嘈杂，总是令我心烦。

所以我多次携带着美酒，不顾路途遥远，步行走近这潺潺流动的清泉。

枝头野鸟偷看我的醺醺醉态，溪畔流云挽留我在此安闲睡眠。

可惜山花烂漫，只会对我含笑，却不懂得同我交谈。

唯有那高岩上袭来的凉风，才能吹得我从醉梦中清醒回来。

【赏析】

这是欧阳修诗集中，直接以“醉翁亭”为题所作的一首抒情诗，是一首借客观景物描写来抒发主观感情的诗篇。该诗与《醉翁亭记》写的是同一个亭子，但从写作主旨到具体描写内容、风格特征却有很大不同。

作者开篇就写自己的年纪已四十，并点明了自号“醉翁”的缘由，以及曾写过的一篇散文《醉翁亭记》；然而逝水流年，万事万物都在随之流逝，很多事物都已记不清，唯独醉翁亭的山水之美，至今难以忘怀；接下来，描写了亭边的美景，而这些美景，都是为之后的抒情所服务。

作者在写作技巧上采用夸张的手法，描绘出那泉水犹如从天而降，又似“泻向两檐前”。可见其飞流之壮美；接下来写出了“响不乱人语，其清非管弦”之句，说明了如此飞泻而来的溪流，落地以后的那种潺潺之美：涓涓流淌清澈悦耳，乐感十足却又与管弦之声的嘈杂有所不同。在这里，作者采用了比喻的修辞方法，将泉水的清脆响声比喻为管弦丝竹的音乐声，却又胜过管弦的嘈杂和丝竹的繁复，生动形象地表达了作者对泉水的热爱之情。这“所以屡携酒，远步就潺湲”，到此又将一位乐山爱水的文人雅士带到读者面前：他不止一次携带着美酒，不顾路途遥远，走近这潺潺流动的清泉，聆听野鸟啁啾，看花儿含笑，偶尔托起一束绚烂的花朵倾心耳语，一醉方休，醉倒在花草的芬芳之间。那般惬意山水的快乐着实令人羡慕，但也不失有一丝“山花徒能笑，不解与我言”的小小遗憾，暗寓了一种知音难求的苦闷，又或许是一种仕途不畅的慨叹。

书怀感事寄梅圣俞[①]

【原文】

相别始一岁，幽忧有百端[②]。
乃知一世中，少乐多悲患。
每忆少年日，未知人事艰。
颠狂无所阂[③]，落魄去羁牵[④]。
三月入洛阳，春深花未残。
龙门翠郁郁，伊水清潺潺。
逢君伊水畔[⑤]，一见已开颜。
不暇谒大尹[⑥]，相携步香山。
自兹惬所适[⑦]，便若投山猿[⑧]。
幕府足文士[⑨]，相公方好贤[⑩]。
希深好风骨，迥出风尘间[⑪]。
师鲁心磊落[⑫]，高谈羲与轩。
子渐口若讷，诵书坐千言。

彦国善饮酒，百盏颜未丹。
几道事闲远，风流如谢安。
子聪作参军，常跨跛虎鞯。
子野乃秃翁，戏弄时脱冠。
次公才旷奇，王霸驰笔端。
圣俞善吟哦[13]，共嘲为阆仙[14]。
惟予号达老，醉必如张颠。
洛阳古郡邑，万户美风烟。
荒凉见宫阙，表里壮河山。
相将日无事[15]，上马若鸿翩。
出门尽垂柳，信步即名园。
嫩箨筠粉暗，渌池萍锦翻[16]。
残花落酒面，飞絮拂归鞍。
寻尽水与竹，忽去嵩峰巅。
青苍缘万仞[17]，杳蔼望三川[18]。
花草窥涧窦[19]，崎岖寻石泉。
君吟倚树立，我醉欹云眠[20]。
子聪疑日近，谓若手可攀。

【注释】

①梅圣俞：梅尧臣，字圣俞。欧阳修的朋友。

②幽忧：过度忧劳；忧伤。

③无所阂（hé）：无可阻挡。阂：阻隔不通。

④落魄：豪迈，不拘小节。羁牵（jī qiān）：羁绊牵制。

⑤伊水：伊河，在河南省西部，源出栾川县伏牛山北麓，东北流，在偃师县杨村附近入洛河 。畔：河边，河畔。

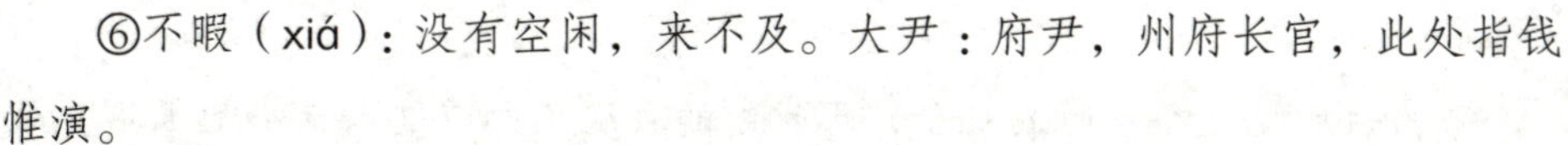

⑥不暇（xiá）：没有空闲，来不及。大尹：府尹，州府长官，此处指钱惟演。

⑦自兹（zī）：从此，从现在开始。兹：此，这个。指示代词。惬（qiè）：满足。

⑧若：宛若，像。投：放。

⑨幕府：地方军政掌管的官署，这里指钱惟演的府署。

⑩相公：指钱惟演。钱惟演，字希圣，钱塘（今浙江杭州）人。北宋大臣、文学家，为“西昆体”骨干诗人。他喜招徕文士，奖掖后进。晚年为西京留守时，对欧阳修、梅尧臣等人颇有提携之恩。所著今存《家王故事》《金坡遗事》。

⑪希深：谢绛，字希深，其先阳夏人。迥（jiǒng）出：远出，远远超出。

⑫师鲁：河南人，姓尹氏，讳洙。很有文学才能，是欧阳修的朋友。

⑬吟哦：指作诗。

⑭阆（làng）仙：阆苑神仙。

⑮相将：相随。

⑯嫩箨（tuò）：初生而柔弱的笋壳。箨：竹笋外层一片一片的外皮、笋壳。筠（yún）：竹子的青皮。渌（lù）：形容水很清澈。

⑰缘：攀援。万仞（rèn）：形容山极高。

⑱杳霭（yǎo ǎi）：云雾幽深渺茫的样子；云雾缥缈的样子。

⑲窦（dòu）：孔，洞。

⑳攲（qī）云眠：侧身睡在云朵上面。攲：侧身，倾斜，歪向一边。

【译文】

我们相互分别刚刚一年，可那过度忧伤的思念竟已积聚了百般。

此时我才知道，人的一生中，快乐的事情很少，而更多的则是悲伤与

忧患。

每当我回忆起年少时的日子，那时候的我还不知道这人世如此艰难。

那时的我放荡不羁、无所阻隔，行事豪迈不拘小节，来去自由、没有羁绊挂牵。

去年三月我来到洛阳，那时候正是春深时节，花儿还没有凋残。

那真是龙门青翠，郁郁葱葱，伊水清澈，流水潺潺。

我就在伊水河畔与你相逢，刚一见到你时，我就已经欣喜得露出了欢快的笑脸。

我们来不及休息就一同前去拜谒了府尹钱惟演，又手牵着手一起漫步在香山。

自从那时起，我就感到十分惬意，就像是笼子里的山猿被放归山林。

幕府中有众多文人贤士，因为相公正好是一位喜爱贤德才能的人。

谢希深一身好风骨，远远超出风尘之间的凡人。

尹师鲁心地善良、光明磊落，喜欢高声谈论远古时期的伏羲与轩辕。

尹子渐不爱开口讲话，但是背诵起诗书文章来，却能滔滔不断。

富彦国喜欢喝酒，即使喝一百杯酒后，他的脸色也不会变红。

王几道喜好清闲悠远的生活，闲逸风流之气就像是晋朝的谢安。

杨子聪担任参军，常常骑着跛腿的老马，马背上披着破马鞍。

张子野就是一个脱发秃顶的老翁，我们在一起玩乐的时候常常戏弄他摘下帽子。

孙次公他才华卓越，堪称旷世奇才，非常喜欢作政论文章，王霸之气常常流于笔端。

梅圣俞擅长吟诗，我们都戏称你为“阆苑仙”。

只有我自号为达老，喝醉之时一定特别像张颠。

洛阳是千年古都，千家万户居于此，风景优美宛如旷世风烟。

虽然宫阙显得荒凉，但城里城外都显示出壮丽的河山。

我们相随多日闲来无事，飞身上马悠游郊外就像是飞鸿舞翩跹。

走出门外只见垂柳遍布视野，我们信步漫游在各个名胜园林。

远处大片鲜嫩的竹笋冒出地面，青色的竹子与粉色的嫩笋交相辉映，清澈的池水，翠绿的浮萍下偶尔有锦鲤翻跃着跳出水面。

凋谢的花儿飘落在酒杯中，畅游归来时，杨柳的飞絮翩翩然轻拂着我们的马鞍。

我们看尽清水与翠竹，随后就去攀登嵩山峰巅。

我们在青山中攀爬有万丈之高，在缥缈的雾霭中看尽三川。

我们在花草的缝隙中窥探涧水与山洞，在崎岖山路中寻找石上激流的山泉。

你站在大树旁吟诗，我侧着身子醉卧在云朵下安眠。

太阳快要落山的时候，子聪怀疑太阳离我们很近，他说就像是信手可攀援。

【原文】

共题三醉石，留在八仙坛。
水云心已倦，归坐正杯盘。
飞琼始十八[1]，妖妙犹双环。
寒篁暖凤嘴，银甲调雁弦[2]。
自制白云曲，始送黄金船。
珠帘卷明月，夜气如春烟。
灯花弄粉色，酒红生脸莲。
东堂榴花好，点缀裙腰鲜。
插花云髻上[3]，展簟绿阴前[4]。
乐事不可极，酣歌变为叹。
诏书走东下，丞相忽南迁。
送之伊水头，相顾泪潸潸[5]。
腊月相公去，君随赴春官。
送君白马寺，独入东上门。
故府谁同在，新年独未还。
当时作此语，闻者已依然[6]。

【注释】

①飞琼：仙女名。后泛指仙女，此指侑酒的歌女。

②雁弦：琴筝等乐器弦柱排列整齐如雁行。

③云髻（jì）：高高的发髻。

④簟（diàn）：竹席。

⑤潸潸（shān）：不断流泪的样子。

⑥闻者：听到的人。依然：和以前一样；同依依，依恋不舍。

【译文】

我们一起题诗“三醉石”，共同留步在八仙坛。

欣赏流水白云的心已经疲倦，我们就端坐在杯盘前，一起饮酒狂欢。

歌妓才刚刚十八岁，舞姿妖娆美妙犹双环。

歌女吹奏笙篁悦耳动听，琴师舞动银甲调动琴弦，弹出悦耳的乐曲。

我即兴为笙箫填词作成白云曲，并起手送上黄金船。

珠帘卷起，只见明月高悬，夜间的云雾就像是春天的云烟。

灯光将花儿渲染成粉色，酒醉后脸庞泛起红润的颜色，就像是脸上长出了红莲。

东堂的石榴花开得正浓，将裙腰点缀得更加鲜艳。

踏青时我们在云髻上插上鲜花，在青翠的树荫下铺开竹席，我们促膝交谈。

可快乐的事情还没能达到极致，酒宴之上酣畅的歌声也随之变成了哀叹。

皇帝的诏书东行宣告如下，丞相因事获罪，被罢“同平章事”，随后被贬谪到随州去当节度使。

我们相送到伊水河畔，互相看着对方忍不住泪水涟涟。

腊月的时候相公离去，你随后便要进京参加春季的礼部会考。

我送你送到白马寺，你独自一人骑马进了东上门。

旧时的宫府中还有谁与我同在，新年时只有我还没有归还。

当时我写下这首诗篇，听到的人还是依依不舍，一如从前。

【赏析】

欧阳修与梅尧臣相识于一次郊游，后来梅尧臣返回都城，欧阳修因怀念知心朋友梅尧臣，便写下了这首忆旧之作。这首五言排律约作于宋仁宗景祐元年（1034 年）的冬天。

欧阳修作为一代文学巨匠，梅尧臣作为“宋诗的开山祖师”，他们之间拥有三十年的友谊。在青年时期，他们就组织发起诗文革新运动。在诗文交往中，他们不断实践自己的文学主张，以此来促进宋代诗文革新形成与唐代文学完全不同的、具有宋代文学特色的新纪元。

这首诗写于他们分手的一年后，诗中描述了他们相逢的地点在伊水河畔，刚一见面就有相见恨晚之感。因为二人“一见已开颜”，自然就奠定了后来三十年之久的友谊。当时，他们来不及休息就一起前去拜谒了府尹钱惟演，他们如愿以偿成为其幕府中的幕僚，然后又一起手牵着手漫步在香山。接下来诗人具体回忆了他们几个伙伴一起郊游的快乐情景，分别介绍了同在钱惟演幕府中的这些当代贤才，诸如独具风骨的谢希深、喜欢高声谈论远古文化的尹师鲁、号称“阆苑仙”的梅圣俞等，诸多旷世奇才会聚相公门下，可见大尹钱惟演也是一个喜欢广纳贤才，奖掖后进之人。只可惜好事不能长久，钱惟演因事获罪，被罢“同平章事”，随后被贬谪到随州当节度使，最终贤才各自分散。结句“故府谁同在，新年独未还”，充分表达了作者如今从美好的回忆中走出来时，面对朋友们各在一方，不免生出凄凉之情。

本诗以叙事为主，借景抒情，意境开阔悠远，构思奇特巧妙，夹叙夹议，委婉周详。

明妃曲和王介甫作二首[1]

【原文】

其一

胡人以鞍马为家[2]，射猎为俗。
泉甘草美无常处，鸟惊兽骇争驰逐。
谁将汉女嫁胡儿，风沙无情貌如玉。
身行不遇中国人，马上自作《思归曲》。
推手为琵却手琶[3]，胡人共听亦咨嗟[4]。
玉颜流落死天涯，琵琶却传来汉家。
汉宫争按新声谱，遗恨已深声更苦。
纤纤女手生洞房[5]，学得琵琶不下堂[6]。
不识黄云出塞路[7]，岂知此声能断肠[8]！

【注释】

①明妃：王嫱，字昭君。晋时因避司马昭名讳，改称“明君”。王介甫：王安石，字介甫。这组诗是为唱和王安石《明妃曲二首》而作。

②胡人：古代对北方少数民族的称呼。

③推手为琵（pí）却手琶（pá）：琵和琶原是两种弹奏手法的名称。琵是右手向前弹奏，琶是右手向后弹奏。琵琶是我国古老的弹拨乐器。

④亦：也。咨嗟（zī jiē）：表叹息。

⑤纤纤（xiān）：纤细的样子。洞房：犹指深闺。

⑥下堂：此指宫女被遗弃。

⑦黄云：沙漠上空的云，因黄沙弥漫，连云色也变黄了。此指北方风沙之大。

⑧岂知：哪里知道。断肠：形容极度悲伤。

【译文】

北方少数民族喜欢骑射，常以鞍马为家，以打猎为生，所以北方精通射猎之人很常见。

那里的泉水甘甜，野草丰美，游牧人时常没有固定居住的地点，鸟儿受惊而飞，野兽害怕被射杀争相追逐而逃。

是谁将汉女昭君嫁给胡人，风沙是无情的，可怜那昭君如玉般娇美的容颜。

从此后孤身一人久居北方，出门很难看到中原人，只能在马背上弹一曲自己创作的《思归曲》，暗自思念故乡。

昭君怀抱琵琶，在右手前后推送的弹拨声中，就算是同行的胡人听了也会感到凄婉叹息。

如此美丽的女子却要流落天涯，最终老死在他乡，而她曾弹奏的琵琶曲，早已流传到了汉宫家。

汉宫里的宫人争着弹奏那支琵琶新曲，只因心中的遗憾怨恨早已深深浸入其中，琵琶所弹奏出来的声音显得更加凄苦。

深宫女子纤细的玉手依赖弹拨琴曲活跃在闺房之中，她们只知道学会了弹拨琵琶，就轻易不会被遗弃。

可她们不明白黄沙漫天出塞路的痛苦，哪里知道这琵琶声的悲伤，竟能令人痛断肝肠！

【赏析】

这是宋代文学家欧阳修创作的组诗作品，共两首，也是欧阳修唱和作品之中的得意之作。

开篇描写了胡地之人游牧生活的居无定所、骁骑善射的凶悍粗野，以及漫天飞沙的恶劣环境，很显然这一切与汉宫的优渥环境大不相同。接下来引出昭君远嫁出塞匈奴的流落之苦，又描写了明妃当时弹作《思归曲》的缘由，以及后来传到汉宫，被众多宫人模仿弹奏那一首琵琶新曲，希望能够得到皇帝恩宠。诗中用“推手为琵却手琶”句，生动刻画了明妃满腔哀思，信手成曲的感人画面，就连胡人听了“亦咨嗟”不已。

全篇通过宫女“不识琵琶曲中意”，来暗寓朝臣居安不思危的现象，从而增强了作品的抒情性。

【原文】

其二

汉宫有佳人①，天子初未识，
一朝随汉使，远嫁单于国②。
绝色天下无，一失难再得，
虽能杀画工③，于事竟何益？
耳目所及尚如此，万里安能制夷狄④！
汉计诚已拙，女色难自夸。
明妃去时泪，洒向枝上花。
狂风日暮起，飘泊落谁家。
红颜胜人多薄命，莫怨东风当自嗟⑤。

【注释】

①佳人：此指王昭君。

②单（chán）于国：指匈奴。单于：匈奴的首领。

③画工：指毛延寿等。据晋葛洪《西京杂记》记载：传说汉元帝后宫佳丽太多，不得常见，乃使画工图形，案图召幸之。诸宫人皆赂画工，独王嫱不肯，遂不得见。后匈奴入朝，求美人为阏氏，上案图以昭君行。及去召见，貌为后宫第一。帝悔之，而名籍已定。乃穷案其事，画工毛延寿等皆同日弃市。

④夷狄（yí dí）：古称东方部族为夷，北方部族为狄。这里泛指华夏族以外的各民族。

⑤莫怨：不要怨恨。东风：春风。

【译文】

汉宫里有一位美貌又有才情的佳丽，起初皇上并不认识她。

直到有一天，她奉命随着汉使出塞，远嫁给匈奴国君。

汉元帝此时才发现她的美貌天下无比，然而一旦失去，想再得到实属不易。

虽然天子发怒可以把画工杀死，可是这对于失去美人之事又有什么补益？

原本眼睛耳朵所能触及的美丑，尚且不能分辨清晰，又怎么能够制服万里之外的夷狄？

以往汉代的“和亲”实在是笨拙之计，女子千万不要再用容貌炫耀自己。

犹记得明妃离去时泪眼婆娑，那无比伤心的泪水洒向枝头的花蕊。

就像日暮黄昏之时狂风四起，风起花落，不知自己将要飘向哪里，落入谁的家中去。

容颜高于她人的女子，多有不幸的命运，不要怨恨春风无情，只能是自己独自叹息。

【赏析】

本诗中描写了昭君从被选入宫，到远嫁胡人的过程，以及汉元帝痛失美人后，随即不容分说，怒杀画工毛延寿等人的行为，抨击了汉元帝有眼不识金镶玉、美丑不辨的愚拙。由此达到了“借汉言宋”的目的，讥讽当朝统治者不能知人善用，致使贤才憾恨流失的社会现象。以小见大，理喻其中。

这是组诗作品，两首诗叙事、抒情、议论交错而出，转折跌宕，而又能自然流畅，形象鲜明。虽流传至今，但依然不失其诗味，不愧是“昭君”题材作品中的传世佳作。

忆焦陂[1]

【原文】

焦陂荷花照水光，未到十里闻花香。

焦陂八月新酒熟，秋水鱼肥鲙如玉[2]。

清河两岸柳鸣蝉，直到焦陂不下船。

笑向渔翁酒家保，金龟可解不须钱[3]。

明日君恩许归去[4]，白头酣咏太平年[5]。

【注释】

①焦陂：又名椒陂、焦坡，在今安徽境内。

②秋水：秋天的水。鲙（kuài）：同“脍”。鱼鲙，鱼细切做的肴馔。

③酒家保：酒保。出自《汉书·栾布传》。金龟：唐代官员的配饰。不须：不需要。

④归去：此指辞官退隐。

⑤白头：头发花白；满头白发。酣（hān）咏：酣畅淋漓地吟咏。酣：痛痛快快。咏：抑扬顿挫地读念。

【译文】

焦陂池塘的荷花争芳吐艳，映照在水中的倒影格外光鲜，人还没走到近前，远在十里之外就能闻到清新的花香。

焦陂的八月，正是新酿的酒熟透的季节，此时秋水荡漾，鱼儿肥硕，鱼鲙细腻洁白就像美玉一样。

清河两岸翠柳婆娑，柳枝间传来阵阵蝉鸣，顺着堤岸一直前行，不到焦陂谁都不肯停下船。

微笑着靠近渔翁的渔船买来鲜鱼，来到街市上寻找耳闻已久的焦陂美酒，此时可以像李白那样解下身上佩戴的金龟饰品换酒喝，不需要支付银钱。

等到明天获得皇上恩准，允许我辞官归来退隐乡间，尽管已经满头白发，也要酣畅淋漓地吟咏这令人欢喜的太平年。

【赏析】

这是一首回忆题材的诗作，约作于欧阳修上表朝廷请求退隐期间。

这一年的秋天，一连几天阴雨连绵，欧阳修独自坐在书房里，因患病多日，身体很虚弱，往日的豪爽之气被疾病折磨得不见了踪影。越是这样的时刻，欧阳修越是思念颍州。他曾于1068年就开始上表朝廷要求退隐，这期间又屡次上书，不断向朝廷递交告老还乡的辞呈，请求退隐回到颍州。1071年在蔡州做知州期间，由于身体原因，也是厌烦了官场的尔虞我诈，他再次请求退休回家，终于这年六月获得准奏。欧阳修一直对颍州西湖念念不忘，焦陂的美景，焦陂的美酒，深深扎根在欧阳修的心中，几乎到了无可替代的地步。多年后的思念之情非但没有减轻，反而越来越深沉厚重，就这样《忆焦陂》便跃然纸上了。

诗中作者展开丰富的想象，回忆出焦陂荷塘香飘十里的荷花、八月新酒以及秋日里鲜美的鱼鲙佳肴，抒发了自己即将获得恩准归隐乡野的喜悦之情。

画眉鸟

【原文】

百啭千声随意移①，山花红紫树高低②。

始知锁向金笼听③，不及林间自在啼④。

【注释】

①百啭千声：形容画眉叫声婉转，富于变化。随意：随着自己（鸟）的心意。

②树高低：树木随着地势高低起伏的样子。

③始知：现在才知道。金笼：贵重的鸟笼，喻指不愁吃喝、生活条件优越的居所。

④不及：远远比不上。自在啼：自由自在地啼鸣。

【译文】

画眉鸟的叫声婉转动听，无论怎样变化都是随着自己的心意，山花万紫千红，绿树高低起伏，它们时而雀跃在开满姹紫嫣红的山花枝头，时而飞到高低起伏的树枝上，仿佛在相互比试高低。

听到画眉动人的啼鸣才知道，那些画眉鸟即使被锁在贵重的笼子里，也比不上在林间枝头自由自在地鸣啼。

【赏析】

这首诗题又名《郡斋闻百舌》。当时欧阳修在朝为官，后因党争牵连，贬为知州，这一时期写下这首诗应该是有所寄托。

画眉、百舌，都是声音婉转的鸣禽，这里借咏画眉鸟的性灵来抒发自己心中意绪，诗人把对鸟儿能在“林间自在啼”的欣赏，与“锁向金笼”失去自由形成鲜明的对比，更加突出自己挣脱羁绊、向往自由的情怀。

诗中前两句写景。画眉鸟千啼百啭，欢快跳跃枝头的灵动曼妙，使得姹紫嫣红的山花更显赏心悦目。诗中后两句抒情。看到那些关在笼子里的画眉鸟，不禁联想到林间那些自由自在，无拘无束啼鸣的鸟儿，再联想到此时的自己，在朝中受到排挤而被贬到滁州，禁不住心生感伤。诗中情景结合，寓意深远，反映了作者对“笼中鸟”的叹息，以及对自由生活的热切追求和美好向往。

梦中作

【原文】

夜凉吹笛千山月[①]，路暗迷人百种花。

棋罢不知人换世[②]，酒阑无奈客思家[③]。

【注释】

①千山：形容山之多。唐柳宗元《江雪》诗：“千山鸟飞绝，万径人踪灭。”

②棋罢不知人换世：化用古代王质的故事。南朝梁任昉在《述异记》中说：晋时王质入山采樵，见二童子对弈，就置斧旁观。童子给王质一个

像枣核的东西，他含在嘴里，就不觉得饥饿。等一盘棋结束，童子催他回去，王质一看，自己的斧柄竟然已经朽烂。回家后，亲故都已去世，早已换了人间。人换世：一作“人世换”。

③酒阑（lán）：谓酒筵将尽。客：指梦中的作者自己。

【译文】

深夜寒凉如水，月光笼罩千山，凄清的笛声飘扬到远方，道路幽暗，路旁长着浓密的百花，散发着迷人的花香。

就像晋人王质一样，下完一盘棋，竟不知不觉中转换了人世，借酒浇愁的酒已经饮尽，令人无可奈何的是，始终无法排遣我心中思念故乡。

【赏析】

这首诗主要是记述梦中所见，载于《居士集》卷十二。欧阳修被贬谪到颍州（今安徽阜阳）任知州以后，那时心情郁闷不已，或许是日有所思夜有所梦，又或者是欧阳修有意安排，假借梦中所见，抒发自己郁闷愤恨的心情。

诗中首句“夜凉吹笛千山月”，写出了月夜、凉风、笛声。次句“路暗”“百种花”，将此时的节令换成了百花争妍的春天，而把春夜的景色写得如此扑朔迷离，正合梦中作诗的情景。这两句意境朦胧，语言隽永，对以下景致起到了烘托作用。第三句借一个传说故事暗喻世事变迁无常，反映了诗人超脱俗世之想。第四句写酒兴意阑，思家之念油然而生，表明作者虽想超脱，但毕竟不能忘情于人世。这四个不同的意境，似断似续，然而合起来又是一个和谐的整体，蕴含了诗人既想超脱凡俗又留恋人间的矛盾心理。

全诗对仗工整，意蕴深远，似梦非梦，情寓其中。

田家

【原文】

绿桑高下映平川①，赛罢田神笑语喧②。

林外鸣鸠春雨歇③，屋头初日杏花繁。

【注释】

①高下：有高有低。平川：平坦之地。

②赛罢田神：古时农村在春分前后祭社神，即此诗所说的田神，这一天名为社日。祭祀时有歌有舞，用来祈祷丰收。赛：指酬祭神灵。喧：喧闹，形容声音很大。

③鸠（jiū）：鹁（bó）鸠，也叫鹁鸪。这种鸟越是在下雨后叫得越欢。歇：停止。

【译文】

高高低低的翠绿桑树，宛如碧玉映照平川，社日祭神的歌舞热闹非凡，祭祀结束后，人们依旧欢声鼓舞、笑语喧天。

树林外传来鹁鸪鸟声声啼鸣，绵绵春雨刚刚停歇，房屋上空是雨后初升的太阳，和暖的阳光普照，杏花开得更加繁盛新鲜。

【赏析】

这首诗是庆历七年（1047年）的春天，欧阳修在滁州为官时，看到农民在春日祭神活动结束后，依旧在一起欢天喜地，到处洋溢着欢快气氛，

瞬间被这热闹非凡的喜悦场景所震撼，于是即兴创作这首小诗。

诗中以细致的笔触，描绘出江南地区田家农人，在春日祭神后的喜悦场面，以及山村迎来一场春雨后的一派自然春光。诗的前两句描绘了江南的桑麻陌上迷人风景。连绵起伏的景致映照平川，因为农人在春耕开始之际，按风俗要向田神祈祷丰年，故而引出了春日祭祀后喜悦欢腾的场面。诗的后两句集中描写了春天的景色。江南的春天经常下夜雨，雨过天晴之后，阳光照着湿漉漉的新枝嫩叶，显得特别青翠新鲜，此刻，鹁鸪鸟传来“布谷、布谷”的叫声，到处洋溢着春天的欢乐，因此一派生动的自然风光栩栩如生地展现出来，抒发了作者热爱田家生活的情趣与期盼农人丰收、与民同乐的达观情怀。

礼部贡院阅进士试①

【原文】

紫殿焚香暖吹轻②，广庭清晓席群英③。
无哗战士衔枚勇④，下笔春蚕食叶声。
乡里献贤先德行⑤，朝廷列爵待公卿⑥。
自惭衰病心神耗⑦，赖有群公鉴识精⑧。

【注释】

①礼部：官署名，为六部之一，掌礼乐、祭祀、封建、宴乐及学校贡举的政令。贡院：科举时代考试贡士之所。

②紫殿：指京都贡院。一作“紫案”。暖吹：暖风，指春风。

③席：此指列席而坐。群英：众多贤能之士。此指参加进士考的才子。

④哗：喧哗。衔枚：古代军旅、田役时，令他们口中横衔状如短筷的“枚”，以禁喧哗。此处比喻人人肃静。

⑤乡里：指各地郡县。献贤：献举人才。先德行：以德行好坏为先决条件。

⑥列爵（jué）：分颁爵位。《尚书·武成》：“列爵惟五”，指公、侯、伯、子、男五等，此处代指官职。公卿（qīng）：此指执政大臣。

⑦衰病：衰弱抱病。耗：消耗，耗尽。

⑧赖：仰仗，依赖。群公：指同时主持考试的人。鉴识：能赏识人才、辨别是非。一作“鉴裁”。

【译文】

贡院里香烟缭绕，春风和煦又暖又轻，宽阔的庭堂中，清晨破晓时分，就已经列席坐满了各地前来参加应试的精英。

举子们默然无声地书写答卷，如同衔枚疾走参加战斗的士兵，书生落笔之时，只听见笔在纸上沙沙作响，仿佛是春蚕嚼食桑叶声。

历年来，郡县里向京都举荐贤才，首先重视的是品德操行，朝廷分颁爵位授予官职，要等待执政大臣选定。

我感到惭愧的是，最近身体衰病，仿佛心神已经耗尽，选拔卓然超群的精英贤才，全仰仗诸位大人来识别辨明。

【赏析】

宋初的考试制度，大致承袭唐代时期规定，由州府举荐考生，统一入京应试，再由礼部主持考试。这首诗写出欧阳修主持礼部考试时，以一名考官的身份见证考场中群英会聚，考场寂静、肃穆而充满勃勃生机的场面，通过他的见闻与感受，抒发了为朝廷即将增添贤能才华之士而感到无比喜悦的心情。

诗中首联着力渲染了礼部应试的考场，群英荟萃，环境肃穆幽雅，香气袭人的场面，从而营造了一派祥瑞肃穆的气氛。颔联重点描绘了考生现场答题场景，考生们纪律严明，没有一点喧闹嘈杂之声，试题下发后，奋笔疾书，一片沙沙作响，好似春蚕争吃桑叶之声，可谓美感十足。颈联表明考试意义。诗人面对此景不禁感慨万分，应试之举可推荐天下英才，国家栋梁就能源源不断。尾联自谦衰病，耐心嘱托同僚，作为选拔人才的考官，应当具有慧眼认真鉴别，不遗漏真正德才兼备的人才，才是国家的希望。

全诗语言流畅，意蕴敦厚，巧用喻体，形象生动，字里行间无不透露出一种惜才、爱才的真挚感情，也表达了诗人要为国家选拔真正贤才的责任感，以及不辱使命的精神境界。

唐崇徽公主手痕和韩内翰[①]

【原文】

故乡飞鸟尚啁啾[②]，何况悲笳出塞愁[③]。

青冢埋魂知不返[④]，翠崖遗迹为谁留[⑤]？

玉颜自古为身累，肉食何人与国谋[⑥]？

行路至今空叹息，岩花涧草自春秋[⑦]。

【注释】

①崇徽公主：唐代宗时与回鹘（hú）和亲，皇帝将崇徽公主嫁给了可汗。据《唐会要》卷六载："公主，仆固怀恩女，大历四年五月二十四日出

嫁回鹘可汗。”手痕：指崇徽公主手痕碑，在今山西灵石县。相传公主出嫁回鹘时，道经灵石，以手掌托石壁，遂留下手迹，后世称为“手痕碑”，碑上有唐人李山甫《阴地关崇徽公主手迹》诗刻石。韩内翰：韩绛。内翰是官称，指翰林学士。

②啁啾（zhōu jiū）：形容鸟鸣的声音。

③笳（jiā）：古代一种管乐器，即胡笳，从塞北和西域一带传入中原。因其声悲咽，故称悲笳。出塞：通常指出边疆、关塞。

④青冢（zhǒng）：传说王昭君之墓长年长满青草，故名“青冢”。这里用来代指崇徽公主之墓。返：回返。

⑤翠崖遗迹：指崇徽公主手痕的遗迹。

⑥肉食何人：肉食人，为居高官享用俸禄的人。与国谋：为国家出谋划策。

⑦岩花：山崖上的花。涧草：涧水边的草。一作“野草”。

【译文】

远离故乡的飞鸟还在啁啾叫个不停，更何况是公主在悲切的笳声中远嫁万里的边塞，怎能不充满哀愁。

长满青草的荒冢埋葬了死去的魂魄，知道再也不能回返故乡，青苍苍的山崖上，公主你手托石壁留下手迹，不知你当初是为谁而留？

美貌的女子自古身受容颜的牵累，享用高官厚禄的人，又有几个能为国家兴盛献策出谋？

行走到如今，我只能白白叹息，无论是山崖上的花儿，还是溪涧边的野草，都随着季节盛衰，它们有着各自的春秋。

【赏析】

这首诗又题为《唐崇徽公主手痕》，约作于嘉祐四年（1059 年），当时欧阳修在汴京任职，也正是宋朝由盛到衰的转折期。当时朝廷只顾对内统治严酷，却不顾边境受到契丹和西夏的不断侵扰。面对这种濒危的国势，宋朝统治者一味地苟且偷安，忍辱求和。欧阳修为国家蒙受的耻辱而感到羞愧、愤慨，但又无能为力，只能借古抒情，结合唐代宗时与回鹘和亲的民间传说，为崇徽公主远嫁这一历史悲剧，唱出了一曲饱含愤懑之情的悲歌。

诗中对崇徽公主，不仅怜其远嫁，哀其不幸，而且从政治上指明产生这个悲剧的原因，同时倾注了自己对崇徽公主的怜惜同情，从而使作品格调升华，创造出一种波澜起伏的诗意，将感情之流导入愤慨的荡气回肠之中，启发人们在深沉的哀怨中，对这些女子的个人悲剧加以政治上的思考，激起人们对那些只求高官厚禄，却不能为国家深谋远虑之人的愤慨之情。

怀嵩楼新开南轩与郡僚小饮[1]

【原文】

绕郭云烟匝几重[2]，昔人曾此感怀嵩[3]。

霜林落后山争出[4]，野菊开时酒正浓。

解带西风飘画角[5]，倚栏斜日照青松[6]。

会须乘醉携佳客[7]，踏雪来看群玉峰[8]。

【注释】

①怀嵩（sōng）楼：唐文宗开成元年（836年），李德裕由袁州长史徙为滁州刺史时所建，原名"赞皇楼"，后改名为"怀嵩楼"，并写有《怀嵩楼记》一文。又一名"北楼"。轩：有窗的长廊或小屋。

②绕郭云烟：一作"绕阁烟云"。郭：内城称城，外城称郭。匝（zā）：环绕一周为一匝。

③昔人：前人，古人，此指滁州刺史李德裕。嵩：这里兼指中岳嵩山与洛阳，因洛阳又称嵩京，李德裕曾分司东都（洛阳）。

④霜林：指带霜或经霜的林木。出：凸出，显露。

⑤解带：解开衣带。画角：彩绘的号角，古代用以报时。

⑥倚栏：倚靠栏杆。斜日：傍晚时西斜的太阳。

⑦会须：应当；适时需要。乘醉：乘着醉意。

⑧群玉峰：群玉山，神话传说中的仙山。此处借指白雪覆盖的众多

山峰。

【译文】

环绕城郭的云烟浓密，迷迷蒙蒙的不知有多少层，有古人曾经站在这里怀念嵩山与东都洛阳，一度感慨无穷。

秋霜来临，树林里的树叶随之凋落以后，众山争相显露出各自面容，野菊花开放的美好时令，正是畅饮醇酒逸兴正浓。

西风中飘来画角哀婉凄清的声音，我解开衣带，胸怀更加豪雄，斜倚着怀嵩楼的栏杆，观赏西斜落日的余晖照耀苍翠的青松。

在这美好的时刻，我要乘着醺醺醉意，带领诸位佳客，踏着皑皑白雪，前去观看如玉的群峰。

【赏析】

宋仁宗庆历五年（1045年），参知政事范仲淹等人遭谗毁蒙冤，欧阳修上书替他们分辩，反而被贬到滁州做了知州。到任以后，他内心抑郁，但不忘治理乡民，并且取得了一些政绩。这首诗就作于此时，表现了诗人傲岸的性格，坚强的意志，以及刚毅的风骨。

诗中首联写登上此楼，纵目四望，只见滁州城云遮雾绕，诗人想起与自己有着相似经历和命运的古人李德裕，不禁感慨万分；颔联写了秋风瑟瑟，树叶随之凋落以后，群山争相显露出本来面貌，此刻，野菊花迎着萧萧秋风开放，暗示了大自然的勃勃生机是谁也扼杀不了的；颈联写诗人面对凛冽的西风，耳闻悲鸣的画角，豪迈地解开衣带敞开胸怀，醉看红日西坠，倚着栏杆，笑赏夕阳普照松林；尾联明志。就算是数九寒冬也无所畏惧，还要邀上几个肝胆相照的朋友，再来怀嵩楼，踏雪登临群玉山，开怀畅饮。

全诗以“感”字入题，以“兴”字作结，虚实相生，引人入胜，描绘了一幅开阔深远的画面，表达了诗人潜藏在心的一种傲岸昂扬的豁达乐观主义精神。

别滁①

【原文】

花光浓烂柳轻明②，酌酒花前送我行。

我亦且如常日醉③，莫教弦管作离声④。

【注释】

①别滁（chú）：告别滁州。

②浓烂：形容鲜花灿烂。轻明：一作“轻盈”。

③且：一作“只”。如：像。常日：平日，平时。

④莫：不要。离声：指别离的歌曲声。

【译文】

花朵光鲜绚烂，香气浓郁迷人，绿柳轻柔、枝条鲜明，滁州人在这花前柳下摆设酒宴，热情地为我饯行。

我此次离开滁州，只不过像平日一样，和大家一同畅饮酣醉，请不要让管弦奏出令人感伤的离别哀声。

【赏析】

欧阳修于宋仁宗庆历五年（1045年）八月被贬为滁州（州治在今安徽滁县）知州，在滁州做了两年多的地方官。庆历八年（1048年），改任扬州知州，这首诗就是离别滁州之时所作。

诗中首句写景，点明别滁的时间是在融暖和煦的春天。“花光浓烂柳轻明”，不仅写出了别滁的节候特征，也为全诗定下了舒坦明朗的基调。次句叙事。一句“酌酒花前”写出了当地吏民特意为欧阳修饯行的情景。接下来“我亦且如常日醉”中的“且”字，用得极好，写出了诗人与众宾客一起开怀畅饮时的神情意态和他的内心活动。结句“莫教弦管作离声”用的是反衬手法，在这种饯别宴上设有弦管丝竹助兴，气氛显得热烈隆重。虽然场面不同于以往投壶下棋、觥筹交错的游宴之乐，但同样写出了官民同乐和滁州民众的热情，“作离声”更加突出了滁州人对于这位德才兼备的知州离任时的不舍与一片深情。

戏赠丁判官

【原文】

西陵江口折寒梅①，争劝行人把一杯。

须信春风无远近②，维舟处处有花开③。

【注释】

①寒梅：蜡梅，梅花。因其凌寒开放，故称寒梅。

②须信：必须相信。肯定之意。无：没有。

③维舟：指系船停泊岸边。处处：到处。

【译文】

我在西陵江口折下一枝梅花送给你，争先劝你丁判官端起酒樽再喝一杯。

我敢肯定，这春风是没有远近之分的，无论你走到哪里，只要你系船停泊靠岸，到处都能看见花开。

【赏析】

欧阳修胸襟广阔，虽然一生仕途坎坷，曾两次因为替范仲淹等人上书辩解而遭到贬谪，但乐观向善的襟怀始终没有改变，他依旧像从前一样结交善友，与人为善。《戏赠丁判官》很显然是一首戏赠小诗，是欧阳修在好朋友丁判官的饯行宴上所赠，诙谐之中寄寓了一种真挚的友情。

诗中首先以一枝傲雪的寒梅相赠开篇，暗寓不论何种处境都不能失了

傲骨，喝了这饯行的酒，前行的路上一人独行更要多加珍重；接下来以“须信春风无远近”，告慰友人，不要惧怕严寒，只要心中有春天，处处都会有花开，鼓励友人要对前途充满信心和希望。

此诗篇幅虽小，但不失其妙，妙就妙在它以小蕴大，于自然清新之中表现出一种善处逆境的达观情怀。

赠王介甫①

【原文】

翰林风月三千首②，吏部文章二百年③。

老去自怜心尚在，后来谁与子争先。

朱门歌舞争新态，绿绮尘埃试拂弦④。

常恨闻名不相识，相逢樽酒盍留连⑤。

【注释】

①王介甫：王安石，字介甫，号半山，汉族，临川（今江西抚州市临川区）人，北宋著名的思想家、政治家、文学家、改革家。

②翰林：李白曾官居翰林学士，此借指李白。风月：清风明月，也指风情。

③吏部：韩愈曾做吏部侍郎，此借指韩愈（一说谢朓）。

④绿绮（lǜ qǐ）：传闻汉代司马相如得“绿绮”，如获珍宝。司马相如精湛的琴艺配上“绿绮”绝妙的音色，使此琴名噪一时。后来，“绿绮”就成了古琴的别称。

⑤樽：酒樽。盍（hé）：何，何不，怎么。一作“曷”。

【译文】

李白的诗写尽风花雪月，如清风明月般流传至今不少于三千首，韩愈的文章卓尔不群，流传后世已有二百多年。

我虽然老了，仍不忘自我怜惜，但是壮志雄心还在，以你现在像李白、韩愈的才华，后来的人谁能与您一争高低？

豪门贵族，终日只知贪图享乐于歌舞宴饮，很少像你这样争取更新态势、关心国家命运，绿绮古琴没有了司马相如的精彩演绎，就会落满尘埃，而你却能尝试古法精于拂琴。

很早就听说介甫您德才兼备的大名，时常怨恨我们没有机会相识，如今我们在此相聚，何不留下来举起酒杯，开怀畅饮、促膝长谈。

【赏析】

这首诗大约作于公元1056年。北宋初期，文坛领袖欧阳修心胸宽广，爱惜人才，栽培并提携了一大批青年才俊。在曾巩的屡次举荐下，欧阳修结识了王安石，并对其文学造诣、道德品质以及政治才干都加以高度赞许，大有相见恨晚的感觉。这首诗便是对王安石的赞赏之作。

诗中开篇“翰林风月三千首，吏部文章二百年”，表面是在赞颂李白和韩愈，实际上欧阳修把王安石比作唐代李白、韩愈（一说谢朓），足见他对王安石才华的肯定；颔联又以自己老迈心不老，与王安石这样的青年才俊相比，高度赞美他是后起之秀，表露出自己爱惜倾慕其才华之心；颈联巧用历史典故，赞扬王安石不随波逐流，追求古道新法；尾联吐露出自己相见恨晚之情，希望能够长久相见、把酒言欢。

全诗风格独特，一气流转，感情真挚，格调清丽，读来韵味绵长。

丰乐亭游春三首[1]

【原文】

其一

绿树交加山鸟啼[2]，晴风荡漾落花飞。

鸟歌花舞太守醉[3]，明日酒醒春已归。

【注释】

①丰乐亭：在滁州城西约一里远的大丰山下，欧阳修任滁州（今安徽滁县）知州时所筑，为当时滁州的胜游之地。

②交加：交错，错杂。

③太守：汉代一郡的地方长官称太守，此借用汉唐称谓。

【译文】

郁郁葱葱的绿树，枝叶交错，山野间鸟儿欢快地啼鸣，万里晴空如洗，微微春风浮荡，只见飘落的花瓣随风飘飞。

在这鸟儿歌唱、花儿飞舞的大好春光里，太守我深深沉醉其中，待到明天酒醒的时候，恐怕春天早已悄悄归去。

【赏析】

欧阳修于庆历六年（1046年）在滁州郊外山林间建了丰乐亭，第二年三月，欧阳修为了记载与民同乐之盛况而写了这组诗，共三首。这是组诗中的第一首，主要写惜春的情怀。

诗中通过描绘绿影婆娑的树木，鸟儿欢唱，春风轻拂，落花飞舞，突出了游人在撩人春景中的愉快心境。而此情此景下的诗人却仿佛醉了整整一个春天。如此运用夸张的语言反衬春景的迷人和春日之短暂，显现出浓厚的惜春之意。

【原文】

其二

春云淡淡日辉辉①，草惹行襟絮拂衣。

行到亭西逢太守，篮舆酩酊插花归②。

【注释】

①辉辉：光耀，形容很明亮的样子。

②篮舆（lán yú）：古代供人乘坐的交通工具，形制不一，一般以人力抬着行走，类似后世的轿子；一说是古时一种竹制的座椅。酩酊（mǐng dǐng）：指醉得迷迷糊糊的。

【译文】

春天的云朵轻淡可爱，太阳散发着温暖明媚的光辉，脚底下的青草茂盛，调皮地撩动游人的衣襟，那纷飞的柳絮也跑来轻拂行人的外衣。

此刻漫步到小亭西侧，正好遇

到太守，只见他头上斜插着鲜花，悠闲地坐在小竹轿子里半醺半醉而归。

【赏析】

这是组诗中的第二首，主要写陶醉于春光美景之中的醉春之态。

诗中从天上的轻云旭日，到地上的春草茂盛、柳絮沾衣，描绘细腻。其中一个“惹”字写出了春草欣欣向荣之势，表现了春意的撩人之态。然后写游人兴之所至来到丰乐亭前观景，在亭西碰上了太守坐着悠悠晃动、吱嘎作响的竹轿大醉而归。在此凸显了太守洒脱不羁的性格，让人们一睹这位太守倜傥洒脱的亲民风采。

【原文】

其三

红树青山日欲斜①，长郊草色绿无涯②。

游人不管春将老③，来往亭前踏落花。

【注释】

①红树：开红花的树，或落日反照的树，这里未必是指秋天的红叶。斜：倾斜，指日落。

②长郊：广阔的郊野。无涯：没有边际。

③老：逝去。一作“尽”。

【译文】

红花满树，青山隐隐，太阳西斜就要落山了，广漠的郊野之上，草色一片青绿，看不到边际。

游人们顾不得春天即将结束，来来往往的脚步顾不得踩踏了飘落的花儿，落日余晖中，依然在丰乐亭前流连春色不肯离去。

【赏析】

这是组诗中的第三首，主要写诗人心中对于美好春天的留恋之情。

诗中通过描写暮春时节，郊外一望无际、郁郁葱葱的景象，表达了游人对此喜爱和恋恋不舍的情怀。这首诗前两句写景，后两句抒情，把对春天的眷恋之情写得既缠绵，又酣畅，表达了作者对美好春光的留恋与怜惜之情。

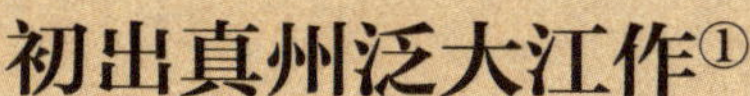

初出真州泛大江作①

【原文】

孤舟日日去无穷，行色苍茫杳霭中②。

山浦转帆迷向背，夜江看斗辨西东③。

滮田渐下云间雁④，霜日初丹水上枫⑤。

莼菜鲈鱼方有味⑥，远来犹喜及秋风。

【注释】

①真州：宋代州名，今在江苏境内。大江：长江。

②杳霭（yǎo ǎi）：指远处云雾缥缈的样子。

③斗：北斗星。

④滮（biāo）田：充满水的田地，即指水田。滮：水流的样子。

⑤霜日：犹秋日。

⑥莼（chún）菜鲈鱼：此处引用晋人张翰因为秋风起而思念家乡美食的典故。

【译文】

我乘坐一叶孤舟，天天漂泊在大江中，驶向没有边际的远方，整日里行色匆匆，穿梭在苍茫缥缈的云雾中。

我行驶到靠水的山脚下，将船帆掉转后迷失了方向，只好遥望夜空观看北斗星来判断南北西东。

云空中飞翔的大雁渐渐飞下水田，秋日的太阳刚刚升出水面的时候，就像红枫倒映水中一样火红。

这个时节，家乡的莼菜和鲈鱼味道正鲜美，远方归来的我，更喜欢秋天里凉爽的风。

【赏析】

这首诗是宋仁宗景祐三年（1036年）七月，欧阳修被贬官赴任夷陵途中，乘船行驶于真州江上时所作。诗中着意描写长江江面上的秋天景色，目的是排遣自己贬谪途中的失落与孤独之感。

在首联和颔联中，作者写了落日、雾霭、北斗星等景象，体现了路途的幽远与孤寂，反映出自己内心的迷茫和孤独，同时流露出心中对贬官的忧愤之情。尤其是颈联写了自己在苍茫江水中行驶，蓦然间迷失了方向，只好遥望星空寻找北斗星辨明方向。这里暗寓了自己虽然遭到贬谪，心中冤屈、茫然，但自己所坚定的信念不会改变，也相信英明的皇帝能够明白自己的心境。颈联和尾联中，作者笔锋一转，气氛变得雄壮激扬起来。他通过写水田上飞落的大雁、江上落日这些景致，流露出自己已经摆脱了贬谪的孤独与忧伤，寻找到了精神的慰藉。尤其是尾联将“秋风莼鲈”的典故化用，更是表明诗人对家乡的赞美与思念，以及漂泊异乡的无可奈何之情。

江行赠雁

【原文】

云间征雁水间栖①，矰缴方多羽翼微②。

岁晚江湖同是客③，莫辞伴我更南飞④。

【注释】

①征雁：迁徙的雁，多指秋天南飞的雁。栖（qī）：指鸟禽歇宿。

②矰缴（zēng zhuó）：指猎取飞鸟所用的射具。缴为系在短箭上的丝绳。微：衰微，无力的样子。

③岁晚：岁末，年终岁尾的时间里。

④莫：不要。辞：辞别。

【译文】

正值深秋时节，云空里远征的大雁，飞落在江水之间栖息，它们一路上要躲避众多猎取飞鸟的短箭，早已惊得筋骨疲惫，羽翼也已经因此衰微。

临近年终岁尾之时，我们在这江河湖泊之间相遇，同是江湖过客，不要匆匆与我辞别而去，请你们同我结为旅伴，一起向更远的南方飞。

【赏析】

宋仁宗景祐三年（1036年）七月，范仲淹遭到权相吕夷简排挤而被贬谪，欧阳修上书朝廷加以指责，本想为范仲淹申辩，没想到皇帝昏庸，听信谗言，因此欧阳修也被牵连贬为夷陵（今湖北宜昌）县令。这首诗就作

于从真州（今江苏仪征）南行赴任途中。

当时正值深秋时节，有一天临近黄昏，在江水中行驶多日的欧阳修心力交瘁，准备在江岸边留宿，偶然看到几只南征的大雁栖息于江水之间，看到这些经历长途飞翔的鸟儿羽翼为之衰微，诗人不禁感时伤怀。忽然觉得自己的命运与这些鸟儿竟如此相似，甚至有过之而无不及，诗人不禁更觉万般凄凉，因而感慨万千。

文中以征雁自比，抒发了一种疲于仕途坎坷，却又无可奈何的孤独寂寞之情。全诗语言平易，意蕴深沉，情感丰富，耐人寻味。

晚泊岳阳

【原文】

卧闻岳阳城里钟①，系舟岳阳城下树。
正见空江明月来，云水苍茫失江路②。
夜深江月弄清辉③，水上人歌月下归。
一阕声长听不尽④，轻舟短楫去如飞⑤。

【注释】

①闻：听。岳阳：古称巴陵，又名岳州，今湖南洞庭湖边的岳阳城。

②苍茫：形容旷远迷茫的样子。失江路：意为江水苍茫，看不清江上行船的去路。

③清辉：清光；皎洁的月光。

④一阕（què）：一曲。作为量词使用，表示歌曲或词，一首为一阕；

一首词的一段亦称一阕。尽：完，终了。

⑤短楫（jí）：小船桨。

【译文】

我躺在小船上听到岳阳城里的钟声响起，停下来将小船系在岳阳城边的树上。

正好看见一轮明月缓缓升起，仿佛迎面走来，天空旷远云水相连，此刻苍茫一片，看不清江上行船前进的方向。

夜深了，江上的明月洒落皎洁的月光，忽然月光里远远传来行船人晚归时的歌声，美妙而嘹亮。

那一阕悠长的歌声仿佛没有尽头，在耳边久久回响，只见轻快的小舟荡起船桨，如飞似的驶向远方。

【赏析】

宋仁宗景祐三年（1036年）五月，欧阳修因上书直谏而被贬为峡州夷陵（今湖北宜昌）县令，于是欧阳修携家人沿水路前去赴任。一路风餐露宿，于九月初四夜泊岳阳城外的洞庭湖。由于羁旅劳累，当夜月下难眠，于是写下了这首流传千古的佳作，抒发了羁旅之情，同时为我们展现了一幅明丽的洞庭夜景图。

诗中从羁旅之人听到悠悠钟声写起，渲染出一种黄昏旅人归的场景，这种归家的氛围牵引着“我”驻留树下静静聆听。江水苍茫，仿佛自身难以预测的前途，恍惚之间迷失了前行的路。而当有行舟人唱着船歌回家路过身边时，这歌声与城中钟声互相融合在一起，牵动旅人思绪，然而轻舟转逝如飞，空留孤影独自对江月，陷入无限遐想。

作者以景寓情，通篇于平易之处显现情深，表达了作者对家乡的思念之情，同时含蓄地表达了自己官场失意的落寞情怀。

宿云梦馆①

【原文】

北雁来时岁欲昏②，私书归梦杳难分③。

井桐叶落池荷尽④，一夜西窗雨不闻。

【注释】

①云梦馆：大概指古云梦地区某客馆。云梦：古云梦泽地域相当广大，大致包括今湖南益阳市以北，湖北安陆市以南、武汉市以西地区。此处可能指云梦县。

②岁欲昏：一年将尽之意。

③私书：隐秘不公开的书信，此指家书。杳（yǎo）：远得看不见踪影，此指隐约不清晰的样子。

④井桐：指井栏边的梧桐树。尽：此指荷花已落尽。

【译文】

北方的鸿雁飞来时，正是一年将尽的时候，提笔想给妻子写信，却又勾起了我的思乡之情，怎奈归期如梦，常常在梦里回转家乡，神情恍惚、真假难分。

梦醒后心情抑郁推开门窗，只见井栏边的梧桐树叶凋落，池塘里的荷花早已落尽，昨晚整夜秋雨敲打西窗，可我正沉酣于梦境之中，竟然没有听到雨声。

【赏析】

这首诗是欧阳修约于宋仁宗景祐三年（1036年）被贬作夷陵（今湖北宜昌）令时，在赴任途经湖北安陆（古云梦地区），独宿客馆的思亲之作。

诗中描写了北雁南飞，一年将尽的时节，夜宿旅馆，提笔想给妻子写信，却又勾起了诗人的思乡之情，盼望鸿雁能够传递自己与家人相互间的音讯。信中倾诉的思念之情，与梦中飞归乡里的场景，如梦似幻，竟难以分清。至此，逼真地显现了诗人梦归后，将醒未醒时的情态和心理。

这是诗人思念妻室之作，诗歌语言清丽而凄婉，深沉而自然，且极富思想内涵。可见诗人深得用词之道，善取精髓，能巧妙地与悠悠愁绪产生共鸣。

戏答元珍①

【原文】

春风疑不到天涯②，二月山城未见花③。
残雪压枝犹有橘④，冻雷惊笋欲抽芽⑤。
夜闻归雁生乡思，病入新年感物华⑥。
曾是洛阳花下客，野芳虽晚不须嗟⑦。

【注释】

①元珍：丁宝臣，字元珍，常州晋陵（今江苏常州市）人，当时为峡州（治所在今湖北宜昌）军事判官。

②天涯：形容极边远的地方。因当时诗人被贬官夷陵（今湖北宜昌市），

距京城很远。

③山城：指欧阳修当时任县令的峡州夷陵县（今湖北宜昌）。夷陵面江背山，故称山城。

④残雪：指初春雪还未完全融化。犹有橘（jú）：树枝上还挂着去年的橘子。

⑤冻雷：初春时节的雷。因天气未暖，还没解冻，故称冻雷。欲：将要。

⑥感物华：感叹事物的美好。物华：美好的景物。

⑦嗟（jiē）：叹息；感叹。

【译文】

我怀疑春风吹不到这边远的山城，不然此时已是二月，居然还见不到一朵开放的花。

只有尚未融化尽的积雪压弯了树枝，树枝上还挂着去年的橘子，春寒料峭，春雷滚滚而来，似乎想要催促竹笋赶快抽芽。

夜间难以入睡，忽然听到阵阵北归的雁鸣，惹起我无穷的乡愁，我虽然病了很久，但此刻进入新春时节，我禁不住感叹事物的美好繁华。

我也曾是洛阳城花开时节流连花前的游客，看尽牡丹的繁华，而这里的野花开得虽晚，但也不必为此感叹惊讶。

【赏析】

宋仁宗景祐三年（1036年）五月，欧阳修降职为峡州夷陵（今湖北宜昌）县令。次年，朋友丁元珍写了一首题为《花时久雨》的诗赠给他，欧阳修便写了这首诗作答。

这首诗是作者遭贬谪后所作，因而表现了诗人谪居山乡的迷惘寂寞心情和自我宽慰的情怀。正如诗题冠以一个“戏”字，表面说明自己所写的不过是游戏文字，其实正是他遭贬后政治上失意的掩饰之辞。但他并未因此而丧失自信，而是更多地表现了自己面对被贬谪生活的抗争精神，结尾句“野芳虽晚不须嗟”准确诠释了对前途仍充满信心和希望。

诗中借“春风”与“花”的关系来寄喻君臣、君民关系，这也是历朝历代的文人以“香草美人”来比喻君臣关系的进一步拓展。在他的内心中，他深信明君不会抛弃忠诚的贤臣的，但在封建朝政中，君臣之间更多的是一种人身依附、政治依附的关系，臣民要做到真正的人生自主与自我选择是非常困难的，所以他也只能以“戏答”的方式表达自己当时的怨愤心情。此诗之妙，就妙在它既以小蕴大，又怨而不怒，于自然清新之中表现出一种善处逆境的进步思想与可贵的性情。

春日西湖寄谢法曹歌①

【原文】

西湖春色归②，春水绿于染。
群芳烂不收③，东风落如糁④。
参军春思乱如云⑤，白发题诗愁送春。
遥知湖上一樽酒，能忆天涯万里人⑥。
万里思春尚有情，忽逢春至客心惊。
雪消门外千山绿，花发江边二月晴。
少年把酒逢春色，今日逢春头已白。
异乡物态与人殊⑦，惟有东风旧相识⑧。

【注释】

①西湖：指许州（今河南许昌市）西湖。谢法曹：谢伯初，字景山，晋江（今属福建）人。当时在许州任司法参军。宋代州府置录事参军、司理参军、司法参军等属官，统称曹官，司法参军即称为法曹。

②归：回去，指春光将逝。

③烂不收：指花开绚烂，无法阻止绽放。

④落如糁（sǎn）：原指碎米粒，这里引申指散粒状的东西，诗中形容飘落的细碎花瓣。

⑤参军：指谢伯初。乱：凌乱，缭乱。

⑥天涯万里人：这里是被贬谪到偏远之地的诗人自指。

⑦物态：指自然景色。殊（shū）：不同，引申为“陌生”的意思。

⑧惟有：只有。东风：指春风。

【译文】

西湖两岸春意盎然，迎来了春天的又一轮回归，春水荡漾，湖水像染过的一样，仿佛换上了绿色的裙装。

漫山遍野万紫千红的花朵争芳斗艳，花开绚烂的势头简直无法阻止绽放，一阵春风吹过，凋落的花瓣如同细碎的米糁飘扬。

春天带来了春愁，法曹的思绪也随之凌乱如云，自古白发人最怕题诗送青春。

我在远方，也能感知到法曹您已经摆好了湖中酒席，知道您能想起我这个被贬谪到天涯的友人。

遥遥万里还是挡不住我们之间的友情，因为春风里就有您捎来的一片思念，每到春来之时，我都会暗暗感到心惊。

春风里冰雪消融，门外的千山已经碧绿，江岸边的繁花争妍，二月的天空别样晴明。

还记得少年时，每逢春天来临之时就会举杯开怀畅饮，到如今，春草逢春变得青绿，可我却已经苍白了两鬓。

远在他乡客居，物态人情都与我的家乡大有不同，只有这东风情意依旧，年年岁岁难舍难分。

【赏析】

这是欧阳修于宋仁宗景祐四年（1037年）的春天所作的一首杂言古诗。此前一年秋，欧阳修不幸受到奸人谗毁而被贬谪为峡州夷陵令。后来友人谢伯初从许州寄诗安慰他，于是他便写了这首诗作为酬答。

全诗以春为线索，既有对景物的描绘，又有对诗友形象的勾勒，以及有感于诗友以酒相待的真挚情怀。全诗大致分为两部分。

前部分写西湖景色及朋友相念之情，含蓄地表达了对友人寄诗安慰的一种感激；后部分从“雪消门外千山绿”起笔，通过对夷陵春天景物的描绘，抒写自己异乡逢春的新鲜见闻和落寞情怀。这首诗着重表现朋友间的思念之情，也抒发了诗人遭受贬谪、睹物伤春的苦闷心情。

黄溪夜泊

【原文】

楚人自古登临恨①，暂到愁肠已九回②。

万树苍烟三峡暗③，满川明月一猿哀④。

非乡况复惊残岁⑤，慰客偏宜把酒杯⑥。

行见江山且吟咏⑦，不因迁谪岂能来⑧？

【注释】

①楚人：楚国人，此处指宋玉。楚：战国时的大国，为七雄之一。登临：登山临水，意为游览自然胜景。恨：表示对某人或事物的态度很强烈之意。此为抒怀之意。

②暂到：刚到，乍到。暂：始、初。愁肠已九回：犹"九回肠"。形容回环往复的忧愁，极言内心忧虑不安。

③万树苍烟：苍白的烟雾笼罩着茂密的树林。万：此言其多。苍烟：青烟。暗：昏暗。

④满川明月：明月的清辉朗照着平旷的原野。川：平野、平地。猿哀：意为猿猴悲鸣。柳宗元《入黄溪闻猿》："溪路千里曲，哀猿何处鸣。"

⑤非乡：犹"殊乡"，异域，他乡，此为远离家乡之意。残岁：残年，岁暮，指一年将尽的时候。

⑥慰客：犹"迁客"。慰：安慰，宽慰，使人心里安适。偏宜：最宜，

特别合适之意。把酒杯：端着酒杯。苏轼《水调歌头》："明月几时有？把酒问青天。"

⑦吟咏：这里指作诗。《诗经·周南·关雎序》："吟咏情性，以风其上。"孔颖达注："动声曰吟，长言曰咏，作诗必歌，故言吟咏性情也。"后因此用为歌咏或作诗的意思。

⑧迁谪（zhé）：被贬谪到外地。岂能：怎么能够。表反问语气。

【译文】

自古以来，楚人就特别喜爱登高抒发情怀，我刚刚被贬谪到这里，早已觉得愁肠百结如同九曲迂回。

茂密的树木终日烟云笼罩，三峡阴暗昏沉，今夜明月高悬普照遍野，远处传来一阵猿猴的悲鸣。

远离故乡，何况又逢岁暮年关，不免惊动心中的愁怨，要想安慰孤独的灵魂，最好还是开怀畅饮。

闲游行走之间，发现江山的秀美，且不妨高声吟诵，仔细想来，如果不是遭到贬官外放，又怎能来到这里饱览奇山异景？

【赏析】

欧阳修谪居夷陵之时，曾经路过黄溪，登山临水之际，不禁抚今伤古，感慨良多，于是写下了这首诗。

诗中首联以“恨”“愁”二字点明主旨，为全篇定下抒怀基调，引领下文；颔联借景抒情，不仅描写了三峡幽暗、明月满川的景象，同时也揭示了峡川月夜的苍茫、辽阔、凄清之美，还进一步抒写了胸中纠结难解的愁绪；颈联喟叹岁暮谪居他乡愁绪，此刻只能借酒浇愁，感慨人世沉浮；尾联在悲情之中，忽然扭转笔锋，不再倾诉儿女情长的伤心之语，而是将悲情化为临风咏叹。一句“不因迁谪岂能来”，似乎为自己今日能饱览楚地奇异风光而感到自豪，而不是无尽的伤悲。如此情绪顿然逆转，于自我解嘲中豁然，字里行间透出一股旷达豪迈之气。

通篇借助景物描写，抒发了作者极为复杂的思想感触。既有无辜被贬的深沉感慨，又有怀乡思归的惆怅之情，而在这种无可奈何的情况下，只能自我宽慰，故作旷达。因此说，这首诗行文气象阔大，意绪苍凉，不愧为欧阳修七律的佳作之一。

代赠田文初①

【原文】

感君一顾重千金，赠君白璧为妾心。

舟中绣被薰香夜，春雪江头三尺深。

西陵长官头已白②，憔悴穷愁愧相识。

手持玉斝唱阳春③，江上梅花落如积。

津亭送别君未悲，梦阑酒解始相思④。

须知巫峡闻猿处⑤，不似荆江夜雪时。

【注释】

①田文初：田画，字文初，是欧阳修在夷陵居住期间结识的友人。

②西陵：夷陵。西陵长官：此为作者自指。头已白：自己已经衰老。作者此时才三十岁，这样写是夸张地表现自己因遭贬谪而早衰的状态。

③斝（jiǎ）：是古代中国先民用于温酒的酒器，也被用作礼器，通常用青铜铸造，三足，一鋬（耳），两柱，圆口呈喇叭形。商汤王打败夏桀之后，定为御用的酒杯，诸侯则用角。阳春：此为阳春白雪的省略写法，为古代楚国歌曲名。

④梦阑：梦残，梦尽。这里指梦醒的意思。酒解：指醒酒了。

⑤须知：要知道。巫峡闻猿：此为长江三峡中巫峡之一景。处：地方。

【译文】

感念郎君你这一次眷顾，就胜过贵重的千金，此番赠送你一块洁白的璧玉，是为了表白我的一片痴心。

小船上你我共眠绣花被中，难以忘怀那熏香缭绕的夜晚，好比那江头的春雪消融，足足有三尺多深。

西陵长官头发已花白，面容憔悴而又穷困潦倒，实在是惭愧与你相识。

手持斟满美酒的玉斝高唱一支阳春曲，只见那江面上一片片梅花应声凋落，层层叠叠地堆积在一起。

今日在这津亭之上相互送别，你没有伤悲，残梦阑珊之时，醒酒之后又开始无尽的相思。

你要知道，那巫峡两岸能听到山猿悲啼的地方，并不像那荆江夜里的大雪纷飞之时。

【赏析】

这是欧阳修代笔诗作，该诗代歌妓送别田文初，以绮丽自然的笔端将女子的深情与忧心悠然流露出来，令人读之惆怅，不免感伤。

从诗的内容来看，该歌妓与田文初应当是露水情缘，萍水相逢，而田文初终究是个过客。女子回想往日在小舟之上甜美的情事，虽然时隔不久，但早已随着流水逝去，心中不免会无限感伤。不过，这名歌妓并没有流露出丝毫嗔怒与懊恼，只表露出些许淡淡惆怅与追随而去的款款深情。全诗情景交融，意绪深远，仿佛将那位遥隔千年的温婉女子带到我们眼前，反映了古往今来无数无疾而终的情事，总是令人怜惜不已，而又不免为之叹息。

答杨辟喜雨长句

【原文】

吾闻阴阳在天地①，升降上下无时穷②。

环回不得不差失③，所以岁时无常丰。

古之为政知若此，均节收敛勤人功④。

三年必有一年食，九岁常备三岁凶⑤。

纵令水旱或时遇，以多补少能相通。

今者吏愚不善政⑥，民亦游惰离于农⑦。

军国赋敛急星火⑧，兼并奉养过王公⑨。

终年之耕幸一熟，聚而耗者多于蜂。

是以比岁屡登稔⑩，然而民室常虚空。

遂令一时暂不雨，辄以困急号天翁⑪。

赖天闵民不责吏⑫，甘泽流布何其浓⑬。

农当勉力吏当愧，敢不酌酒浇神龙⑭。

【注释】

①阴阳：阴阳的概念源自古代中国人民的自然观，古人观察到自然界中各种对立又相连的大自然现象，如天地、日月、昼夜、寒暑、男女、上下等，便以哲学的思想方式归纳出“阴阳”之说，阴阳有四对关系：阴阳互体，阴阳化育，阴阳对立，阴阳同根。

②升降上下：指阴阳四时此起彼伏的运动形态。穷：穷尽，终止。

③环回：循环。差失：误差。

④均节收敛（liǎn）：收取赋税要均平而有节制。勤人功：使耕种之人，勤于务农。

⑤备：丰年积蓄粮食，以防备水灾旱灾。凶：荒年。

⑥不善政：不懂得节用爱民，以防备饥荒。

⑦游惰（duò）：游手好闲，不务正业。离：脱离。此处指百姓纷纷脱离农村，去为僧为兵。

⑧星火：比喻急迫，此处指赋税繁苛，急如星火。

⑨兼并：合并；并吞，本意是掠夺强占土地，此处指兼并土地的富豪之家。

⑩比岁：连年。登稔（rěn）：五谷丰收。

⑪辄（zhé）：总是、就。号（háo）天翁：向天公呼号求救。

⑫闵（mǐn）：怜悯，怜恤。责：谴责。

⑬甘泽：甘霖，及时雨。

⑭浇：祭献。神龙：古人以为龙能致雨，所以视其为神。

【译文】

我听说“阴阳”二气，存在于天地之间，它们上下升腾与降落，相互运动转化，没有穷尽终止的日期。

它们彼此往复回环，不可能不出差错，所以收获的时候不会年年丰收。

古代执政的人懂得这个道理，所以在税收方面能够做到均衡节制，同时劝勉农人勤劳努力。

耕种三年必有一年能有盈余的粮食，九年之中常常要把三年可能出现的饥荒做好防备。

这样一来，即使偶然遇上水涝旱灾或者时运不济，也能以之前的盈余补济现有的短缺，互相调剂流通。

如今官吏愚蠢，不善于治理政事，农民也开始游手好闲，争着去做游僧或者去当兵，如此懒于劳作，渐渐脱离于田间务农。

致使国家的赋税敛收情况告急，如同星火，而那些兼并土地奉养者的生活，却胜过王公贵胄。

农民辛苦耕种一整年，所幸获得五谷丰收，可是随之聚拢过来争着耗费的人，多如蚁蜂。

像这样，就算是连年获得好收成，农民家中也常常被洗劫一空。

于是令老天愤怒，一时不下雨，就会让人陷入各种困境，人们只能急得向天公呼号求救。

全凭老天怜恤百姓，没有责怪官吏，于是从雨露润泽到大雨滂沱，是何其充沛丰盈。

所以农民应该更加努力，而身为官吏理应惭愧，岂敢不斟满美酒，洒向天地祭拜神龙。

【赏析】

此诗约作于宝元元年（1038 年），当时杨辟先有喜雨诗寄给欧阳修，于是欧阳修便写下此诗作答。

这是一篇集中表现作者政治主张的政论诗。作者以天地阴阳之气的存在，到不可随意人为破坏其阴阳四时的运动形态、回环往复的自然规律开始论述，间或论述了天公降雨、农人勤勉、执政者之间的关系，其实也是在向当今的社会情态呼吁：不要破坏天地阴阳之气的和谐，为官者要勤政爱民，而农人也要勤勉耕种，不能懒惰、好逸恶劳，官民相互和谐，才能感动天地，天降甘霖，才能保证国家的和谐稳定。

欧阳修在著名的政论文章《原弊》中，曾深入分析了北宋社会积贫致弱的原因所在：一为诱农弃耕之弊。国家不鼓励农人务农，而是任由农人

离开土地去当兵、做和尚，致使脱离田间劳作的人越来越多。二为兼并之弊。土地越来越多被巧取豪夺地集中在少数富人之家，造成多数农人流离失所。三为力役之弊。国家下达的公役繁重，并且大部分土地落到小地主和自耕农头上。在这种社会情境之下，欧阳修提出改善吏治，劝农务本，勤政爱民的政治主张。这首对杨辟喜雨诗的酬答诗，同样蕴含了这样的政治思想。

本诗注重说理，读来有如押韵的政论，但据此可知欧阳修的诗有散文化倾向，不愧为文坛领袖，行文落笔大有改革之风。

琅琊溪①

【原文】

空山雪消溪水涨②，游客渡溪横古槎③。

不知溪源来远近④，但见流出山中花⑤。

【注释】

①琅琊溪（láng yá xī）：在今安徽省滁州市琅琊山。

②空山：空旷的山林。雪消：积雪消融。

③古槎（chá）：原意为古旧的木筏。这里指拼扎而成的简易木桥。

④溪源：溪水的源头。来：来自。

⑤但见：只看见。

【译文】

春天来临，空寂的深山中，山顶的积雪开始融化汇成小溪，溪水逐渐上涨，游客们有的在溪水中悠闲泛舟，有的漫步在横跨溪上的木桥到达彼岸。

不知道这溪水的源头来自哪里，也不知离这里是远还是近，只看见那山中的落花，随着溪水流出山谷。

【赏析】

欧阳修被贬到滁州担任滁州（今属安徽）太守时，曾即兴写下了组诗《琅琊山六题》，一共题咏了归云洞、庶子泉、琅琊溪、石屏路、班春亭、惠觉方丈六题，这首《琅琊溪》就是其中的一首。

诗中开头两句，描绘了琅琊溪冬去春来之时的美丽景色：临溪远望，眼前雪消溪涨、游客荡舟渡溪、漫步木桥。诗人凝望着远处潺潺而来的溪水，不禁对溪水的源头到底在哪里心生疑问，由此引出下文。诗中后两句，虽然不知这潺潺溪水的源头在哪里，但是通过看见清澈的溪水中漂浮而来的片片花瓣，可以想象那一定是来自一个美丽的地方，从而为读者铺开了一个遐想的空间画面。如此虚实相生，表现了作者对琅琊溪幽境美景的喜爱之情，抒发了心中寄情山水的悠然情怀。

百子坑赛龙①

【原文】

嗟龙之智谁可拘，出入变化何须臾②。

坛平树古潭水黑③，沉沉影响疑有无④。

四山云雾忽昼合，瞥起直上拏空虚⑤。

龟鱼带去半空落，雷輷电走先后驱⑥。

倾崖倒涧聊一戏，顷刻万物皆涵濡⑦。

青天却扫万里静，但见绿野如云敷⑧。

明朝老农拜潭侧，鼓声坎坎鸣山隅⑨。

野巫醉饱庙门阖，狼藉乌鸟争残余⑩。

【注释】

①百子坑：也叫柏子潭，在滁州西南三里，旁有柏子庙，是当地用来祈雨之所。

②嗟（jiē）：文言叹词，表叹息，嗟叹。拘：限制，束缚。须臾（yú）：片刻之间。

③坛：这里指求雨台。潭水黑：指潭水深绿。

④沉沉：潜伏。疑有无：疑惑而不知道有没有。

⑤拏（ná）：意为“执取”，凌空，向空中腾起之意；牵引。空虚：这里指云雾。

⑥軥（hōng）：形容车声、雷鸣等巨大的声音。先后驱：指雷电连接不断，仿佛互相驱逐。

⑦涵濡（hán rú）：滋润；沉浸。

⑧敷（fū）：铺开。

⑨坎坎（kǎn）：形容鼓的声音。山隅（yú）：山的一角，山脚。

⑩残余：这里指巫师吃剩下的谢神食物。

【译文】

可叹那神龙的灵智谁能束缚，来去自由，出神入化只在转眼之间。

祭坛平坦宽阔，古木苍苍，潭水幽暗深绿，水面沉沉，里面没有身影动静，让人疑惑潭水之中有没有神龙。

四周的山顶云雾缭绕，突然间聚拢在一起，只见神龙腾空而起，直冲上天空牵引云雾溟蒙。

潭水中的龟、鱼被神龙的腾起之势卷上高空，又纷纷坠落，随后交替而来的是闪电，伴随着雷声隆隆。

只见大雨好像从山崖倾倒下来一般，顷刻之间大地雨水充足，万物都得到了滋润濡养，这正是神龙聊且一显神通。

雨过天晴之后，天空就像洒扫过一般，万里平静，只见绿色的原野，如同云锦铺成。

明天早晨，老农们就会到柏子潭旁祭拜，那时候，欢快的鼓声咚咚鸣响，回荡在山谷之中。

乡野间的巫师酒醉肉饱之后，回到庙中关紧庙门，此刻的庙门之外一片凌乱，乌鸦鸟雀乱飞，争夺被人吃剩下的祭供。

【赏析】

这首诗约作于庆历七年（1047 年）欧阳修在滁州为太守时。传说当年欧阳修在此任职期间，曾遇到大旱，因此他决定设坛为民祈雨。但不知是心诚感动了天地，还是事有偶合，这一求果然不久以后迎来了大雨降临，而且是顷刻间雨量充沛，不能不说是神奇。于是欧阳修作了这首诗，以记录此事。

百子坑也叫柏子潭，在滁州西南，潭水旁有一座柏子庙，是当地用来祭神祈雨的场所。这一年春耕之前大旱，看到百姓无法耕田，欧阳修心里更是焦急，于是决定同当地百姓一道设坛求雨。

也许是求雨心切的幻想吧，也许是真的求雨立时成功，关于这个问题我们无须去考证，只需了解这首诗的气势，就足以让我们感受到一位太守，是如何急民之所急的可贵精神。而神龙之神，也足以令人敬畏。刚刚还是潭水沉沉，毫无动静，诗人脑海中忽然幻化出乌云四合，神龙腾空，电闪雷鸣，大雨滂沱，顷刻间又雨过天晴，呈现出一派绿野如云锦的景象。此情此景，令人眼前无比震撼，而震撼之余，留给读者更多的则是对于当时社会的思考。

结尾句“明朝老农拜潭侧，鼓声坎坎鸣山隅”，将民间祈雨成功、万众欢欣鼓舞的场面描写得活灵活现，表达了诗人关心民间疾苦，以及与民同乐、爱民如子的伟大情怀。

雪

【原文】

新阳力微初破萼①，客阴用壮犹相薄②。
朝寒棱棱风莫犯③，莫雪绥绥止还作④。
驱驰风云初惨淡，炫晃山川渐开廓⑤。
光芒可爱初日照，润泽终为和气烁⑥。
美人高堂晨起惊，幽士虚窗静闻落。
酒垆成径集瓶罂⑦，猎骑寻踪得狐貉⑧。
龙蛇扫处断复续，猊虎团成呀且攫⑨。
共贪终岁饱麰麦⑩，岂恤空林饥鸟雀。
沙墀朝贺迷象笏⑪，桑野行歌没芒屩⑫。
乃知一雪万人喜，顾我不饮胡为乐⑬。
坐看天地绝氛埃⑭，使我胸襟如洗瀹⑮。
脱遗前言笑尘杂⑯，搜索万象窥冥漠⑰。
颍虽陋邦文士众，巨笔人人把矛槊⑱。
自非我为发其端，冻口何由开一噱⑲。

【注释】

①新阳：新春的阳气。泛指初春。初破萼（è）：这里指花萼初开。

②客阴：冬天的阴气，新春开始，阴气已经退居客位，故叫客阴。

③棱棱：寒风凛烈的样子。

④绥绥（ruí）：纷纷下落的样子。

⑤炫晃：闪耀；炫目闪耀。这里指雪光映照的景象。开廓（kuò）：开阔，空阔。

⑥烁（shuò）：热，融化，这里指积雪被暖气所融化。

⑦酒垆（lú）：酒店。集：堆积。瓶罂（yīng）：泛指小口大腹的陶瓷容器。罂：古代瓷质贮茶用具。圆唇、短颈、鼓腹、平底。酱褐色釉。颈部饰白釉鼓钉纹，腹部饰漩涡纹。制作精美。最早见于唐代，以宋代江河七里镇窑制品为佳。

⑧貉（hé）：貉是犬科非常古老的物种，被认为是类似犬科祖先的物种。体形短而肥壮，介于浣熊和狗之间，小于犬、狐。体色乌棕，吻部白色，四肢短呈黑色，尾巴粗短。

⑨龙蛇：形容蜿蜒曲折的道路。猊（ní）：古书记载是外貌与狮子相似能食虎豹的猛兽，也是威武百兽率从之意。泛指狮子。呀：惊讶貌，张口。攫（jué）：本义是鸟用爪迅速抓取，这里指用雪堆成的狮子、老虎张牙舞爪，神态很生动。

⑩麰（móu）麦：麦子。

⑪沙墀（chí）：丹墀，古时宫殿用丹砂涂饰的台阶。象笏（hù）：是一种象牙制的手板。笏：是用玉、象牙或竹片制成，用以指画或记事。据《明史·舆服志》记载，一品到五品官员上朝时手执用象牙做的手板。

⑫芒屩（juē）：芒鞋，草鞋。

⑬胡为乐：拿什么来庆贺。胡：什么。

⑭氛埃（fēn āi）：污浊之气；尘埃。

⑮洗瀹（yuè）：洗涤。

⑯脱遗：除去。前言：前人习用之言。

⑰冥漠：幽深广漠，比喻搜寻范围更深更广。

⑱颍（yǐng）：这里指颍州，属于安徽省阜阳市，位于安徽省西北部，淮河以北。陋邦：指边远闭塞之地。槊（shuò）：中国古代冷兵器，是重型的骑兵武器，类似于红缨枪、斧头的攻击武器，即长杆矛。槊由硬木制成，分槊柄和槊头两部分。

⑲噱（xué）：大笑。

【译文】

新春的阳气力量尚还微弱，花儿刚刚冲破花萼，退居客位的冬阴之气力量还很强壮，就像是在对春阳威逼轻薄。

清晨的寒风凛烈，不要轻易冒犯，不要在大雪纷扬不止的时候，还要出去劳作。

刚要下雪之前，风云相互驱逐，天色惨淡昏暗，雪花越来越浓密的时候，雪光映照天地一片苍白，山川逐渐变得开阔。

雪停后，初升的太阳光芒四射，白茫茫的积雪慢慢润泽大地万物，一场丰年的瑞雪终被和暖的春之阳气消融。

美人早晨起来站在高堂前，忽

见这一夜大雪又喜又惊，虚掩的轩窗下，幽居的隐士正在静听雪花飘落。

这样的天气适合煮酒烹茶，卖酒人家的门前被来往客人踏成小路，卖空的瓶罐酒坛堆积如山，猎人骑马驰向原野寻找猎物的踪迹，很快就能猎取到狐貉。

打扫出来的路径曲曲弯弯，就像是龙蛇飞舞，时断时续，用积雪堆团而成的狮子、猛虎，张牙舞爪，栩栩如生。

人们都在贪图这年终大雪带来明年的麦子丰收，有谁怜惜那空寂的山林里，正盘旋在雪中饥饿无食的鸟雀。

官员们争先恐后踏上沙堤来到朝堂向皇帝贺雪，只见那象牙笏板密密麻麻，田野农夫边走边唱，高兴得顾不上大雪已经埋没了脚上的草鞋。

由此可知，这一场大雪可使万民欢乐，可回过头来看，我不善饮酒，又拿什么来庆贺？

坐观天地之间，此刻干干净净，没有一点尘埃，使我心胸豁然开朗、通透清澈，如同被清水洗涤过一般。

脱离前人吟雪的陈言尘俗与荒杂一概遗弃不用，在冥冥万象中搜寻探索，冥思苦想其中的幽深广漠。

颍州虽然是偏僻荒远之地，可是文人志士却很多，人人都能舞文弄墨，手中大笔一挥，如同战场高举的矛槊。

今天若不是我为这“禁物体语”诗发起开端，如此天寒地冻，大家怎能找到由头开口一笑呢。

【赏析】

这首诗约作于皇祐二年（1050年）。庆历八年（1048年）时，欧阳修从滁州迁官至扬州，皇祐元年（1049年）正月又迁官至颍州，此诗便是一次雪中宴客之时所作。

初春的天气，颍州的清晨依旧寒风戚戚，略显寒凉。刚下过一场大雪，天气晴朗，于是欧阳修派人邀请几位友人前来饮酒吟诗，切磋消磨。客人纷纷到来，酒宴之上你吟我和，好不热闹。忽然一位客人提议以“雪”为题，作一首“禁物体语”诗。规则就是作诗时，那些常用作诗句的“玉、月、梨、梅、舞、银、鹤”等词汇都不许用。这一下可难住大家了，只见欧阳修略思片刻，提笔而成这首咏雪诗，随后博得一片喝彩之声，从此也开创了北宋新诗体的先河。不过，或许是因为过于难写，后来者均不如欧阳修，所以也就没能流传开来。

这首诗围绕“一雪万人喜”为中心，四句一转，先写春寒雪作；接下来写初雪、雪盛、雪晴、雪融四种现象；又写雪中美人、隐士、酒客、猎户的自行其乐；再写雪中酒肆门庭若市、道路如龙蛇、猎人原野狩猎、空林鸟雀饥歌；继而写官员朝贺、农人歌雪、喜雪、我“坐看天地绝氛埃，使我胸襟如洗瀹”，如此兴奋之至，唯有赏雪、吟雪最佳。最后归结到按照要求搜句作诗，起笔落笔之间回扣题目，结构严谨，层次分明。

虽然诗题要求苛刻，但欧阳修能难处求深，从容不迫，瞬间突破自己惯常诗风，真不愧为北宋文坛巨匠，是中华文化瑰宝的开拓者与守护者。

再至汝阴三绝（其一）

【原文】

黄栗留鸣桑葚美①，紫樱桃熟麦风凉。

朱轮昔愧无遗爱②，白首重来似故乡③。

【注释】

①黄栗（lì）留：黄鹂鸟，一种鸣禽，多为中等体型，体羽一般由全黄色的羽毛组成，幼鸟偏绿色，下体具细密纵纹。在古诗词中常出现。桑葚（sāng shèn）：又名桑椹子、桑蔗、桑枣、桑果、桑泡儿、乌椹等，桑树的成熟果实，为桑科植物桑树的果穗，味甜汁多，是人们常食用的水果之一。

②朱轮：古代王侯显贵所乘的车子。因用朱红漆轮，故称，古代俸禄至二千石的官，都可乘坐，后用以代指太守、知州。遗爱：去职后留下的德政。

③白首：白发。

【译文】

黄鹂鸟在桑林中鸣唱，是在贪恋桑果美味，樱桃已经熟透，泛着紫红色的光，轻风拂过麦田，一路撒下淡淡清凉。

车轮滚滚而过，遗憾的是我往昔在这里执政时，没有留下值得称颂的政绩大爱，如今满头白发重新来到这里，就像是游子回到了久别的故乡。

【赏析】

本诗约于治平四年（1067 年）在颍州所作。当时欧阳修已年过六十。那年的正月，宋神宗即位，御史彭思永、蒋之奇捏造罪名弹劾欧阳修。虽然后来经过澄清辨明无罪，但欧阳修面对官宦之争、相互挤压排斥的现象厌恶至极，又无可奈何，于是决定离开这个是非之地。欧阳修几经思忖，最终去意已决，终以观文殿学士、刑部尚书出知豪州。赴任途中，他经过曾经执政的颍州，看到这里的山山水水，不禁睹物伤情，感慨之余写下此诗。

因为他喜欢颍州的山水风物，所以对颍州一直怀有深厚的感情，对那里的美好景物更是赞赏有加。当时正是果实成熟时节，黄鹂鸟在桑林中鸣唱，仿佛是在宣告丰收的喜悦；樱桃红紫，泛着诱人的光泽；麦黄之际，风吹麦浪，看到丰收的果实令人心情舒爽；朱轮滚滚而过，回想往事无限感伤；但此次故地重来，再见这里的风土人情，心里还是禁不住涌起一股热浪，如同回到了故乡一样。

诗的开头两句写初夏景色，抓住了最有特征的风物，以生动的笔触描画出一幅具有乡村情趣的美丽画卷，赞扬这乡春之美，更加表达了作者对于乡村田园生活的美好向往。

第二部分

词

生查子·元夕

【原文】

去年元夜时[①]，花市灯如昼[②]。月上柳梢头，人约黄昏后。

今年元夜时，月与灯依旧。不见去年人，泪湿春衫袖[③]。

【注释】

①元夜：元宵之夜。农历正月十五为元宵节。自唐朝起有观灯闹夜的民间风俗。北宋时从十四到十六三天，开宵禁，游灯街花市，通宵歌舞，盛况空前，也是年轻人密约幽会，谈情说爱的好机会。

②花市：民俗中每年春时举行的卖花、赏花的集市。灯如昼：灯火像白天一样。

③泪湿：一作“泪满”。春衫：年少时穿的衣服，也指代年轻时的自己。

【译文】

去年的元宵节，花市灯光像白天一样雪亮。月儿升上柳树梢头，有情人相约，互诉衷肠之时，就在那个黄昏后。

今年的元宵节到来之时，月光与灯光同去年一样。可是再也没看到去年的情人，泪水不知不觉湿透了衣袖。

【赏析】

这是一首描写元宵夜的小词。言语浅近，情调哀婉。用“去年元夜”与“今年元夜”两幅元夜图景对比，展现相同节日里的不同情思，然后将不同时空的场景贯穿起来，写出一位女子悲戚的爱情故事。

词的上阕写去年元宵夜情事；下阕写今年元宵夜相思之苦。全词语言平淡，意味隽永，通过营造一种朦胧清幽、婉约柔美的意境，表达了欲言又止的爱情遭遇，体现了真实、朴素与唯美的统一。语短情长，形象生动，又适于记诵，因此流传很广。此词的艺术构思近似于唐人崔护的《题都城南庄》诗，却较崔诗更见语言的回环错综之美，也更具民歌风味。明代徐士俊认为，元曲中“称绝”的作品，都是仿效此作而来，可见其对这首作品的赞誉之高。

采桑子·轻舟短棹西湖好[①]

【原文】

轻舟短棹西湖好[②]，绿水逶迤[③]，芳草长堤，隐隐笙歌处处随[④]。

无风水面琉璃滑，不觉船移，微动涟漪[⑤]，惊起沙禽掠岸飞[⑥]。

【注释】

①采桑子：又名丑奴儿、罗敷媚等。双调四十四字，上下阕各四句三平韵。

②轻舟：轻便的小船。短棹（zhào）：划船用的小桨。西湖：指颍州西湖。在今安徽省阜阳市西北。

③绿水：此指清澈碧绿的湖水。逶迤（wēi yí）：形容道路或河道弯曲而长。

④隐隐：隐约。笙（shēng）歌：指歌唱时有笙管乐伴奏。

⑤ 涟漪（lián yī）：形容被风吹起的水面波纹很美。

⑥ 沙禽：沙洲或沙滩上的水鸟。掠：轻轻擦过或拂过。

【译文】

西湖的风光美好，驾驶一叶轻舟划起短桨多么逍遥，碧绿的湖水绵延不断，长堤上摇曳着散发芳香的花草，隐隐传来笙箫乐伴随着悠扬的歌声，像是随着船儿在湖上荡漾。

没有风吹的水面，光滑得好似琉璃一样，不知不觉中，小船缓缓向前游移，微微荡起柔美的涟漪，被船儿惊起的水鸟，正掠过湖岸在低空飞翔。

【赏析】

描写四季风景是欧阳修《采桑子》组词的重要内容。这首词是欧阳修《采桑子》组词中的一首，以轻松淡雅的笔调，描写出泛舟颍州西湖时所见的美丽景色。

上阕主要写堤岸风景，笔调轻松而优雅。“西湖好”是通篇主体，“短棹”二字已将休闲的惬意委婉荡出。下阕描绘西湖水面平滑，小船儿在“无风”情状下“不觉船移”，颇具合理性，同时更有诗情画意。接下来的船动惊禽，划破了湖面的平静，为这一趟悠闲之旅平添了一个动感十足的画面。

全词以轻舟的行进为线索，渐次写出堤岸和湖面的景物之美，并将游人悠闲意趣融入其中。轻舟短棹、绿水芳草、游人笙歌与惊飞沙禽，好一番引人入胜的湖光盛景。可谓是空灵淡远、美不胜收，令人心驰神往。

蝶恋花·庭院深深深几许[1]

【原文】

庭院深深深几许[2]，杨柳堆烟[3]，帘幕无重数。玉勒雕鞍游冶处[4]，楼高不见章台路[5]。

雨横风狂三月暮[6]，门掩黄昏，无计留春住[7]。泪眼问花花不语，乱红飞过秋千去[8]。

【注释】

①蝶恋花：原唐教坊曲名，后用为词牌名。又名鹊踏枝、凤栖梧。双调六十字，上下阕各四仄韵。

②几许：多少。

③堆烟：形容杨柳浓密的样子。

④玉勒（lè）雕鞍：形容车马的豪华。玉勒：玉制的马衔。雕鞍：精雕的马鞍。游冶处：出游寻乐的地方。泛指歌楼妓院。

⑤章台：汉代长安街名。《汉书·张敞传》有“走马章台街”语。唐许尧佐《章台柳传》，记妓女柳氏事。后因以章台为歌妓聚居之地。

⑥雨横（hèng）风狂：又猛又急的大风雨。比喻声势浩大，发展急速而猛烈。雨横：指雨线横斜，即急雨、骤雨。

⑦无计：没有办法。

⑧乱红：这里形容各种花瓣零乱飘落的样子。

【译文】

深深的庭院不知有多么幽深，一排排杨柳枝繁叶茂，仿佛堆起了绿色的云烟，一重重帘幕多得难以计数。不知你乘坐华车骏马在哪里游玩寻乐，我登上高楼，还是没有看见章台路有你归来的身影。

大雨倾斜、狂风大作的暮春三月，时近黄昏，掩起门户，却没有办法把春光留住。我泪眼汪汪地询问花儿，花儿竟默默不语，只见零乱飘落的花儿，随风飘过秋千荡过去的地方。

【赏析】

这是宋代文学家欧阳修（一说是南唐词人冯延巳）的词作。

此词描写闺中少妇的伤春之情。上阕写浓雾弥漫的早晨，少妇深闺寂寞，抬眼望去，“杨柳堆烟，帘幕无重数”，如此阻隔重重，想见情人却难以实现，怎不令人伤怀？这里的“堆烟”状院中之静、“玉勒雕鞍游冶处”描写了薄情郎游冶之欢，反衬出深闺思妇的孤独、哀怨。下阕写美人迟暮，风狂雨暴的黄昏，由早及晚，逐一展开伤春之门。结尾以“泪眼问花花不语，乱红飞过秋千去”作结，使意境更为深远。花儿含悲不语，反映了闺中少妇难言的悲苦；乱红飞过秋千，烘托了女子怅然若失的神态。如此企盼情人回归而不能实现，幽恨怨愤之情自然而然翻涌而出，巧妙地将抽象的思念之情作了细致入微的刻画。

全词写景状物，虚实相融，词语自然，浑然天成，对少妇心理刻画得尤为传神，可以说是情韵深婉之佳作，历来受人赞赏不已。

玉楼春·樽前拟把归期说①

【原文】

樽前拟把归期说②，未语春容先惨咽③。人生自是有情痴，此恨不关风与月。

离歌且莫翻新阕④，一曲能教肠寸结。直须看尽洛城花⑤，始共春风容易别。

【注释】

①玉楼春：词牌名。又称木兰花、春晓曲、西湖曲、惜春容、归朝欢令等。双调五十六字，前后阕格式相同，各三仄韵，一韵到底。

②樽（zūn）前：指在饯行的酒席宴前。樽：古代的盛酒器具。一作“尊”。拟：打算。

③春容：如春风妩媚的颜容。此指分离的佳人。咽（yè）：哽咽，低声哭泣。

④离歌：指饯别宴上所唱的送别曲。翻新阕（què）：指按旧曲填新词。

⑤洛城花：洛阳盛产牡丹，故泛指洛阳的牡丹花。欧阳修作有《洛阳牡丹记》。

【译文】

在饯行的酒席宴前本打算把归期说定，还没等张口说出来，就见你先我低下青春妩媚的容颜，凄哀地哽咽起来。人生自古就有深情在，而情到深处便是痴绝，但这凄凄别恨与清风、明月无关。

送别曲暂且不用翻唱新填写的歌词，即使是清歌一曲，也足足使人愁肠寸断。此刻只需你与我始终相携同游，看遍洛阳城的牡丹花，这样才容易与归去的春风作别。

【赏析】

宋仁宗景祐元年（1034年）春三月，欧阳修西京留守推官任期已满，离别洛阳时作《玉楼春》词多首，这一首具有一定的代表性。

这是一首咏叹离别的词作，于伤别中蕴含着深刻的依依惜别之情。上阕从宴前伤别，芳容惨咽，继而转入离情痴绝。“人生自是有情痴，此恨不关风与月”是对眼前痴情人的一种肯定。下阕再由情痴重新返回到樽前话别情的场面描写。其中“离歌一曲，愁肠寸结”，巧妙地将离别的极度忧伤于结尾处扬起。“直须看尽洛城花，始共春风容易别”，暗寓了只有饱尝爱恋的欢娱，分别才没有遗憾，正如一同看尽洛阳牡丹，才容易送别春风归去一样。至此，作者将人生别离的深情痴绝荡漾而出。

此词表达了作者对美好事物的爱赏，以及对人世无常的感叹，豪放之中又隐含了沉重的悲慨，将深重的离别哀伤与春归的惆怅，表现得淋漓尽致。

浪淘沙・把酒祝东风

【原文】

把酒祝东风①，且共从容②。垂杨紫陌洛城东③。总是当时携手处④，游遍芳丛。

聚散苦匆匆⑤，此恨无穷。今年花胜去年红。可惜明年花更好，知与谁同？

【注释】

①把酒：端着酒杯。祝：祝祷，祈求。东风：一般指春风或者代指春天。

②且：暂且。

③紫陌（mò）：紫路。洛阳曾是东周、东汉的都城，据说当时曾用紫色土铺路，故名。此指洛阳的道路。洛城：指洛阳。

④总是：大多是，都是。

⑤匆匆：形容时间匆促。

【译文】

端起酒杯向东风祈祷，恳请你不要一去匆匆，暂时和我盘桓逗留。洛阳城东垂柳婆娑，遮掩了郊野的紫色小路。那里都是我们去年携手同游的地方，我们一起游遍了芬芳的花丛。

欢聚和离散都是苦于这样匆匆，这样的遗恨总是无尽无穷。今年的花红胜过去年的繁盛。明年的花儿将会更加美好，只可惜那时候，不知将和谁同游洛城？

【赏析】

这是一首惜春忆春的词中佳作。

词中描写了春日在洛阳东郊旧地重游时的所感所思。上阕由眼前春景追忆去年与友人的同游之乐，希望这大好春光不要匆匆离去；下阕是抒情，由现在的情境展开明年将与谁同游的忧郁心情，蕴含了一种难相聚的遗憾，从而表现出自己对友谊的珍惜。“今年花胜去年红，可惜明年花更好”，将前后三年的花季加以比较，融别情于赏花之中，借喻人生的短促和聚时的欢娱心情。如此用乐景写哀情，使词的意境更加深化，感情更加诚挚。结尾两句以“可惜明年花更好，知与谁同”来映衬明年是否能与故友重逢，不知还能否与故友一道重来洛城游赏美景，从而更进一步深化了这种人生聚散的无常。所幸伤感之外尚有“明年花更好”的希望在，如此良辰美景多少能慰藉词人怅惘失落的情怀，使离愁转而变成一

种淡淡的伤感。

全文层层推进，以惜花写惜别，构思新颖，富有诗意，凸显词人的绝妙之笔。

采桑子·群芳过后西湖好

【原文】

群芳过后西湖好①，狼藉残红②，飞絮蒙蒙③，垂柳阑干尽日风④。

笙歌散尽游人去⑤，始觉春空，垂下帘栊⑥，双燕归来细雨中。

【注释】

①群芳过后：指百花凋零之后。群芳：指各种美丽芳香的花草。西湖：指颍州西湖，在今安徽阜阳西北，颍水和诸水汇流处。

②狼藉（jí）残红：残花纵横散乱的样子。狼藉：一作“狼籍”，形容散乱的样子。残红：指落花。

③蒙蒙：形容细雨迷蒙的情景。一作“濛濛”。

④阑干：一作“栏干”。纵横交错、参差错落的样子。尽日：整日。

⑤笙歌：此指笙管伴奏的歌筵。散：消失，此指曲乐声停止。去：离开，离去。

⑥帘栊（lóng）：窗帘和窗棂，也泛指门窗的帘子。

【译文】

虽说是在百花凋零之后，但暮春时节的西湖依然美好，凋落的花瓣轻盈散乱，如同飞絮飘落一般迷蒙一片。杨柳低垂交错，整天随风轻拂着湖水。

悠扬的笙箫歌声渐渐平息，游人也都尽兴离去，这时才开始觉得春天一片空寂。回到居室，垂下窗帘准备休息，忽然看见蒙蒙细雨中，有一双燕子匆匆飞归。

【赏析】

本词约作于熙宁四年（1071 年）。这年六月，欧阳修以太子少师的身份辞职，回到颍州。暮春时节来到西湖游玩，即兴而作《采桑子》十首，这是其中一首。

本词写暮春倚栏观湖游兴之感，描写了颍州西湖暮春时节静谧清疏的面貌，抒发了作者寄情湖山风光的悠然情怀。词中虽然是写残春景色，却无伤春之感，而是以疏淡明丽的笔墨描绘了颍州西湖的美好，表达了自己对西湖风光的喜爱，创造出一种清幽静谧的艺术境界。上阕写暮春时节，群芳凋谢之后西湖的恬静清幽之美；下阕写众人归去之静。“始觉春空”，表达了作者惜春恋春的复杂而又微妙的心情。

全词清新隽秀，以独特的审美情趣，体现出作者心中对大自然和现实人生的无限热爱与眷恋。词以“细雨双燕”状寂寥之况，反衬之中，使感情更加含蓄，而且真切动人。

玉楼春·别后不知君远近

【原文】

别后不知君远近，触目凄凉多少闷[①]。渐行渐远渐无书[②]，水阔鱼沉何处问[③]？

夜深风竹敲秋韵[④]，万叶千声皆是恨。故攲单枕梦中寻[⑤]，梦又不成灯又烬[⑥]。

【注释】

①多少：意思是不知有多少。闷：苦闷，烦闷。

②书：书信。

③鱼沉：鱼不传书。古代有鱼雁传书的传说，这里指音讯全无。问：询问，打听消息之意。

④秋韵：秋声。此谓风吹竹声。

⑤攲（qī）：斜靠着。单枕：孤枕。

⑥烬（jìn）：灯芯烧尽成灰。

【译文】

分别后不知你的行程远近，眼睛所看到的都会感到凄凉，心中有说不尽的苦闷。你越走越远，渐渐断了书信，水路空阔鱼沉水底，鱼书不能传，我到哪里询问你的音信？

深夜里风吹竹叶萧萧不停，敲打着秋的韵脚，千声万声都是别愁离恨。

我只能斜倚孤枕，到梦中去寻找你的身影，谁知梦又没有做成，反而是灯芯已经燃尽。

【赏析】

这首写别后相思愁绪之词，当为欧阳修早期所作，是以代言体形式，表达闺中思妇离情别绪，堪称闺怨词中经典之作。

这阕词深受五代花间词的影响，表现闺中思妇深沉凄绝的离愁别恨。万叶千声原本是很优美的韵律，然而此刻都变成了离恨悲鸣，似乎所有能看到的东西中，都充塞了触目凄凉的离别苦闷，甚至想到梦中寻人，却不成，就连那一盏作伴的残灯也熄灭了，如同希望殆尽。如此将思妇的命运描绘得和灯花一样凄迷、暗淡，使相思的情感更显贴切自然。

全词以景寓情，情景交融，于写景中寓含着哀婉之情，言情句中又挟带着凄凉之景。于是便将闺中思妇凄绝的别恨，表现得温柔敦厚，而又能荡出婉曲深沉的词韵。

长相思·花似伊

【原文】

花似伊，柳似伊。花柳青春人别离①。低头双泪垂。

长江东，长江西。两岸鸳鸯两处飞②。相逢知几时③。

【注释】

①花柳：花和柳。别离：指离别、分离。

②鸳鸯（yuān yāng）：本为水鸟名，此比喻恩爱夫妻。

③几时：什么时候。

【译文】

娇艳的花儿像你，婀娜柔美的柳枝像你。花儿正艳、柳枝正值青春焕发之际，人却要就此别离。此情此景，禁不住低下头，流下两行清泪。

一个在长江的东边，一个在长江的西边，就这样两地分离。你看那栖息两岸的鸳鸯，都知道在东西两处双宿双飞。而我们却不知道什么时候才能再次重逢相聚。

【赏析】

宋仁宗景祐三年（1036 年），欧阳修担任夷陵县令。当时欧阳修未满 30 岁，曾经在洛阳的奢华生活与当下住在偏远冷清的夷陵生活，让他产生极大的心理落差。如今又与心爱的人两地分离，不知何时才能相见，心中不免生出片片愁绪。这一天，他信步到江边，看着江边的花儿和两岸鸳鸯双宿双飞的情景，此刻被贬谪的失意，加上离别相思之情油然而生，不禁词兴大发，写下这阕词。

词中描写一对别离的年轻夫妇，离别后妻子无穷无尽的思念，以及期盼夫妻早日团聚的情景。从一开始即将离别时黯然神伤的情景，再到后来分隔两地，一个长江东，一个长江西，这无尽的情思相系，委婉地将归人行程和幽幽愁怨，深沉地表达出来。

全词以花儿的娇艳，柳枝的婀娜柔美相互映衬，以此来突出悠悠的离情别绪和深深的思念，以及由此产生的绵绵哀怨。本词注重寓情于景，委婉地抒发了绵绵相思之情，暗寓了悠悠不尽的“相思”和“幽怨”，令人禁不住随之黯然神伤。

浣溪沙·堤上游人逐画船

【原文】

堤上游人逐画船①，拍堤春水四垂天②。绿杨楼外出秋千。

白发戴花君莫笑③，六幺催拍盏频传④。人生何处似樽前⑤！

【注释】

①画船：古时指装饰华美的游船。

②四垂天：天幕仿佛从四面垂下，此处比喻湖上水天一色的情境。

③白发：词人自指。戴花：指在头上簪花。莫：不要。

④六幺：又名绿腰，唐时琵琶曲名。王灼《碧鸡熳志》卷三云：《六幺》，一名《绿腰》，一名《乐世》，一名《录要》。频：屡次，连次。

⑤樽前：在酒樽之前。此指酒筵上。樽：古代的盛酒器具。

【译文】

堤岸上踏青赏春的游人，一路欢笑着追逐湖里的画船，春水荡漾，波涛击打着堤岸，水天相接的地方，仿佛天幕从四面悬垂下来。湖畔绿杨掩映的小楼之外，荡出秋千上少女的盈盈身姿。

不要笑话满头白发的老翁头插鲜花，随着委婉动听的《六幺》琵琶曲调声急促响起，人们频频相互交杯换盏。试问人生，什么地方还能像此刻的宴席前，可以如此欢畅地对酒当歌！

【赏析】

本词约作于宋仁宗皇祐元年至二年（1049—1050 年）欧阳修被贬谪颍州任上期间。

词中上阕描绘了堤上踏青赏春的人们，相互簇拥追逐着画船观看的场景。一个“逐”字，生动地展现了游人如织、笑语喧天的热闹场面。湖上画船轻漾，春水连天，那绿杨丛中随着秋千飞舞而显现少女的盈盈身姿，让人不禁赞叹，好一幅踏青赏春的怡人图画。下阕描写了船中的太守，此时也顾不得有谁在窃笑他了，情不自禁像踏青百姓那样在自己的白发上插上鲜花，为春天来临的喜悦增添了一抹春色。接下来的丝竹繁奏、酒杯频传，更加凸显了太守与民同乐，同庆春天莅临的欢畅情怀，同时也表现出欧阳修借此欢乐气氛，忘却了自己被贬官颍州的烦恼，愿在春酒中沉醉，一如他自封的雅号“醉翁”。

全词语言清丽质朴，意境疏放清旷，婉曲蕴藉，别有一番意趣在其中，令人百读不厌。

诉衷情·清晨帘幕卷轻霜①

【原文】

清晨帘幕卷轻霜②，呵手试梅妆③。都缘自有离恨④，故画作远山长⑤。

思往事，惜流芳。易成伤。拟歌先敛⑥，欲笑还颦⑦，最断人肠⑧。

【注释】

①诉衷情：原为唐教坊曲名，后用为词牌名。双调四十五字，上下阕各三平韵。

②轻霜：薄霜，表明时节已是初秋。

③试梅妆：指试着描画梅花妆。梅妆：古时“梅花妆”的简称。梅花妆是一种美妆，始于南朝宋寿阳公主。《太平御览》卷三十《时序部》引《杂五行书》：“宋武帝女阳寿公主人日卧于含章殿檐下，梅花落公主额上，成五出花，拂之不去。皇后留之，看得几时，经三日，洗之乃落。宫女奇其异，竞效之，今梅花妆是也。”

④缘：因为。离恨：因别离而产生的愁苦。南朝梁吴均《陌上桑》诗：“故人宁知此，离恨煎人肠。”

⑤远山：指远山眉。形容把眉毛画得又细又长，有如水墨描画的远山形状。此处比喻离恨的绵长。

⑥敛（liǎn）：收敛，收住。

⑦颦（pín）：皱眉，忧愁的样子。

⑧断人肠：形容悲痛至极，疼痛如肠断，故称之为断肠。

【译文】

清晨卷起结着清霜的幕帘，呵暖双手试着梳理新式梅花妆。都因为自己内心有太多的离愁别恨，所以把双眉涂画得像远山那么绵长。

回想起如烟的往事，痛惜流逝的芳华，更容易使人感伤。想唱歌还要先收敛笑容，本来想欢笑，可眉头又开始紧皱，这样的日子，最能使人痛断肝肠。

【赏析】

此词具体创作时间不详。题目又名为《诉衷情·眉意》，是以眉为题的词作。古代女子化妆，画眉是最重要的步骤之一，画的花样也多，所以古人甚至以“蛾眉”为美丽女子的代称。这首词由于既有环境的渲染，又有情感的转折，所以不仅情感真挚，而且耐人寻味。

本阕词通过描写女子的生活片段，抒发了女主人公的离愁别恨。在一个冬日的清晨，女子起床临镜梳妆时的情景，在作者的笔下令人难忘，堪称以形传神，展现了她那忧苦的内心世界。上阕叙事。主写画眉前后场景，一句“都缘自有离恨”，表明了闺中女子内心苦闷的缘由，引出下文。下阕抒情。通过描写女子对于逝水流年的追忆，哀叹芳年易逝，表现了女主人公无限伤心、寸肠欲断的痛楚和感伤，末句“最断人肠”隐含着作者的万般同情。

全词语浅情深，眉目传神，通篇寓景抒情，可以说是入木三分，用简单的语言写出了闺中女子的离愁别恨，充分体现了作者的悲悯之心。

踏莎行·候馆梅残

【原文】

候馆梅残[①]，溪桥柳细，草薰风暖摇征辔[②]。离愁渐远渐无穷，迢迢不断如春水[③]。

寸寸柔肠[④]，盈盈粉泪[⑤]，楼高莫近危阑倚[⑥]。平芜尽处是春山[⑦]，行人更在春山外。

【注释】

①候馆：用来迎宾候客的馆舍。《周礼·地官·遗人》：“五十里有市，市有候馆。”残：凋残。

②草薰：小草散发的清香。薰：香气侵袭。征辔（pèi）：行人坐骑的缰绳。辔：马缰绳。此句化用南朝梁江淹《别赋》“闺中风暖，陌上草薰”而成。

③迢迢（tiáo）：形容遥远的样子。

④寸寸柔肠：此处意为柔肠寸断，形容愁苦到了极点。

⑤盈盈：泪水充满眼眶的样子。粉泪：泪水流到脸上，与粉妆淌在了一起。

⑥危阑：也作“危栏”，指高楼上的栏杆。倚：倚靠。

⑦平芜（píng wú）：指草木丛生的平旷原野。芜：草长得多而杂乱。春山：春日的山。亦指春日山中。

【译文】

客馆前的梅花已经凋残，小溪桥边返青的细柳轻垂，小草散发着淡淡清香，春风和暖的春天里，踏着芳草跃马扬鞭远行。走得越来越远，离愁也就越来越没有穷尽，就像那迢迢不断的春江之水。

寸寸柔肠痛断，满眼的泪水沿着香腮淌下成了粉泪，告诉自己不要登上高楼望远，不要靠近高楼的栏杆凭倚。平旷的草地尽头是重重春山，远行人还在那更远的、重重叠叠的春山之外。

【赏析】

这阕词约作于宋仁宗明道元年（1032 年）的暮春，是作者早年行役江南时的词作。

词中主要抒写早春南方行旅之时的离愁。上阕写行人客居舍馆的所见所感。残梅、溪柳、散发淡淡清香的草野、和暖的春风，在这大好春光里，在这最易使人动情的季节却要远行，从而引发了游子剪不断的离愁。下阕写闺中少妇对陌上游子的深切思念。一句“楼高莫近危阑倚”，是远行人对泪眼盈盈的闺中人深情的体贴和嘱咐，也是小楼思妇既希望登高眺望游子踪影，而又明知徒然无望的内心挣扎与深情凝望。此刻的闺中人，恨不得越过春山的阻隔，一直伴随着渐行渐远的征人，奔向海角天涯。

全词具有自然贴切而又柔美含蓄的艺术特点，而且笔调细腻委婉，寓情于景，含蓄深沉，化虚为实，巧于设喻，这在婉约派词人抒写离情的小令中，不愧是一首情深意远而又哀婉欲绝的代表性作品，是历来为人所称道的词中佳作。

踏莎行·雨霁风光

【原文】

雨霁风光①，春分天气②，千花百卉争明媚。画梁新燕一双双③，玉笼鹦鹉愁孤睡④。

薜荔依墙⑤，莓苔满地，青楼几处歌声丽⑥。蓦然旧事上心来，无言敛皱眉山翠⑦。

【注释】

①雨霁（jì）：雨过天晴。

②春分：二十四节气之一。每年在公历3月20或21日。此日，太阳直射赤道，南北半球昼夜长短平分，故称春分。

③画梁：有彩绘装饰的屋梁。新燕：春时初来的燕子。

④玉笼：玉饰的鸟笼。亦用为鸟笼的美称。孤睡：单独睡眠。

⑤薜（bì）荔：常绿藤本植物。又称木莲。

⑥莓苔：青苔。青楼：常指妓院。

⑦眉山：形容女子秀丽的双眉。翠：青绿色。

【译文】

雨过天晴风光大好，正值春分天气，只见百花盛开，万紫千红，相互争奇斗艳。画梁之上，春天刚刚归来的燕子，出双入对，关在玉笼里的鹦鹉却在那里发愁，只能自己孤独地睡眠。

薜荔香草顺着墙壁爬上来，青苔绿藓长满了地面，远处有几座青楼传来清丽的歌声。忽然间，过去的事情又浮上心头，只见她不再说话，收敛起笑容，紧紧地皱起了青色的远山眉。

【赏析】

这阕词约于欧阳修被贬任夷陵县令时所作。

词中描写了春分时节的明媚风光，由观赏春景，引发旧事而顿生愁苦。上阕写在一派大好春光中，只见画梁新燕成双成对，而鸟笼中的鹦鹉却愁闷不堪地独宿玉笼中；下阕从居住环境进一步渲染这种孤独。屋舍藤蔓缠绕，青苔遍地，本就令人心境烦乱，哪知远处青楼一阵断断续续柔曼清丽的歌声传来，不禁又引来愁绪，勾起了对过去美好生活的回忆。

本词上下两阕用今昔对比的艺术手法，巧妙地描写出一种突然惆怅满腹，却又无以诉说，只有独自体味这深沉痛苦的意境。词中先歌咏春光美，随后慨叹浮云旧事。表面上描绘新春伊始的新燕、鹦鹉，青苔、藤蔓，实际上暗寓了一个孤寂冷清的场景，借以抒发了自己仕途坎坷、寂寞孤独的忧郁情怀。

望江南·江南蝶①

【原文】

江南蝶，斜日一双双。身似何郎全傅粉②，心如韩寿爱偷香③。天赋与轻狂。

微雨后，薄翅腻烟光④。才伴游蜂来小院，又随飞絮过东墙。长是为花忙。

【注释】

①望江南：词牌名。又名忆江南、梦江南、江南好。

②何郎全傅粉：此以“何郎傅粉”喻蝶的外形美，比喻蝶仿佛是经过精心涂粉装扮的美男子。何郎：何晏，字平叔，南阳宛（今河南南阳）人，三国魏玄学家。《世说新语·容止》：“何平叔（晏）美姿仪，面至白，魏明帝疑其傅粉，正夏月与热汤饼，既啖，大汗出，以朱衣自拭，色转皎然。”傅粉：搽粉。

③韩寿爱偷香：典故出自于《世说新语·惑溺》与《晋书·贾充传》。后以“韩寿偷香”比喻男女暗中通情。此处用来比喻蝶依恋花丛、吸吮花蜜的特性。

④腻烟光：意为蝴蝶翅膀在雨后的阳光照耀下显得润泽滑腻。

【译文】

江南的蝴蝶，双双在夕阳中翩翩起舞。体态像传说中的何晏那样俊美，仿佛全身都搽了脂粉，心思却像韩寿那样爱偷香。在花丛中流连，吸吮花蜜，生性轻浮放浪。

一场小雨过后，蝴蝶薄薄的翅膀被雨水沾湿，发腻的粉翅在夕阳的照耀下，发出微光。它们刚陪着蜜蜂飞进了小院，又随着飞扬的柳絮飞过东墙。它们经常为了采集花粉而到处奔忙。

【赏析】

这是一首咏物词，约为欧阳修任职汴京（今河南开封）时所作，但具体创作时间不详。

此词上阕从身与心两个方面写出了蝴蝶的外貌与特性，巧妙地以人拟蝶，也就是以“何郎傅粉”的比喻赞美蝴蝶的外形之美，仿佛是经过精心涂粉装扮的美男子一样令人着迷，转而结句又以“轻狂”定性；随后下阕就以“轻狂”二字将其展开，形象地描画出蝴蝶一会儿与游蜂为伴，一会儿又同飞絮为伍，成天东家奔西家地为采集花粉奔忙的天性。结句以“为花忙”的具体意象点出蝴蝶的“轻狂”，通篇以拟人化手法，将蝴蝶加以人格化，含蓄地讽刺了那些轻狂男子爱情不专一、身上沾染了过多情债的动物

属性。

全词上下两阕联系紧密，写得收放自如，极为巧妙。另外，值得一提的是，作者巧用典故，使所要表达的情感更加生动、贴切，可谓是妙笔天成，一挥而就的咏物佳作。

南歌子·凤髻金泥带①

【原文】

凤髻金泥带②，龙纹玉掌梳③。走来窗下笑相扶，爱道画眉深浅入时无④？

弄笔偎人久⑤，描花试手初。等闲妨了绣功夫⑥，笑问鸳鸯两字怎生书⑦？

【注释】

①南歌子：唐教坊曲名，后用为词牌名。又名南柯子、风蝶令，廿六字，三平韵。例用对句起。宋人多用同一格式重填一片，称之为“双调”。

②凤髻（jì）：指形状像凤凰的发型。金泥带：金色的彩带。

③龙纹玉掌梳：指龙形花纹且如手掌大小的玉梳。

④画眉深浅入时无：语出唐朱庆馀《近试上张水部》：“洞房昨夜停红烛，待晓堂前拜舅姑。妆罢低声问夫婿，画眉深浅入时无？”入时无：意为是否赶得上时髦的式样呢？

⑤弄笔：指执笔写字、写诗文、作画；舞文弄墨。偎：依偎。

⑥妨：妨碍，耽搁。绣功夫：绣花的时间。

⑦怎生：怎样。书：写。

【译文】

新娘子头上高耸的发髻像一只凤凰，上面系着的泥金发带闪着金光，刻有龙纹、形似手掌的玉梳横插在发髻上。只见她略显羞涩地走过来，到了窗前笑盈盈地挽着郎君，亲昵地问："郎君，你看我的眉毛画得是否轻重相宜，是否入时呢？"

她的纤纤玉手舞弄着笔杆作画，依偎在郎君怀里很长时间，画好了花样才起身试着去刺绣。就这样白白耽搁了绣花的时间，不一会儿又娇憨地走过来，笑着问郎君："郎君，'鸳鸯'二字应该怎样写呢？"

【赏析】

这是一首为新婚嫁娘代言的词作，当作于欧阳修早年。

这首词运用了雅俗相间、富有动态性和形象性的语言描写，刻画出一个温柔华俏、娇憨活泼，又极为可爱的新婚少妇形象，表现了她的美丽容貌，以及她与爱侣之间的一往情深。

上阕描写了新娘子精心梳妆的情形。通过女子对镜梳妆之后的连续动作、神态和语言的描述，表现出这位新娘子娇羞又爱美的情态，以及她与郎君两情依依的甜蜜。下阕描写这位新娘子不论写字、作画，还是绣花，都体现出对郎君的依恋，非常准确地表现了她与丈夫形影不离的亲密关系。结尾笑问"鸳鸯两字怎生书"，形象地表现出新娘子的娇憨以及夫妻两情相悦的场景，巧妙地暗寓了作者对他们情同鸳鸯、永远恩爱的美好祝愿。

这首词在表达技巧上采用民间小词惯用的白描和口语，活泼轻灵，生动形象，读之如临其境，令人百读不厌。

渔家傲·花底忽闻敲两桨[1]

【原文】

花底忽闻敲两桨，逡巡女伴来寻访[2]。酒盏旋将荷叶当[3]。莲舟荡，时时盏里生红浪[4]。

花气酒香清厮酿[5]，花腮酒面红相向[6]。醉倚绿阴眠一晌[7]，惊起望，船头阁在沙滩上[8]。

【注释】

①渔家傲：词牌名。此调原为北宋年间流行歌曲。双调六十二字，上下阕各四个七字句，一个三字句，每句用韵，声律谐婉。南北曲均有。

②逡（qūn）巡：宋元俗语，相当于顷刻，一会儿。寻访：拜访。

③旋：旋即；不久，随即，比喻极短的时间。当：当作，代替。

④红浪：指人面和莲花映在酒杯中显现出的红色波纹。

⑤清厮酿（niàng）：清香之气混成一片。厮酿：指相互融合。

⑥酒面：饮酒后的面色。相向：指相对，面对面。

⑦一晌：片刻。古时指吃一餐饭的时间。晌：一作“饷”。

⑧阁（gē）：同“搁”，放置，此处指搁浅。

【译文】

荷花丛中，忽然听到双桨击水的声响，不一会儿，看见一群女伴前来寻访。一会儿将荷叶摘下来当饮酒的杯盏，一起开怀畅饮。采莲的小船在荷花池中荡漾，粉红色的荷花映入酒中，时不时地看见酒盏里翻涌着红浪。

清新的荷香与醇美的酒香，相互融合在一起，粉红色的荷花，与酒后微红的脸颊相互映衬。醺然酒醉后倚靠在碧绿的荷叶阴凉中，酣睡了一会儿，忽然梦中惊醒，起身抬头望，不知什么时候船头已然搁浅在沙滩上。

【赏析】

欧阳修以《渔家傲》词调作了多首采莲词，这是其中之一，具体创作时间不详。

词中以清新可爱而又富有生活情趣的语言，描写了一群采莲姑娘相约荡舟采莲时开怀畅饮、醉眠荷花丛中，直到一觉醒来，发现船头搁浅沙滩时惊诧不已的快乐情景，从而以欢快的笔调，塑造了青春活泼、天真清纯、麻利大胆不矫作的水乡姑娘形象。人物出场也颇具特色。花底敲桨，荷叶当盏，花映人面，醉依绿阴。可见词人运笔风格清新婉丽、节奏明快，又能巧妙地运用俗语，化俚为雅，妙趣盎然，给人以耳目一新的艺术享受。

全词妙在起、承、转、合脉络清晰，风格清新、言语含蓄，极富生活

情趣，是难得的词中佳作。

采桑子·残霞夕照西湖好

【原文】

残霞夕照西湖好①，花坞蘋汀②，十顷波平，野岸无人舟自横③。

西南月上浮云散，轩槛凉生④，莲芰香清⑤，水面风来酒面醒⑥。

【注释】

①夕照：夕阳西照，犹落日。好：美好，迷人。

②花坞（wù）：四周高起的花圃。唐严维《酬刘员外见寄》："柳塘春水漫，花坞夕阳迟。"坞：指地面上周围高而中央凹的地方。蘋汀（tīng）：长满蘋草的水中小洲。蘋：属多年生水生蕨类植物，茎横卧在浅水的泥中，叶柄长，顶端集生四片小叶，全草可入药。亦称"大萍""田字草"。汀：水边的平地。

③野岸无人舟自横：化用自韦应物《滁州西涧》："春潮带雨晚来急，野渡无人舟自横。"

④轩槛（xuān jiàn）：此指带长廊栏杆的凉亭。轩：有窗的长廊或小屋等。槛：栏杆。

⑤莲芰（jì）：莲花。芰：菱，属菱科。一年生水生草本植物。俗称菱角。两角的叫菱，四角的叫芰。

⑥酒面：喝酒之后微醺状态下的面色。

【译文】

夕阳、晚霞映照在波光粼粼的西湖上，景色多么美好。长满蘋草的水中小洲绿草茵茵，花坞内艳丽的花朵色彩缤纷，湖面风平浪静一碧万顷，野外岸边无人驾驶的小船，任由自己漂横。

西南方，月亮徐徐升起，浮云已经渐渐散去，凉亭里徐徐凉爽的风自然生成，莲花菱角花清香四溢，湖面上袭来阵阵凉风，将脸上泛起微微醉意的游人吹醒。

【赏析】

这阕词是欧阳修于熙宁五年（1072 年）退居颍州时所作。

词的首句“残霞夕照”点明时间是夕阳西下时分，而“西湖好”说明了地点是西湖，然后便以夕阳下的景物特征开始着笔，宛如一幅西湖晚照的迷人画卷徐徐打开，呈现在读者眼前。上阕写游人散去，风平浪静，一道残霞铺洒湖面，花坞蘋汀在落日余晖映照下，更加静美，更富情韵；下阕写明月初上，亭阁凉生，晚风习习吹送阵阵花香。如此佳境，就连喝醉的人都能被这迷人的花香与凉爽的晚风唤醒，突出了西湖“残霞夕照”的清逸之美。

这首词的词风清疏隽美，能够巧妙地即景抒情，多种意象融合，营造了一种幽静之美，突出景物，淡化人物，从而获得了人物沉醉于景物之中的艺术效果。既赞颂了西湖之美，又借以抒发了作者面对湖光美景已然忘掉了仕途坎坷、陶醉在大自然美景之中的豁达情怀。

朝中措·送刘仲原甫出守维扬

【原文】

平山栏槛倚晴空①，山色有无中②。手种堂前垂柳，别来几度春风。

文章太守③，挥毫万字④，一饮千钟⑤。行乐直须年少，樽前看取衰翁⑥。

【注释】

①平山栏槛（jiàn）：指平山堂的栏槛。平山堂在扬州西北蜀岗上，为欧阳修任扬州太守时所建，后成为扬州名胜。因为坐在堂中南望江南远山，正与堂的栏杆相平，故名“平山堂”。倚：靠着，凭依。

②山色有无中：山的景色若隐若无的样子。引用王维《江汉临泛》“江流天地外，山色有无中”。

③文章太守：欧阳修当年知扬州府时，以文章名冠天下，故称“文章太守”。

④挥毫万字：欧阳修曾在平山堂挥笔赋诗作文达万字之上。

⑤钟：一作“盅”。指饮酒或喝茶用的没有把手的器具。

⑥樽：酒樽。一作“尊”。衰翁：老翁。词人自称。当时作者已年逾五十。

【译文】

平山堂的栏杆仿佛倚靠着晴朗的天空，远处青山笼罩在云雾中，隐隐约约、若有若无。当年我在平山堂前亲手栽种的那些垂杨柳，是否别来无恙，不知已沐浴了几度春风。

我这个喜欢作文章的太守，在此挥笔落墨万余字，每一次与友人豪饮就想饮尽千盅。人生应当趁着年轻的时候及时行乐，今日酒樽前，请你再看我这个年近衰老的老翁。

【赏析】

此词题中的“刘仲原甫”指的是太守刘敞，字原甫，一作“原父”，是欧阳修的忘年之交。宋嘉祐元年（1056年），刘敞被任命为维扬太守（即扬州太守），欧阳修设宴为他饯行，在宴会上酒兴正浓，词兴大发之际，欧阳修即兴吟咏而成这首《朝中措》赠别友人。

这阕词借酬赠友人之机，追忆自己几年前在扬州所建的平山堂，从周边景致，到自己堂中行文作赋、一饮千盅的豪情，栩栩如生地刻画了一个气度豪迈、才华横溢的“文章太守”的洒脱形象。全词豪迈之气通篇流贯，其乐观豁达、笑对人生的风范，于不知不觉中抒发了一种人生感慨，表达了自己意在山水之间的乐观心态。

蝶恋花·面旋落花风荡漾

【原文】

面旋落花风荡漾①。柳重烟深②，雪絮飞来往③。雨后轻寒犹未放，春愁酒病成惆怅④。

枕畔屏山围碧浪⑤。翠被华灯⑥，夜夜空相向。寂寞起来褰绣幌⑦，月明正在梨花上。

【注释】

①面旋落花：面前出现被风吹旋转而落的花瓣。

②柳重烟深：烟雾笼罩柳树，颜色深暗、不明。

③雪絮：此指柳絮。飞来往：飞来飞去。

④惆怅（chóu chàng）：因失意或失望而伤感、懊恼的样子。

⑤枕畔（pàn）：枕边。屏山：屏风。

⑥翠被：一作“翠袂”。华灯：指装饰华美的灯。

⑦褰（qiān）：撩起，揭开，拉开。绣幌（huǎng）：绣帘，用各色丝线刺绣而成带有图案的帘子、帷幔。

【译文】

面前飞旋而落的花瓣在微风中飞舞，仿佛在水中浮荡。翠柳重重叠叠，如同浓重的绿色云烟，雪白的柳絮飞来飞去，宛如漫天飞雪。这一场春雨过后，还是没有转暖，仍然令人感到微微的寒凉，春天的愁绪与微醉的病态交织在一起，自然而然就生成了无限感伤。

躺在床上顺着枕边看去，怎奈这屏风围挡了春天扑面而来的碧浪。如今身边只有翠被和装饰华美的灯相伴，每天晚上只能于空寂中默默相对无言。寂寞中站起身来，掀起绣花窗纱，忽然眼前一亮，只见此刻的月光明净，正好泼洒在洁白的梨花之上。

【赏析】

这是一首闺怨词。

上阕开篇写女子在户外之时所见所感。面对片片落花飞旋而落，柳絮在空中飘荡纷飞，似乎不甘心像花瓣一样落在地上，体现了一派春事阑珊的景象，但春归花落总会使人感伤，加上“雨后轻寒”“春愁酒病”，使人自然而然地产生伤春的惆怅。下阕写女子在房中情景。她慵懒地撩开锦被，埋怨枕边的小屏风，仿佛有意把自己与情郎远远地隔开，回想起曾经与情郎同眠共拥的锦被、曾经见证二人欢爱无限的华灯，如今都显得孤孤零零，只能夜夜空相对了。这种夜夜寂寞孤单的感觉不言而喻。但诗人忽然笔锋一转，女子不再将自己锁在孤单寂寞中。她站起身来揭开窗帘，看见“月明正在梨花上”，心情豁然开朗。此刻，美人与梨花，都在月光的笼罩映衬之下，令人忍不住心生怜惜。

全词画面鲜明，形象生动，情景交融，且于艳丽处忽生清淡，传达出一种难以排遣而又百无聊赖的惆怅。

蝶恋花·越女采莲秋水畔

【原文】

越女采莲秋水畔①。窄袖轻罗②，暗露双金钏③。照影摘花花似面。芳心只共丝争乱。

鸂鶒滩头风浪晚④。雾重烟轻，不见来时伴。隐隐歌声归棹远⑤。离愁引着江南岸。

【注释】

①越女：越地自古多出美女，后常用越女泛指美女。畔：旁边，边侧。

②轻罗：质地轻软而薄的丝织品。

③钏（chuàn）：用珠子或玉石穿起来做成的镯子。

④鸂鶒（xī chì）：一种类似鸳鸯的水鸟，喜欢水上双双共游，故又称紫鸳鸯。滩头：指江、河、湖、海边等水涨淹没、水退而显露的淤积平地。

⑤归棹（zhào）：指归船。棹：划船的一种工具，形状和桨差不多。远：远去。

【译文】

越女采莲在明净的秋水湖畔。身穿轻纱罗裙，扬起窄小的衣袖，一双金光闪闪的手镯在玉腕上时隐时现。她那绰约的风姿和婀娜的身影倒映在水中，抬起纤纤玉手摘下鲜艳的莲，花儿好似她的脸颊一样娇艳。不忍折断花茎，总是被那扯不断的丝丝缕缕乱了芳心，撩起了心中的绵绵情思，与那藕丝争比谁更缭乱。

转眼间天色见晚，采莲船在风浪中摇荡，只见一对对紫鸳鸯双宿双栖在浅滩。此刻，雾气浓重轻了云烟，沉浸于遐想的少女蓦然回神，不见了同来的伙伴。这时，远处隐隐传来了棹歌声，随着归去的行船越走越远。撒下一路离愁，牵引着长长的江南两岸。

【赏析】

欧阳修因得罪宰相而遭到贬谪，被降知夷陵县。这首词大约作此期间，描写了一位采莲女，展现了越女采莲的动人情景，表达了她的相思离愁，借以抒发自己官场失意的情怀。

此词以通俗的语言、鲜明的形象、明快的节奏，仿佛令人看到一群妙龄采莲少女，用灵巧的双手采撷莲花的情景。玉腕上的金钏时隐时现，有一种妙不可言的美感，接下来分别描写了采莲姑娘的动作和表情，在明白晓畅的语言中蕴藏着美好的形象与情感。一句“芳心只共丝争乱”，巧妙地表现了人物的内心矛盾，以“此丝之乱”拟化“彼心之乱”，语浅意深，构想绝妙。

下阕写天色渐晚，采莲船在风浪中颠簸，似乎只剩下一个采莲姑娘。“鸂鶒滩头风浪晚”七个字渲染出一种紧张气氛。接着“露重烟轻”，是说天幕渐渐暗下来，也许失散的伙伴相去不远，但天色已晚，暮色深重，采莲姑娘却找不到同伴，其焦急之情可想而知。接着一句“隐隐歌声归棹远”，引人遐想，忍不住关心她们是否都已快乐归去，而“离愁引着江南岸”，则使人似若有所失，心绪为之牵绊。

通篇委婉回环，如此曲终而蕴味不尽，正是这首词的绝妙之处。

蝶恋花·翠苑红芳晴满目

【原文】

翠苑红芳晴满目①。绮席流莺②，上下长相逐。紫陌闲随金轫辘③。马蹄踏遍春郊绿。

一觉年华春梦促④。往事悠悠，百种寻思足⑤。烟雨满楼山断续。人闲倚遍阑干曲⑥。

【注释】

①翠苑（yuàn）：种满绿树的园林。红芳：指红花。

②绮（qǐ）席：华美的筵席。流莺：翻飞的黄莺。

③紫陌：东西方向的路为陌，用紫色土铺成的路故称作紫陌。泛指都市郊外的大路。金轫（lì）辘（lù）：用金属镶嵌的车。轫辘：车行走的声音，代指车。

④一觉年华：如梦般的岁月。促：短促，短暂。

⑤寻思：思索，考虑。

⑥人闲倚遍阑干曲：意为闲来无事，将屈曲的栏杆都倚遍了。阑干：同“栏杆”，古人常倚阑（或“凭栏”）来望景抒怀。

【译文】

新雨过后，满眼的林园翠绿，红花吐艳。摆设绮丽华贵的酒筵，上空翻飞着漂亮的黄莺，看它们啁啾啼鸣，上下追欢。大路上，可以悠闲地跟着金饰的香车游赏。马蹄得意地将春天郊外的绿荫芳草踏遍。

金色的年华，好似一觉春梦般短暂。悠悠往事消逝如烟，百种思绪充满心间。烟雨朦胧笼罩小楼，眼前的青山断断续续，时隐时现。人若是满腹闲愁，能将曲折蜿蜒的栏杆倚遍。

【赏析】

这是一阕感怀伤春词，或许是欧阳修中年后的作品，很有可能是欧阳修任滁州知州期间所作，意在回忆十年前在洛阳时快乐无忧的日子。

上阕描绘了一幅充满生机与活力的春光图。阳光普照下，园林草木青翠，红花满地。啼声清脆的流莺，在人们春游时布置的华丽筵席周围飞来飞去。在这样生机勃勃的大好春光中，主人公悠闲地跟随着那些华美的车子，尽情地游遍京城郊外的大好春光。

下阕写的是迟暮之人年华如梦，感叹世事沧桑。正所谓年华易老，仿佛一觉之间，有如春梦一般的短促，难免悠悠往事、百般思绪一齐涌上心头。而此时的心情就如满楼烟雨般凄冷迷乱。如此引出一个百无聊赖的闲倚栏杆的身影，孤独中遥望远山，进一步表达了词人心中愁绪无法排遣的感伤。

蝶恋花·小院深深门掩亚

【原文】

小院深深门掩亚①。寂寞珠帘，画阁重重下②。欲近禁烟微雨罢③，绿杨深处秋千挂。

傅粉狂游犹未舍[4]。不念芳时[5]。眉黛无人画[6]。薄幸未归春去也[7]，杏花零落香红谢。

【注释】

①门掩亚：意思是门没有关严，只是虚掩着。

②寂寞珠帘，画阁重重下：意思是宁静的画阁，垂下重重珠帘。画阁：彩绘华丽的楼阁。

③禁烟：禁止烟火的日子，指寒食节。相传春秋时，晋文公征介子推入朝做官，介子推不肯，文公命人烧山以迫其出，介子推抱木而死。为纪念这位高士，文公下令在这几日里不准起火做饭，故名“寒食”。罢：停止。

④傅粉：白面少年。《世说新语·容止》：“何平叔美姿仪，面至白。魏明帝疑其傅粉，正夏月，与热汤饼。既啖，大汗出，以朱衣自拭，色转皎然。”未舍：没有尽兴。

⑤芳时：良辰，花开时节。

⑥眉黛无人画：意思是在如此美好的时节里，女子的黛眉却没有人替她描画了。《汉书·张敞传》：“敞无威仪，时罢朝会，过走马章台街，又为妇画眉，长安中传张京兆眉怃。”眉黛：古代女子用黛画眉，因此称眉为眉黛。

⑦薄幸：薄幸郎，古代女子对负心男子的称呼。

【译文】

清幽深远的小院，大门虚掩着。宁静的画阁上悬挂的珠帘一重一重放下低垂。要到寒食节了，细密的春雨刚刚停下来，那绿杨深处的秋千静静地悬挂着，纹丝不动。

白面少年发狂似的到处去游冶，还是不舍得回家。可恨他从不顾念在一起的大好时光。如今没有人为我画眉。薄幸郎再不回来，整个春天就已经过去了，你看那粉红鲜嫩的杏花已经零落，花香伴着红艳也一起凋谢了。

【赏析】

这首闺怨词是作者早年行役江南时的作品，具体创作时间无从考证。从词的内容上看，或许作者境遇不佳而创作了这首词，以借闺人之怨抒发自己内心的愁苦。

上阕“小院深深门掩亚”，既表明了小院主人的身份，又表现了她此时的心境。女子之所以不把门紧紧锁上，是因为她朝思暮想的情郎还没回家，她在苦苦等待他归来。可她又为什么把重重的珠帘都垂下来呢？正是由于如此大好时光里没有人与她共度，使她感到无比寂寞，没有心情去欣赏春光。寒食节的一场小雨过后，秋千静止无心去荡，更显凄凉。

下阕写女子的孤独与哀切。她在心底埋怨深爱的情郎只顾自己在外面寻欢作乐，眼看春天将尽，那粉红色的花瓣都已经随风飘落了，可这个薄情郎还没有回家。这不仅昭示了女子盼归失望的心情，更把女子红颜易逝的哀苦，通过杏花飘零折射出来，从而更加强化了全词的情感张力。

蝶恋花·画阁归来春又晚

【原文】

画阁归来春又晚①。燕子双飞，柳软桃花浅②。细雨满天风满院③，愁眉敛尽无人见④。

独倚阑干心绪乱⑤。芳草芊绵⑥，尚忆江南岸⑦。风月无情人暗换⑧，旧游如梦空肠断。

【注释】

①画阁：华美的楼阁。

②桃花浅：桃花过了盛开季节，树上的花朵显得稀薄了。

③细雨：细密的小雨。

④愁眉：发愁时皱着的眉头。敛尽：紧收，收敛。

⑤倚：靠，倚靠。阑干：栏杆。心绪：心思，心情。

⑥芊（qiān）绵：亦作“芊眠”。草木茂密繁盛。

⑦尚：尚且，还。

⑧暗换：不知不觉地更换。

【译文】

从画阁归来，才发现今年的春天又将要过尽了。燕子双飞，柳枝柔软低垂，桃花已经凋零残败略显稀薄。落花像撩人的细雨漫天飘洒，和风习习充满了庭院，我独自紧锁愁眉，满怀的愁苦却没有人能看得见。

我一个人孤独地靠着栏杆，心绪如麻般缭乱。芳草萋萋绵绵，还是忍不住忆起了江南两岸。清风明月没有感情，暗将人的容颜改变，昔日欢愉的游览，如梦一般飘逝而去，空留我在这里白白地悲伤、肝肠欲断。

【赏析】

这首词的具体创作年代不详。欧阳修早年因上书直谏，多年来屡受贬谪，晚年虽奉诏回京，恢复馆阁之职，但留下的精神创伤，是难以愈合的。这首词大约作于回京不久之时。

上阕侧重描写女主人公从画阁归来所见的晚春景象，惜春之情溢于言表。具体描写燕子双飞、晚春时节令人伤心的风雨落花景象，人景交融，凸显了一种忧愁孤独的画面，将人的哀婉之情融进残春风雨之中。下阕主要写主人公的伤离怨别之情，并以“风月无情”“空肠断”直抒胸臆，结束全篇。

全词由景及情，情景交融，以凄婉缠绵的笔调抒写了伤春女子的满怀离思和一腔哀愁，作者于低沉曲婉之中，暗寓了对朝政昏聩的无比愤慨，感叹岁月无情的同时，暗含了对朝廷乱政的贬讽。

蝶恋花·尝爱西湖春色早

【原文】

尝爱西湖春色早①。腊雪方销②，已见桃开小。顷刻光阴都过了③，如今绿暗红英少④。

且趁余花谋一笑⑤。况有笙歌，艳态相萦绕⑥。老去风情应不到⑦，凭君剩把芳樽倒⑧。

【注释】

①尝：曾经。西湖：此指颍州（今安徽阜阳）西湖。

②腊雪：冬雪。方销：刚刚融化。

③顷刻：片刻，极短的时间。光阴：指日月的推移，用以表示时间。

④绿暗红英少：指红花大多已经凋败，所剩无几，满眼所见都是绿叶。红英：指红花。

⑤且：姑且，暂且。谋：图谋，谋求。

⑥艳态：美艳的姿态，指酒席上的歌妓。萦绕：盘旋往复；往复缠绕。比喻声音在什么东西旁边盘旋往复。

⑦风情：风月之情。此处是作者自称年已老去，没有了少年时的风月情怀。

⑧剩把芳樽倒：只管将酒杯斟满。剩把：只管把。芳樽：精致的酒器，此处借指美酒。

【译文】

我曾经到过西湖，喜欢西湖的春天来得较早。那时候的冬雪才消融，就已经看见粉嫩的桃花在枝头咧开小嘴儿笑。转瞬之间春光都已过去了，如今是绿叶成荫、红花减少。

暂且趁着剩余的年华还算妖娆，那就谋求时机及时行乐吧。更何况还有美女笙歌在身边萦绕供你一笑。只可惜年华老去，年少时的风月情怀都不如从前好，任凭你只管将酒杯斟满，我们开怀畅饮。

【赏析】

这首词约作于熙宁五年（1072年）的春天（一说熙宁四年），此时欧阳修已经退居颍州。在此之前他曾多次赏游西湖，第一次欣赏西湖春景是他奉命由扬州移知颍州之时，那时他曾去过西湖游赏，所以说“尝爱西湖春色早”。他第二次游赏西湖春景是在第二年晚春。

诗中上阕通过冬雪消融、桃花初绽、顷刻间“绿暗红英少”的描述，将春光转瞬流逝，时光如飞的感觉明晰地表达出来；下阕抒发了人生本就应该趁着年华还在，要有及时行乐的豪放情怀。以此告诫人们，就算春光易逝，年华已老，也不必枉自感伤。一句“凭君剩把芳樽倒”，将笑看人生的豪迈之情倾泻而出，如此以西湖美景映衬暮年之情，使情景交融显得更加淳朴自然。

全词通过描写自己前后两次游赏颍州西湖春景的不同感受，表达了心中面对人到中年的感慨，以及自我宽慰后乐观豁达的情怀。

蝶恋花·百种相思千种恨

【原文】

百种相思千种恨，早是伤春①，那更春醪困②。薄幸辜人终不愤③，何时枕畔分明问。

懊恼风流心一寸④，强醉偷眠，也即依前闷⑤。此意为君君不信，泪珠滴尽愁难尽⑥。

【注释】

①伤春：因春天到来而引起的忧伤、烦闷。

②春醪（láo）：春酒。冬酿春熟之酒，亦称春酿秋冬始熟之酒。

③薄幸：薄情，负心。辜人：辜负他人的罪人。愤：因不满而愤怒或怨恨。

④懊恼：悔恨。心一寸：指心。古人认为心的大小在方寸之间。

⑤依前：照旧，仍旧。闷：忧闷。

⑥尽：完，完毕。

【译文】

我的心中有百种相思千种怨恨，最先到来的就是这春来时的感伤，无奈那春酒一杯更使我心生苦闷。负心的罪人终究令我没有办法去愤恨，只能等到什么时候归来时，在枕畔旁问个分明。

悔恨情爱使我身心俱疲，灌醉自己强行入睡，可是心中还是像之前那样苦闷。我这番心意全都是因为你，而你却不相信，我的泪水因此流尽了，可这心里的哀愁依然难以道尽。

【赏析】

这是一首闺怨词。具体创作年代不详。

上阕由伤春写怨恨。首句抒情，将百种相思与千种怨恨交织在一起，虽然早就有伤春之心，也有对薄情郎的怨恨，怎奈“薄幸辜人终不忿”，终究还是想恨也恨不起来了，所以只能“何时枕畔分明问”。不难看出，痴情女子的心中其实还是离情难断，期盼重逢。下阕诉愁。过片“懊恼风流心一寸”，这显然是后悔为了情爱而劳役自己的身心，强行将自己灌醉酒，以求得好入睡，谁知仍然像以前那样烦闷。那一刻她懊恼、烦闷、愁苦、哭泣，如此写尽了女子深受这种爱恨交织折磨的情态，而愁怨却始终难以消尽。

一阕小词，写尽了一个多情女子对薄幸情郎怨而不怒的复杂情感，情真意切，读来感人至深。

蝶恋花·欲过清明烟雨细

【原文】

欲过清明烟雨细[①]。小槛临窗[②]，点点残花坠[③]。梁燕语多惊晓睡。银屏一半堆香被[④]。

新岁风光如旧岁。所恨征轮[⑤]，渐渐程迢递[⑥]。纵有远情难写寄。何妨解有相思泪。

【注释】

①清明：清明节，原为二十四节气中“春雨惊春清谷天”中的第五个节气，后来兼并了寒食的习俗。

②小槛（jiàn）：精巧的栏杆。

③残花：枝头尚未落尽的花。

④银屏：古代放在床上的小屏风。香被：香薰锦被。

⑤征轮：借指远行人所乘坐的车。

⑥渐渐程：一程又一程。迢递（tiáo dì）：形容遥远的样子，远去之貌。

【译文】

清明节将要过去了，这里依旧烟雨霏霏的天气。精巧的小栏杆临窗而立，但见枝头点点残花摇曳，随风飞旋乱坠。昨晚彻夜难眠，大清早又听见梁上紫燕呢喃不休，惊扰了我难以安睡。慵懒地睁开双眼，才发现屏风旁，还有一大半夜里推散的香薰锦被。

新的一年到来，风光依旧如同过去的年岁。唯一不同的是，只恨那远征的车轮载着我的心上人，为何要一程又一程地离我远去。此刻，纵然有再深远的长情，也难以铺展锦笺，写出来投寄给你。更何妨是我难以化解的相思泪。

【赏析】

这首词写的是一位女子送走情郎后的情态与心绪。上阕先点明时间是在清明之后烟雨霏霏的时节，但见残花片片，飘落在地，女子因为思念情郎彻夜未眠，虽然天已大亮，女子昏昏沉沉还在睡梦中，却被梁上叽喳的燕子吵醒，一句“银屏一半堆香被”，将一位孤枕难眠的可怜人夜晚是何等辗转反侧，鲜明地呈现在读者眼前。

下阕写今年的风光和往年唯一不同的是，心爱的人却已出门远行，而且正在一程一程地越走越远，思念之情可想而知，此刻任何文字，都无法真切地表达对情人的爱意，万缕情丝尽在相思的泪水里。

通篇景中含情，情景交融，不疾不徐地将闺中女子丰富的情感，委婉地表达出来，其情之浓，耐人寻味。

渔家傲·与赵康靖公①

【原文】

四纪才名天下重②。三朝构厦为梁栋③。定册功成身退勇④。辞荣宠⑤。归来白首笙歌拥。

顾我薄才无可用⑥。君恩近许归田垅⑦。今日一觞难得共⑧。聊对捧⑨。官奴为我高歌送⑩。

【注释】

①赵康靖公：赵概，字叔平，北宋南京虞城人。宋仁宗天圣间进士。官至枢密使、参知政事。卒谥号“康靖”。

②四纪：十二年为一纪，四纪为四十八年。才名：指兼有才华与名望。

③三朝：宋仁宗、宋英宗、宋神宗三朝。构厦：建构大厦，比喻治理国事或建立大业。

④定册：亦作“定策”，指大臣拥立天子。宋仁宗无子，以濮安懿王之子为皇子，养于宫中，但无太子名义。仁宗死后，宰相韩琦、参知政事欧阳修等全力扶持皇子即位（即宋英宗），稳定了大局，即为定册之功。此时赵概同为参政，或亦参与此事。功成：扶持皇子即位成功。

⑤荣宠：君王的恩宠与荣耀。

⑥薄才：微薄的才能。常用为自谦之辞。无可用：没有可用之处。此为作者自谦之词。

⑦归田垅（lǒng）：指辞官回乡务农。

⑧觞（shāng）：古代酒器。此指饮酒。共：此指在一起。

⑨聊对捧：姑且相对捧杯痛饮一番。聊：姑且。

⑩官奴：指官妓。以歌舞侍候官员宴集。送：送酒，劝饮助兴。

【译文】

四十多年来，您的才华与名望为天下之重，作为三朝元老，您为朝廷政事作出重大贡献，不愧是国家的栋梁。全力拥立天子即位，功成之后激流勇退。辞去君王的恩宠与荣耀。回到家乡已是白发苍苍，常以笙歌自娱。

再看看我这一生，才能平庸没有什么可用之处。最近承蒙皇上隆恩，准许我辞官归家务农。今日有幸与老朋友聚在一起共饮一杯，实在难得。你我姑且捧杯对饮。且有歌女为我们高歌一曲、歌舞助兴。

【赏析】

这阕词约作于宋神宗熙宁五年（1072年）春天，当时欧阳修已致仕归颍州，曾约赵概来颍州游玩，这是他在设宴招待老朋友赵概的宴席上所作，也算是他感慨生平之作。

词的上阕赞颂友人才高名重，是国家栋梁之才，称赞他能够识时务而激流勇退，辞官回乡以笙歌自娱；下阕叙写自己不愿意勉强为官，因为最近得到皇上批准他回乡务农而欣喜万分，今日能与老朋友相聚更是感慨万端，自当痛饮抒怀。

全词语言平和质朴，情感真挚，充分表达了两人之间的深厚友谊，以及难以言表的饱经沧桑的感叹。

渔家傲·暖日迟迟花袅袅

【原文】

暖日迟迟花袅袅①。人将红粉争花好②。花不能言惟解笑。金壶倒。花开未老人年少。

车马九门来扰扰③。行人莫羡长安道④。丹禁漏声衢鼓报⑤。催昏晓。长安城里人先老。

【注释】

①暖日迟迟：指春天天气渐暖，白天渐长。迟迟：舒缓的样子。袅袅（niǎo）：形容体态柔美的样子。

②红粉：女性化妆用的脂粉，此代指美女。争：争胜。

③九门：指都城的城门，依照古制，天子所居之所有九门。此处用九门代指京城。扰扰：纷乱嘈杂的样子。

④长安道：此处代指北宋都城汴京（今河南开封）的街道。

⑤丹禁：帝王所居的宫禁，用红色涂墙，故称丹禁。衢（qú）鼓：街上的更鼓。唐宋时悬于街头，每天有人按时击鼓报时，以戒出入，防盗贼。

【译文】

春天天气渐渐变暖，花儿随风摆动袅娜的身姿。美人们将粉红的面庞凑到花前，争着与花儿相比谁最美好。只可惜花儿不能说话，只好自解风情地嫣然一笑。在这大好的春光里，最适合金壶斟酒，开怀畅饮醺醺醉倒。

若想享受人生的快乐，就要趁着花开正艳，人生正年少。

京城总是车水马龙，来来往往的人们纷纷扰扰。其实来往行路人，大可不要羡慕京城的繁华热闹。你看那禁城中人，要时刻关注铜壶滴漏声上朝，还要定时听取击鼓声，将时辰通报。整天在催促声中度过黄昏和拂晓。所以说长安城里的人自然会率先衰老。

【赏析】

此词大约作于宋仁宗嘉祐五年（1060年）的十一月至宋英宗治平四年（1067年）的三月之间，当时欧阳修在朝中担任参知政事，这阕词当是他感慨人生之作。

词中上阕以轻快的笔调描写了青年男女在暖日游春的喜人场面。在这春暖花开的大好时光里，人们金壶斟酒，畅饮开怀，享受着人生的快乐。这里的“金壶倒，花开未老人年少”句，既是词人对当时春游畅饮场面的描写，也是对人生的感怀。下阕则以沉重之笔，写京城繁华纷扰，以及人生易老之叹。这“催昏晓”的滴漏更鼓之声，让词人深刻体会到时间在无情流逝，伤时伤逝之感油然而生。

全词语言晓畅，对比鲜

明，表达了作者对这种循规蹈矩、唯命是从的官僚生活的厌倦，反过来是对官场之外自由生活的向往，劝慰人们应当珍惜人生美好时光，不要辜负了花开韶华。

渔家傲·别恨长长欢计短

【原文】

别恨长长欢计短，疏钟促漏真堪怨[①]。此会此情都未半。星初转[②]，鸾琴凤乐匆匆卷[③]。

河鼓无言西北盼[④]，香娥有恨东南远[⑤]。脉脉横波珠泪满[⑥]。归心乱，离肠便逐星桥断。

【注释】

①疏钟：指稀疏的钟声，多指不时可听见的寺庙里的钟声。促漏：短促的漏声。漏：古代滴水计时器。

②星初转：斗星初转。北斗转向，参星横斜，表示天色将明。

③鸾（luán）琴：凤琴，乐器的美称。凤乐：和美悦耳的音乐。卷：收起。

④河鼓：星名。属牛宿，在牵牛星之北。盼：盼望，期盼。

⑤香蛾：美人。此指织女。远：遥远，渺远。

⑥脉脉（mò）：饱含温情，默默地用眼神表达自己的感情。横波：比喻女子眼神流动，如水横流。珠泪：眼泪。形容泪滴如珠。

【译文】

离别的遗憾总是比相聚的欢乐时光要长，远处稀疏的钟声催促着漏壶滴漏的声响，令人不堪忍受而心生怨愤。眼前这鹊桥相会与互诉衷情都还没有过半。斗转星移之间，天就要亮了，这时鸾凤和鸣的音乐声，也随之匆匆收卷。

牵牛星默默向西方遥望企盼，织女星心有怨恨，却又不得不远离东南方，回到银河西北面。织女饱含温情的眼眸中泪水盈盈，如水横流。归去时，芳心凌乱，离别的愁肠百结，想要追逐而去，怎奈那长长的鹊桥已断。

【赏析】

节令词是宋词中的一个重要种类，宋人写作此类词颇多。这首词吟咏天上之事，主要写牛郎织女的短暂相会与分离，借以抒发天上人间都是聚少离多的离愁别恨。

上阕运用丰富的想象，赋予牛郎、织女二星以人间的感情，诉说这一年一度的鹊桥相会，时间实在是过于短暂。“此会此情都未半”，以此表达一种离愁别恨。下阕以一对情人的泪眼相望开篇，展现出一幅动人的画面，牛郎痴痴地望着西北的织女，织女以同样的情愫痴痴地望着东南方渐行渐远的牛郎，忍不住泪水涟涟。那种离别后会是怎样的思念，给人一种无限的遐想。

全词情意绵长，起伏跌宕，生动而传神，字里行间不免充满失落和哀怨，也流露出一种两情相悦却不能尽情欢爱的淡淡感伤。

渔家傲·五月榴花妖艳烘

【原文】

五月榴花妖艳烘①，绿杨带雨垂垂重②。五色新丝缠角粽③，金盘送，生绡画扇盘双凤④。

正是浴兰时节动⑤，菖蒲酒美清樽共⑥。叶里黄鹂时一弄⑦，犹瞢忪⑧，等闲惊破纱窗梦⑨。

【注释】

①妖艳：形容红艳似火。烘：衬托，烘托，渲染。

②垂垂重：很沉重低垂的样子。

③角粽（zòng）：粽子。古用黏黍做成，状如三角，故称。《太平御览》卷引周处《风土记》："俗以菰菜裹黍米，以淳浓灰汁煮之令烂熟，于五月五日及夏至啖之。一名粽，一名角黍。"

④生绡（xiāo）：未经过漂染的生丝织品。古时多用以作画，因而也借指画卷。

⑤浴兰：以兰汤沐浴，即用香草水洗澡。古人认为兰草能避不祥，故以兰汤洁斋祭祀。动：开始的意思。

⑥菖蒲（chāng pú）：一种水生植物，可以泡酒。孙思邈《千金月令》："端午，以菖蒲或缕或屑以泛酒。"樽：酒杯。一作"尊"。

⑦时一弄：不时地发出一两声鸣叫。

⑧ 瞢忪（méng sōng）：睡眼惺忪之貌。

⑨ 等闲：轻易；随便。惊破：打破。

【译文】

五月是石榴花开的季节，那火红妖艳的色彩渲染了整个夏天，杨柳刚刚被细雨淋湿，整个枝条都沉重地垂了下来。人们用五彩的丝线包扎多角形的粽子，煮熟了放进镀金的盘子中，天气渐渐转热，闺中女子手里轻摇绣花丝扇，扇面上盘旋着一对七彩玉凤。

这一天是端午，正是人们开始取用兰花香草煮水沐浴的时节，以此祛除身上的污垢和秽气，菖蒲酿造的美酒与精致的酒樽搭配在一起，共同举杯饮下这驱邪避害的雄黄酒。时不时地，还能听到窗外树丛中黄鹂的鸣叫，那纱窗后手持绢扇的美人还在睡眼惺忪的午睡中，就这样轻易地被它们打破了美梦。

【赏析】

这首词大约是欧阳修于治平（1064—1067年）年间任参知政事时所创作。在端午节这一天，朋友邀请欧阳修去家里做客，欧阳修即席作了此词，未留有底稿，后经他人收集，校书者续补而成。

该词的上阕描写端午节的风俗，用“榴花”“杨柳”描写仲夏自然景象，又用“角粽”“金盘”“生绡画扇”等端午节的标志性景象营造了端午节喜悦的气氛；下阕描写端午节之时的热闹场景。人们开始取用兰花香草煮水进行沐浴更衣，饮雄黄酒驱邪，可以聆听树梢叶下的黄鹂声声啼鸣，只可惜这不解风情的黄鹂，清脆的叫声惊醒了纱窗下女子的美梦，但此刻主人公并无嗔怒之意，体现了一种悠闲自适之情。

通篇词调优雅，愉悦闲适，色彩与气氛渲染相得益彰，反映了人们节日里恬淡闲适的生活情态，给人以身临其境之感，不知不觉地融入了端午节的风物人情之中。

渔家傲·近日门前溪水涨

【原文】

近日门前溪水涨，郎船几度偷相访。船小难开红斗帐[①]，无计向[②]，合欢影里空惆怅[③]。

愿妾身为红菡萏[④]，年年生在秋江上。更愿郎为花底浪[⑤]，无隔障[⑥]，随风逐雨长来往。

【注释】

①斗（dǒu）帐：一种形如覆斗的小帷帐。

②无计向：犹言无可奈何的意思。向：语气助词。

③合欢：合欢莲，即双头莲，又名同心莲，指并蒂而开的莲花。惆怅：因失意或失望而伤感、懊恼。

④菡萏（hàn dàn）：古人称未开的荷花为菡萏，即花苞。属莲科多年生水生草本植物。又称莲花，古称水芙蓉、菡萏、芙蕖。

⑤更（gèng）：一作“重”。

⑥隔障：隔阂和障碍。

【译文】

最近日子里，门前的溪水上涨，我的情郎哥驾着小船，几度私下里来相访。只因船小无法挂上红斗帐，不能相互亲热，可是又无计可想，只能双双坐在并蒂莲下空惆怅。

但愿妾身我成为待放的红芙蓉，年年长在秋江上。更希望情郎哥你是那花下的波浪，我们之间从此没有障碍来阻挡，自由自在随风逐雨，常来又常往。

【赏析】

晚唐五代以来，词中写爱情多以闺阁庭院为背景，这首采莲词将背景移到了莲塘秋江，具有别出心裁的民族风味。

此词上阕叙事。前两句写这些天溪水涨满，情郎趁水涨好驾船便来偷偷约会。可见词中的青年男女隔岸而居，平常水浅无法行船，所以要趁水涨相访。“几度偷相访”可见双方相爱之深，秘密相爱许久。而这水涨情节，似乎象征着双方涨满的情爱。然而“船小难开红斗帐”又制约了彼此的情爱，势必会“合欢影里空惆怅”，如此物我对照，将男女主人公对影神伤的情态生动地展现出来。

下阕抒情，紧扣秋江红莲设喻写情。承接上阕的“空惆怅”，女子不禁突发痴想，希望自己化身为娇艳婀娜的红芙蓉，年年岁岁在秋江之上守望，更希望情郎化身为花底的轻浪，两情相悦在雨丝风浪中长相厮守。

全词语言清丽，巧妙地托物寓情，情景相融，使词的风格由深婉含蓄变为清新活泼，可谓是别具一格的上好佳作。

临江仙·柳外轻雷池上雨

【原文】

柳外轻雷池上雨[①]，雨声滴碎荷声。小楼西角断虹明。阑干倚处[②]，待得月华生[③]。

燕子飞来窥画栋[④]，玉钩垂下帘旌[⑤]。凉波不动簟纹平[⑥]。水精双枕[⑦]，傍有堕钗横[⑧]。

【注释】

①轻雷：指雷声不大。池：池塘。

②阑干（lán）：栏杆，纵横交错的围栏。

③月华：月光、月色之美丽。这里指月亮。生：出现，升起。

④画栋：彩绘装饰了的梁栋。

⑤玉钩：精美的帘钩。帘旌（jīng）：帘端下垂用以装饰的布帛，此代指帘幕。

⑥“凉波”句：指竹子做的凉席平整如不动的波纹。簟（diàn）：竹席。

⑦水精：水晶。

⑧“傍有”句：化用李商隐《偶题》：“水文簟上琥珀枕，傍有堕钗双翠

翘”。堕（duò）：脱落。

【译文】

柳林外传来轻微的雷鸣，池塘上空正细雨蒙蒙，淅淅沥沥的雨，滴落在荷叶上发出细碎之声。不久小雨停了下来，小楼西角出现一道被遮断的彩虹，色彩格外分明。只见她倚靠在栏杆旁，仿佛在等待月亮东升。

燕子双双飞来，窥伺着楼阁上彩绘的梁栋，她松开玉钩，垂下帘幕转回屋中。床上竹席纹络平展，好像清凉的水波，纹丝不动。床头放着水晶双枕，旁边是脱落的金钗，在枕边横放。

【赏析】

这首词大约是天圣九年（1031 年）至明道二年（1033 年）期间，欧阳修在西京留守推官任上时所作。

词的上阕写室外景色。从“柳外轻雷池上雨，雨声滴碎荷声”开始，将春雨景致的浪漫画面一点点铺开，轻雷疏雨，小楼彩虹，雨后晚晴，倚栏远望，新月待升，这一切将夏日恬静的景象推到了极美的境界。

下阕描绘了一幅室内景象。雨后空气清新，燕子双飞梁上偷窥，小楼绣阁，玉钩放下，帷帘低垂，凉簟纹理平整，不见折皱，而她头上的钗钿则横躺在水晶枕旁。词人巧妙地以燕子的视角，将词中女子夏日昼寝的画面描绘得惟妙惟肖。或许她正日思夜想心爱的人，所以连梦中都是心心念念地有所期待，体现了闺中女子慵懒的淡淡情愁。

全词情真意切，清雅而自然，令人禁不住情为之动。

临江仙·记得金銮同唱第

【原文】

记得金銮同唱第①，春风上国繁华②。如今薄宦老天涯③。十年歧路，空负曲江花④。

闻说阆山通阆苑⑤，楼高不见君家⑥。孤城寒日等闲斜⑦。离愁难尽⑧，红树远连霞。

【注释】

①金銮（luán）：帝王车马的装饰物。金属铸成鸾鸟形，口中含铃，因此常用来指代帝王车驾。这里指皇帝的金銮殿。唱第：科举考试后宣唱及第进士的名次。

②上国：指京师。南朝梁江淹《四时赋》："忆上国之绮树，想金陵之蕙枝。"

③薄宦：卑微的官职。常用为谦辞。

④空负：白白辜负。曲江花：代指新科进士跨马游街，到琼林苑赴宴赏花。

⑤闻说：听说。阆山：阆风巅。山名，在昆仑之巅。阆苑：指传说中神仙居住的地方。

⑥君家：此用为敬词。犹贵府，您家，您的家。《玉台新咏·古诗为焦仲卿妻作》："非为织作迟，君家妇难为。"

⑦孤城：边远的孤立城寨或城镇。寒日：寒冬的太阳。

⑧离愁：离别的愁思。尽：尽头，完结。

【译文】

还记得当年金銮殿上，我们一同聆听宦官宣唱及第进士的消息，从此后便春风得意，留在京师过上了繁花似锦的生活，自以为前途似锦。可如今却是官职卑微，将要身老在天涯。分别十年以来我一事无成，白白辜负了当年新科进士跨马游街，到琼林苑赴宴赏花。

听说阆州有阆山可以通往神仙阆苑，可我登上高楼却望不到你的家。如今我独处孤城，每天独对寒冬的太阳看它无端西斜。离别愁绪难以说尽，只能将思念付予那经霜的红树，任它连接远处天边的红霞。

【赏析】

此词当作于宋仁宗庆历五年（1045 年）欧阳修贬任滁州太守期间。当时一位同榜及第的朋友将赴任阆州（今四川阆中）通判，远道来访，欧阳修席上作此词相送。

词中上阕抚今追昔。首先怀念过去，如今久别的朋友来访，自然是无比喜悦地与朋友畅谈从前，当年一同参加科举殿试，同榜及第，一同跨马游街、赴御宴赏花，可谓是春风得意享尽荣华。可如今自己被贬谪到远离京城的滁州，过去的得志与现在的失意形成鲜明的对比，抒发了作者对过去美好岁月的怀恋，以及宦海浮沉的郁闷与悲叹。下阕抒写对朋友的留恋与关心。听说朋友要去赴任的阆州山峰与神仙的住处相通，自是替朋友高兴，但离别在即，分别后难再相见，怎能不让人依恋不舍？何况朋友的离去，使滁州似乎变成了孤城，太阳不再令人温暖，日子也显得空虚，心里充满无尽的离愁，只能将思念付予那些经霜的红树以及与远天的红霞。

全词境界缥缈开阔，语言洒脱灵动，蕴含了真挚丰富的情感，读来使人禁不住被深深感动。

采桑子·荷花开后西湖好

【原文】

荷花开后西湖好①，载酒来时。不用旌旗②，前后红幢绿盖随③。

画船撑入花深处④，香泛金卮⑤。烟雨微微，一片笙歌醉里归⑥。

【注释】

①西湖：指颍州（今安徽省阜阳市）西湖。欧阳修晚年退休后曾居住在颍州。

②旌（jīng）旗：旌是羽毛指示物，基层部队使用；旗指的是布面指示物，高层部队使用。此指古代旌旗仪仗。

③幢（chuáng）：古代的帐幔。盖：古代一种似伞的遮阳物。

④画船：带有绘画图案、装饰华美的大船，常用来游览风光，即画舫船。

⑤卮（zhī）：古代盛酒的器皿。

⑥笙（shēng）：簧管乐器。

【译文】

荷花开放的时候清香缭绕，西湖的风光更加美好，这个时节适合用船载着美酒来游赏。不用隆重的仪仗与旌旗，船前船后自会有红花为帐幔，翠绿的荷叶为伞盖随船而来。

彩绘的游船驶进了荷花丛的深处，斟满美酒，金色杯盏中的美酒也跟着泛起了荷香。傍晚烟雾夹着微雨，一片笙箫歌舞声悠扬而起，稍后船中人醺醺欲醉中归去。

【赏析】

宋仁宗皇祐元年（1049年），欧阳修当时居处颍州，在盛夏荷花盛开之季游玩西湖时写下此词，记载了西湖风光及游湖之乐，表达了词人寄情山水的闲适心情。

上阕把荷花、荷叶比作红幢、绿盖的仪仗，船动水荡漾，荷花随着自己前呼后拥，碧绿清澈的湖水承载着船中人与美酒，长长的湖堤长满茂密的芳草，满眼的绿意，扑鼻的清香，好一幅动感十足的西湖风光画卷；下阕写词人泛舟荷花深处，畅饮听曲，赏花观光等一系列欢愉场面，使人完全沉醉在这西湖的美景之中。

结句“醉里归”写出了作者十分惬意的心情，那一刻完全忘记了自己官场上的失意和烦闷，仿佛一切烦忧都已被这荷香和微雨所冲散，沉淀下来的自然是一种超尘脱俗的心怀。

采桑子·十年前是尊前客

【原文】

十年前是尊前客①，月白风清②。忧患凋零③，老去光阴速可惊。

鬓华虽改心无改④，试把金觥⑤。旧曲重听，犹似当年醉里声⑥。

【注释】

①尊前客：指酒宴前的客人。尊：古同“樽”，酒樽。

②月白风清：色调明朗，常用来形容幽静美好的夜晚。此处既象征处境的顺利，也反映心情的愉悦。

③凋零：本意为花草树木凋落。此处比喻人事衰败。

④鬓华：指两鬓头发斑白。

⑤把：手持。觥（gōng）：古代酒器，腹椭圆，上有提梁，底有圆足，兽头形盖，亦有整个酒器作兽形的，并附有小勺。

⑥犹似：依旧像；仍然好像。

【译文】

十年前，我是酒席宴前尊贵的座上客，可谓享尽月白风清，正值春风得意时。如今好友相继离去，忧愁疾患相继而来，人事衰败催人老，如同草木凋零，往事不堪回首，可叹这时光老去的速度之快，实在是令人吃惊。

鬓发虽然已经渐渐变成了白色，但我的初心没有改变，如今酒席宴前仍然像从前一样试把酒杯端起。醉把旧曲来重听，还像当年酒醉之时倾听的乐曲声。

【赏析】

此词大约是欧阳修于庆历四年（1044 年）过洛阳时所作，因为当时距离他在景祐元年（1034 年）西京留守推官任满离开洛阳正好十年。

词中上阕，开篇回忆十年前的情景。那时他曾出守滁州，常常徜徉于山水之间，特别是仁宗嘉祐年间，很顺利地由礼部侍郎拜枢密副使，迁参知政事。这期间，多少人生况味，足以用“月白风清”四个字概括。然而十年后的生活却是“忧患凋零”的状态。这一时期，欧阳修昔日的好友相继去世，后来他的身体状况也与日俱下，因此更增添了他的悲慨之情。接着便以“老去光阴速可惊”作小结，感叹时光流逝的速度之快，表达了词人怜惜光阴之情，其语言朴质无华，斩截有力。

下阕承接上阕意象，情感丰润之至，有如藕断丝连，又似异军突起。面对时光的流逝，不幸的降临，使作者不堪岁月的折磨，容颜渐老，但他那颗热爱生活的心，却还像从前一样充满生机，于是他豪迈地唱道“鬓华虽改心无改”，遂将一腔忧愤深深地埋在心底，让人深深感觉到他此刻虽然语言很苍劲豪迈，但感情却很沉郁，略显无奈。

结尾“旧曲重听”之中，一个“旧”字，一个“重”字，又将人带到十年前。如此从艺术手法上做到了首尾相应，运转自如，将所要表达的情感自然而然地抒发出来，可谓妙不可言。

采桑子·画船载酒西湖好

【原文】

画船载酒西湖好，急管繁弦①，玉盏催传②，稳泛平波任醉眠。

行云却在行舟下③，空水澄鲜④，俯仰留连⑤，疑是湖中别有天⑥。

【注释】

①急管繁弦：指变化丰富而节拍紧凑的音乐。

②玉盏：玉制的酒杯。

③行云却在行舟下：指天上流动的云彩倒影在水中，仿佛退到了行船之下。

④空水澄鲜：天空与水面都显得澄澈明净，形容景色优美的样子。

⑤俯仰：俯视与抬头仰望。此为描绘观赏西湖美景的情态。留连：犹留恋，舍不得离去的意思。

⑥别有天：别有天地，比喻另有一番境界。形容风景或艺术创作的境界引人入胜。

【译文】

西湖风光好，在这大好时光里，正好乘着画船，载着酒肴去湖中游赏，急促繁喧的乐声响起，人们手执玉盏在节奏明快的音乐声中频频推杯换盏，此刻风平浪静，缓缓前进的画船，任凭酒醉的游客酣然入眠。

微眯醉眼，天上流动的云彩倒影在水中，仿佛一片片退到了行船之下，天空与水面都是那么澄澈明净，无论你仰视蓝天，抑或俯视湖面，都会让人留恋不已，水天相映，总是使人疑惑湖中另有一片云天。

【赏析】

此词作于熙宁四年（1071年）六月，欧阳修归颍期间。又据《西湖念语》得知，经欧阳修晚年退居颍州时将其整理完善。

本词上阕首句“西湖好”统领全词，画船载酒、急管繁弦、玉盏频传、稳泛平波，逐一描绘出载酒游湖时船中人的热闹气氛与欢乐场面，那一刻欢笑声、乐曲声、划船声交织在一起，体现了作者与朋友们在一起时无拘无束的洒脱情怀；下阕写酒后醉眠船上，仰望天空，浮云朵朵，俯视湖面，但见行云在船下浮动，使人疑惑湖中另有一片天空，俯仰之间，无不乐而忘返，表现出词人醉后的游湖之乐。

从艺术手法上看，这首词采用虚实相结合的方法，充满了诗意的想象，形象巧妙地刻画了主人公的醉态、醉意和醉眼中的西湖之景，尽兴欢愉之中，流露出作者豪放达观与逸兴遣怀之乐。

采桑子·何人解赏西湖好

【原文】

何人解赏西湖好，佳景无时。飞盖相追①，贪向花间醉玉卮②。

谁知闲凭阑干处，芳草斜晖。水远烟微，一点沧洲白鹭飞③。

【注释】

①飞盖相追：化用曹植《公宴》诗："清夜游西园，飞盖相追随。"盖：车篷；飞盖指奔驰的马车。

②玉卮（zhī）：玉做的杯子。卮：中国古代盛酒的器皿，圆形，容量为四升。

③沧洲：这里指水边的陆地。白鹭（lù）：鸟类，一般栖息于池塘、湖泊、稻田。群集活动。以小型动物、昆虫为食。

【译文】

什么人能理解欣赏西湖风光的美好，西湖无时无刻不是良辰美景。我们乘坐那奔驰的华盖马车互相追逐，贪婪地奔向花团锦簇的西湖边，共同举起玉杯开怀畅饮，沉醉在花间。

有谁知道在那悠然倚凭栏杆的地方，远远望去，芳草萋萋笼罩在落日余晖的美好。湖水宁静悠远，烟雾微茫，一小块露出水面的沙洲上白鹭栖息，偶尔翩翩天上飞翔。

【赏析】

欧阳修对颍州西湖可以说是深情一片。欧阳修移知颍州期间，曾多次游览西湖，而且留下很多传世佳作，这阕《采桑子》就是其中之一。

本词上阕以“何人解赏西湖好”设问开篇，言外之意已经给出了西湖美好的答案，接下来“飞盖相追，贪向花间醉玉卮”，描写了人们想去观赏西湖美景的喜悦形态，更加深层次展现出人们清明时节出来踏青的热闹场面。一个“醉”字，何止于酒醉，那简直就是一种乐享美景中的陶醉。下阕着力描写了西湖夕照的景色。“芳草斜晖”“水远烟微”“沧洲白鹭飞”，纷纷为西湖“闲凭阑干”增添了一分浪漫与美好。那情那景，怎能不令人心驰神往呢？

全词语言风格清丽唯美，运用“以动衬静”的艺术手法，创造出美好的意境，展现了一幅祥和隽秀的西湖美景图。

采桑子·清明上巳西湖好

【原文】

清明上巳西湖好[①]，满目繁华。争道谁家[②]，绿柳朱轮走钿车[③]。

游人日暮相将去[④]，醒醉喧哗[⑤]。路转堤斜，直到城头总是花。

【注释】

①上巳（sì）：上巳节，俗称三月三，是中国民间的传统节日。上巳节是古代举行“祓除衅浴”活动中最重要的节日，人们结伴去水边沐浴，以消除不祥，称为“祓禊”，此后又增加了祭祀宴饮、曲水流觞、郊外游春等内容。西湖：这里指颍州西湖。

②争道：路上的游人、车辆争先而行。

③朱轮：这里指红色的车轮子。因为古代王侯显贵所乘的车子，多用朱红漆轮，故称朱轮。钿（diàn）车：嵌上金丝花纹作为装饰的车子。

④相将：相随，相携，即手牵手。

⑤醒醉：醒酒的人和醉酒的人。

【译文】

从清明节、上巳节开始，西湖的风光便日渐美好，随处可见车水马龙、艳妆春游的景象，满眼的繁华热闹。拥挤的湖边吵吵闹闹，不知是谁家在争道，红色车轮的彩饰钿车闪着金光，在翠绿的垂柳下穿行而过。

傍晚时分，游人纷纷相随离去，醉酒已醒的、还在沉醉中的人们，交织在一起，一片喧哗。游人三五成群渐行渐远，道路曲折蜿蜒，随着倾斜的湖提弯转变化，一直走到城头，一路上总能看见鲜艳的花。

【赏析】

欧阳修移知颍州以后，他曾与好友梅尧臣相约，买田于颍，以便日后退居。宋英宗治平四年（1067 年），欧阳修出知亳州，特意绕道颍州，数年后，终于以观文殿学士、太子少师致仕，如愿归居颍州。几次游览后，接连创作了十首《采桑子》，这首就是其中之一。

这首词描写的是清明时节西湖游春的热闹繁华景象，从侧面来写西湖之美，着意描绘游春的欢乐气氛。上巳节，尚还属早春时节，但完全没有凄清之意，反而呈现出色彩浓艳的一派盛景。由此可以看出西湖景色迷人，不仅仅是堤岸上红花绿柳，车水马龙的热闹场面，还有那静若处子的西湖水面，夕阳西下之时，红霞映照湖面的静美。“游人日暮相将去”，描写了归途所见的景色，路转堤斜，一路是花。这里作者并没有明写到底所见的是枝头上的花还是落于地上的花，而是到此戛然而止，只留给读者一个想象的空间，任你遐想一个春日出游的西湖岸边，满目姹紫嫣红、霞映西湖、春花烂漫、熙熙攘攘的人流交汇成一体，令人不禁赞叹：好一幅生动壮美的西湖游春图啊！

采桑子·天容水色西湖好

【原文】

天容水色西湖好①，云物俱鲜②。鸥鹭闲眠，应惯寻常听管弦③。

风清月白偏宜夜④，一片琼田⑤。谁羡骖鸾⑥，人在舟中便是仙。

【注释】

①天容：天色，天空的景象。西湖：此处指颍州西湖。

②云物：犹言景物。鲜：清丽新鲜。

③管弦：管乐器与弦乐器。泛指音乐。

④风清月白：微风清爽，月色皎洁，形容夜景幽美宜人。

⑤琼田：本义是神话传说中的种玉之田。此处形容月光照映下莹碧如玉的湖水。

⑥骖鸾（cān luán）：谓仙人驾驭鸾鸟云游登仙。骖：驾，乘。

【译文】

你看那天光水色融为一体，西湖风景真是美不胜收，云天晴澈，所有的景物都是那么清丽新鲜。鸥鸟、白鹭栖息在沙洲上悠闲地安眠，它们平时应该早就听惯了悠扬的管弦，才如此不以为然。

微风清爽，月色皎洁，偏偏都安适地出现在幽静的夜晚，月光泼洒在平静的湖面之上，好似一片广阔的白玉田。谁还会去羡慕那仙人驾驭鸾鸟云游登仙呢？此刻人在游船中，就已经成了仙人。

【赏析】

本词中描写了西湖白日里的天光水色，以及月下西湖的静美。

词的上阕着力表现西湖的恬静脱俗。以“鸥鹭闲眠”来烘托，一方面突出西湖的静谧，另一方面暗示西湖游客的高雅脱俗，没有功利之心，只有相互不打扰的人文美。词中暗寓了欧阳修陶醉于湖光山色间，也间接表现了欧阳修退隐之后，逃脱了仕途之中尔虞我诈的困扰，故能与鸥鹭相处的闲情逸致。

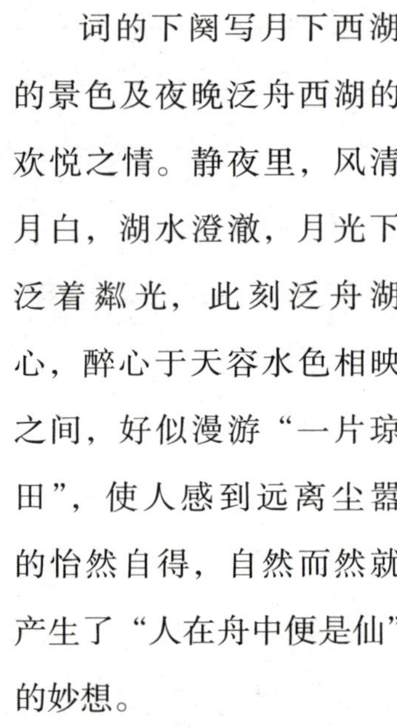

词的下阕写月下西湖的景色及夜晚泛舟西湖的欢悦之情。静夜里，风清月白，湖水澄澈，月光下泛着粼光，此刻泛舟湖心，醉心于天容水色相映之间，好似漫游“一片琼田”，使人感到远离尘嚣的怡然自得，自然而然就产生了“人在舟中便是仙”的妙想。

全词意境开阔，明丽晓畅，着意刻画了一幅如诗如画、如梦如幻的西湖夜景，表达了作者对大自然的深深热爱和眷恋，反映了欧阳修晚年旷达乐观的人生态度。

采桑子·平生为爱西湖好

【原文】

平生为爱西湖好，来拥朱轮[1]。富贵浮云[2]，俯仰流年二十春[3]。

归来恰似辽东鹤[4]，城郭人民[5]。触目皆新[6]，谁识当年旧主人。

【注释】

①朱轮：这里指漆着红色的轮子。因为古代王侯显贵所乘的车子，多用朱红漆轮，故称朱轮。作者因曾任颍州知州，故以太守自比。

②富贵浮云：富贵于我如浮云的意思。

③流年：流逝的岁月。二十春：作者由离任颍州到退休归颍，正好二十个年头。

④恰似：正如。辽东鹤：喻久别重归而叹世事变迁，此指仙鹤。典出晋陶潜《搜神后记》："丁令威，本辽东人，学道于灵虚山。后化鹤归辽，集城门华表柱。时有少年，举弓欲射之。鹤乃飞，徘徊空中而言曰：'有鸟有鸟丁令威，去家千年今始归。城郭如故人民非，何不学仙冢累累。'遂高上冲天。今辽东诸丁云其先世有升仙者，但不知名字耳。"唐杜甫《卜居》："归羡辽东鹤，吟同楚执珪。"

⑤城郭人民：颍州城以及这里的人民。此句比喻人事沧桑。

⑥触目：目光所及。

【译文】

我平生因为喜爱西湖风光的美妙，所以曾经请奏朝廷来到这里担任太守。人生富贵就像浮云一样飘来飘去，不知不觉地俯仰之间，已经度过了二十个春天。

这次归来，正如古时离家千年化鹤归来的仙人一样，重新见到颍州城以及这里的人民。可是眼睛所看到的一切都是那么陌生，不知还有谁能认得我这个当年的旧主人。

【赏析】

这是欧阳修游览颍州西湖创作的十首《采桑子》中的一首，与其余写景、叙写游赏所不同的是其侧重于抒情，是对颍州西湖组词的抒情总结，同时也蕴含了自己更多的人生感慨。

词的上阕开头两句追述往年知颍州时的那段经历。他将“拥朱轮”和“爱西湖”联系起来，是为了突出自己对西湖的喜爱早有渊源。接下来的“富贵浮云”与二十年前的“来拥朱轮”作对比，表明了他从被贬谪外郡到如今重新起用，一度几经受黜，最后又退居颍州，整个仕途的坎坷与人生起落，使他不免深感功名富贵正如浮云般变幻莫测，大可不必看重了。如此也表明了自己淡泊名利、寄情山水的夙愿。

下阕“归来恰似辽东鹤”，点明了视富贵如浮云以后的“归来”。接下来的“触目皆新，谁识当年旧主人”紧承上句，一气呵成，尽情抒发了世事沧桑使他产生的一种怅惘与悲凉之感。

全词巧妙化用故典，语言清新朴素，自然流畅，不愧是晚唐五代以来词中的绝响之作。

减字木兰花·伤怀离抱[①]

【原文】

伤怀离抱[②]，天若有情天亦老。此意如何？细似轻丝渺似波。

扁舟岸侧[③]，枫叶荻花秋索索[④]。细想前欢，须著人间比梦间[⑤]。

【注释】

①减字木兰花：词牌名，原唐教坊曲，双调四十四字，与“木兰花”相比，前后阕第一、三句各减三字，改为平仄韵互换格，每阕两仄韵，两平韵。

②伤怀：伤心，悲痛。

③扁（piān）舟：指小船。

④枫叶：枫树叶。泛指秋天变红的其他植物的叶子，常用以形容秋色。荻（dí）花：这种植物的外形和芦花比较相似，本源自白居易的《琵笆行》，因此它象征着伤心、仕途不顺、思念家乡的意义，语义比较消极、悲观。

⑤须著人间比梦间：是说过去的事纵然真实，但由于时过境迁，也形同梦寐，须用梦间的事来比况过去人间发生的事。须著：必须。

【译文】

有情人离别时的拥抱，总是令人伤心悲痛，老天倘若有感情，也会因离别而衰老。为什么这样说呢？你看它像轻丝般纤细，却缠绵悠远，像波涛一样渺远，却能一浪高过一浪在心头涌过。

一叶扁舟停靠在岸边，枫叶、芦花在秋风里萧条不堪。仔细回想从前在一起的时光，将前欢与现实对照，你必须记住，过去的事纵然真实美好，但时过境迁，也形同在梦中一样。

【赏析】

这首词编年不详，可能是作者青年时期的作品，写的是与女子别离的凄切之情。这位女子究竟是什么身份，与作者究竟是什么关系，现已很难厘定。

词中表达的是感伤离愁。上阕首句“伤怀离抱”开门见山，点明令人伤感的是离别的情绪。这种离愁“细似轻丝渺似波”，细软得像轻丝那样缠绕不清，像波涛一样渺远，却能一浪高过一浪在心头涌过。此情写得缠绵悱恻，又汹涌澎湃，可见两个有情人的感情非同一般。下阕以“人间”与“梦间”相对比，呼应上阕的“天若有情天亦老”。告慰人们，现实中曾经相聚的欢乐，大多不能失而复得，只能让人间美好变成梦间了，表达了作者对时光消逝的感慨和对待感情的无比真挚之情。

减字木兰花·楼台向晓

【原文】

楼台向晓[①]。淡月低云天气好。翠幕风微。宛转梁州入破时[②]。

香生舞袂。楚女腰肢天与细[③]。汗粉重匀。酒后轻寒不著人[④]。

【注释】

①向晓：指拂晓时分。

②梁州：唐宋时有管理音乐的官署为教坊,《梁州》为唐代教坊曲名。破：唐宋大曲的第三部分。大曲每套都有十余遍，归入散序、中序、破三大段。吴熊和《唐宋词通论·词调》:“中序多慢拍，入破以后则节奏加快，转为快拍。”所以,“入破”即指音乐节奏由缓慢而转入快拍，通常打击乐与丝竹乐合奏，声繁拍急。

③楚女：楚国女子。《墨子·兼爱中》:“昔者楚灵王好细腰。”杜牧《遣怀》:“楚腰纤细掌中轻”，后多以楚女泛指细腰女子。天与：上天赐予，此处指丽质天成之意。

④著（zhuó）: 同“着（zhuó）”，黏着，附着。

【译文】

拂晓时分的晨辉笼罩着阔大的楼台。只见淡淡的月色、低回的云朵，这样的天气真是美好。微风拂动翠色的帘幕。婉转动听的《梁州》曲，随着微风传来，夜宴达到了高潮，音乐节奏也由缓慢转入欢快急促的节奏。

舞袖翩翩，一阵阵暗香随风而来。天生丽质的舞女有着楚女般纤细的腰。一曲舞罢，她们擦去淋漓的香汗，重新涂匀脂粉。而喝酒祛寒后，显得更加妩媚妖娆。

【赏析】

这首词主要描写楼台夜宴之中歌女的才情与美貌，侧面反映了洛阳城燕舞莺歌、灯红酒绿的夜生活。

上阕写楼台、淡月、低云、翠幕、微风、丝竹管乐，营造了一个无比悠闲惬意的环境，表明了这确实是一个很不错的夜晚，而且一场夜宴已经进行到了拂晓时分，就在夜色将阑的时候，《梁州》曲的节拍由慢而繁，达到了高潮，给人以想象的空间。其实此刻，不难想象宴会上人们高昂欢快的情景，同时也突出了音乐旋律的婉转动听。

下阕重点写舞女，直接描写舞女丽质天成之美。她们随着乐曲翩翩而舞，长袖生香，天生纤腰随着音乐舞动婀娜的舞姿，歌舞之后，擦去香汗，重匀脂粉，而喝酒后祛除了寒湿之气，显得更加妩媚动人，由此表现出舞女带给人们无限美好的享受。

全词艳而不俗，字里行间凸显质朴无华，仿佛站在楼台之上，向人们娓娓道来洛阳夜生活的一个片段。

采桑子·春深雨过西湖好

【原文】

春深雨过西湖好，百卉争妍①。蝶乱蜂喧，晴日催花暖欲然②。

兰桡画舸悠悠去③，疑是神仙。返照波间，水阔风高扬管弦④。

【注释】

①百卉（huì）争妍：百花争艳。百卉：百草，后亦指百花。

②晴日：晴天。

③兰桡（ráo）：小舟的美称。画舸（gě）：彩绘的画船。

④管弦：指管乐器与弦乐器，亦泛指乐器。

【译文】

春光深浓，雨过天晴的时候，西湖景色更显美好，百花百草纷纷争奇斗艳。蝴蝶到处乱飞，蜜蜂嗡嗡喧闹，晴朗的天气阳光普照，催花暖热得像要燃烧一样。

划着小小兰舟，或者是乘坐装饰华美的游船悠然离去，令人怀疑是天上的神仙下了凡间。太阳的光辉返照在湖面之上，在碧波之间泛着粼光，水面辽阔，风高气爽，船上悠扬响起的管弦声声，一路随风飘扬。

【赏析】

这是欧阳修游览颍州西湖创作的十首《采桑子》中的一首，描写的是春日里雨过天晴之后的西湖景色。

上阕首句点明是在春光深浓的时节，经过一场的春雨洗礼，百花争奇斗艳，引来了蜜蜂和蝴蝶在花间纷飞，为春天的景致又增添了生动的韵调。雨过天晴的天气里，万物清新，火红的花朵就像要燃烧一般热情奔放。下阕主要描写了雨过天晴后，湖面上大小游船伴着悠扬的管弦乐声悠然来去，仿佛是天上神仙下凡间。这虽然不是对西湖自身景色特点的描绘，但却是组成西湖胜景繁华景象不可缺少的一部分，将读者轻轻带入游览湖上风光的氛围中。

这首词充分展现了欧阳修寄情山水的旷达情怀，词句平和简朴，却也不乏动人之处。

减字木兰花·画堂雅宴

【原文】

画堂雅宴①。一抹朱弦初入遍②。慢捻轻笼③。玉指纤纤嫩剥葱④。

拨头憁利⑤。怨月愁花无限意。红粉轻盈⑥。倚暖香檀曲未成⑦。

【注释】

①画堂雅宴：在彩绘厅堂举行歌舞宴会。

②抹：琵琶弹奏手法，一抹即乍弹。朱弦：华美琵琶之弦。入遍：初始弹奏第一章。遍：曲调中的一解，即一章。

③捻（niǎn）：搓。笼：通“拢”，抚。均为弹奏琵琶的手法。

④“玉指”句：谓琵琶女的手指细嫩如葱白。

⑤拨头：舞乐名。愡（còng）利：失意的样子。愡：鲁莽，无知。

⑥红粉轻盈：指舞女轻灵美好。红粉：妇女化妆用的胭脂与白粉。此处代指美女。

⑦香檀（tán）：檀槽，弦乐器架弦之架。曲未成：一曲未尽之意。

【译文】

华美的厅堂中正举行高雅的酒宴。琴师怀抱琵琶轻拨朱弦，刚刚弹奏第一遍。只见她轻动手指慢慢地捻搓、轻轻抚弄琴弦。她那美玉一般白皙的纤纤细指，嫩滑如刚刚剥去外皮的嫩葱白。

拨头舞蹈显得有些抑郁低落。只怪那幽怨的月色，还有那略显愁怨的花儿带来了无限惆怅。红粉佳人身姿轻盈美好。却不知为何倚着檀槽，一首曲子尚未弹完，就突然停止了弹奏。

【赏析】

这首词约作于宋仁宗天圣（1023—1032 年）末年，是作者年轻时期的作品。作者时任西京留守推官，词中描绘了一位在歌舞筵席上侑酒佐欢的歌女弹奏琵琶的场景，字里行间隐藏着对歌女的同情之意。

上阕点明宴会在宽敞的画阁里进行。“一抹朱弦初入遍”“慢捻轻笼”很形象地描绘了女子弹奏琵琶的情态与技巧。接下来作者将目光落在了女子的手上，“玉指纤纤嫩剥葱”，到此为止，从大堂端坐，到朱弦初入遍，再到纤纤玉指轻抚慢捻，将一个娇美可人的、完美的琵琶女呈现在读者面前。下阕刻意点明女子弹奏的曲子是《拨头》，就是为了引出一种潜在的“怨月愁花无限意”的幽怨哀愁，而且是面对皎月和鲜花产生的愁怨，表明了女子的弹奏一定触动了她内心的隐痛。作者似乎隐隐感觉到了女子情绪的变化，所以对这位“红粉轻盈”的佳人，为什么突然停止弹奏产生了极

大的疑问。而这种疑问只有留给读者去细细体会，使这深藏在内心的同情之意，显得更深、更切，更动人心弦。

减字木兰花·歌檀敛袂

【原文】

歌檀敛袂①。缭绕雕梁尘暗起②。柔润清圆。百琲明珠一线穿③。

樱唇玉齿④。天上仙音心下事。留住行云⑤。满坐迷魂酒半醺⑥。

【注释】

①歌檀敛袂：此句写女子歌唱时的动作。歌檀（tán）：边拍檀板边唱歌。敛袂（mèi）：卷起衣服袖子。

②“缭绕”句：渲染女子歌声清越和悠长，余音绕梁不绝的特点。语出《列子·汤问》：“昔韩娥东之齐，匮粮，过雍门，鬻歌假食，既去而余音绕梁欐，三日不绝，左右以其人弗去。”

③百琲（bèi）明珠：十贯或五百枚珠子为一琲。

④樱唇玉齿：唇如樱桃，齿如白玉，常用来形容美人唇齿之美。

⑤留住行云：这里比喻女子歌技之高，歌声之美。语出《列子·汤问》。

⑥迷魂：形容被歌声陶醉。醺（xūn）：酒醉。

【译文】

歌女歌唱时举止从容，只见她微微挽起衣袖，边拍檀板边唱起歌来。她的歌声时而清越悠长，余音袅袅地缭绕在雕梁画栋之间经久不息，直惊得微尘暗起；时而又轻柔圆润，宛如百琲明珠经由一线穿起。

歌女红唇如红润欲滴的樱桃，皓齿宛如白玉。歌声如仙音袅袅，就像天上的仙人在诉说心事。她那美妙的歌声留住了天上的行云。宴会中在座的所有宾客如痴如醉，仿佛被迷住了心魂。

【赏析】

此词是欧阳修的早期作品，应当作于天圣末年西京留守推官任上期间。主要描写了一位歌女高超的歌艺。

上阕首先描写了歌女开始演唱前的动作。只见她稍稍挽起衣袖，轻轻拍打檀板。然后作者化用古代歌者韩娥余音绕梁三日不绝，以及虞公高亢清越之音震动梁上灰尘的历史典故，借以赞美歌女歌声所带来的艺术效果。接下来又用“百琲明珠一线穿”作比喻，说明她的歌声圆润而悠长。下阕进一步写歌女的演唱艺术之高，能巧妙地将美妙的歌声与内心情感结合起来，因而引得略带几分醉意的客人们，随即又陶醉于她动听的歌声中。

作者运用夸张的手法，从听觉和视觉的不同角度，形象表现出歌女的歌声清越而悠长、绕梁不绝、行云都为之留步的高超歌艺。

浪淘沙·五岭麦秋残

【原文】

五岭麦秋残[①]，荔子初丹[②]。绛纱囊里水晶丸[③]。可惜天教生处远，不近长安。

往事忆开元[④]，妃子偏怜[⑤]。一从魂散马嵬关[⑥]，只有红尘无驿使[⑦]，满眼骊山[⑧]。

【注释】

①五岭：位于湖南与广州交界处的大庾岭、越城岭、骑田岭、萌渚岭、都庞岭。麦秋：指麦子收获的季节，一般在农历四月。秋：此处指谷物成熟。

②丹：这里指变红。

③绛（jiàng）纱：红纱，此指荔枝红色外壳。水晶丸：指荔枝果肉莹白如水晶。

④开元：唐明皇李隆基所用年号。

⑤妃子：唐明皇的爱妃杨玉环。

⑥魂散马嵬（wéi）关：唐明皇天宝十四年（755年），安禄山造反，第二年六月，潼关失守，唐明皇奔蜀，行至马嵬，军队不行，逼唐明皇刺死杨贵妃。马嵬关：马嵬坡，在今陕西兴平西。

⑦只有红尘无驿（yì）使：化用杜牧《华清宫》诗意："一骑红尘妃子笑，无人知是荔枝来。"意为杨贵妃死后，再也不见驿使快马送荔枝来。

⑧骊（lí）山：在陕西临潼，唐时为避暑胜地，唐明皇于此地造华清池，常与杨贵妃休憩于此。

【译文】

五岭地区的麦子已经成熟，田间粮食收尽，初熟的荔枝外皮刚刚变红。绛紫色的皮囊里仿佛包裹着一颗水晶丸。可惜老天爷让它生长在偏远的地方，并不靠近长安。

回忆往事的时候总是想起开元年间，杨贵妃偏爱荔枝，命运偏偏也是最可怜。一旦香消魂散马嵬关，如今只有新丰道上红尘还在，却不见当年驿使飞马疾送荔枝来，满眼所见，只剩下孤零零的骊山。

【赏析】

这是一首咏史怀古的词作。

词中上阕从五岭荔枝成熟写起，描绘了荔枝的外形内质，惹人怜爱。这里用“绛纱囊里水晶丸”来比拟，不但形象逼真，而且能引发人们对荔枝的色、形、味的联想而调动味蕾，不由自主地大有满口生津之感。接下来“可惜天教生处远，不近长安”，这里好似故意模拟唐玄宗惋惜遗憾的口吻，又似一种意味深长的讽刺。站在玄宗的角度来说，是在惋惜荔枝生长在远离长安的岭南，不能以最快速度以供杨妃之需；从作者角度来讲，则又隐然含有天不遂人愿，偏与玄宗、杨贵妃作对的揶揄嘲讽与批判，同时也是在以此自怜。下阕追忆往事，承接上阕。表明了唐玄宗为了博得妃子一笑，不惜役使千里飞骑送来鲜荔枝，意在讥讽唐明皇淫侈享乐的行为。结尾既巧妙地补叙了当年驰驿传送荔枝的劳民之举，又交代了杨妃缢死马嵬坡的悲惨结局，抒发了如今新丰古道依旧，却不见了当年驰送荔枝的悲凉之感。这一悲，是对历史的悲叹，是对唐玄宗淫侈享乐、杨贵妃只求专宠而乱政误国的鞭挞。

全词通过描述历史事件的始末而引发感慨，慨叹之间留给世人以史为鉴的深刻启迪。

浪淘沙·今日北池游

【原文】

今日北池游①。漾漾轻舟。波光潋滟柳条柔②。如此春来春又去，白了人头。

好妓好歌喉③。不醉难休。劝君满满酌金瓯④。纵使花时常病酒⑤，也是风流。

【注释】

①北池：或称北潭、潭园。陈新、杜维沫《欧阳修选集》："真定府（今河北正定）有五代王镕所建海子园，也称潭园，园中多池台之胜。"

②潋滟（liàn yàn）：水波微微荡漾的样子。

③妓（jì）：歌妓，歌姬。

④金瓯（ōu）：中国古代酒器，古人也将陶瓷简称为瓯，饮茶或饮酒用，形为敞口小碗式。

⑤病酒：沉醉，饮酒过量而形似病态的样子。

【译文】

今日来到北潭赏游。水波荡漾着轻便的小舟。波光潋滟，柳条又见轻柔。人生也是如此，就这样迎来了春天又看着春天离去，人也就随着白了头。

你看那美好的歌妓，拥有多么美妙的歌喉。大家一起端起酒杯吧，今天不醉不休。劝君斟满那金瓯。即使我们时常在花间饮醉了酒，那也是别样的风流。

【赏析】

庆历五年（1045年）的三月，范仲淹和韩琦等人主张的“庆历新政”失败。欧阳修因为上书替范、韩辩护，于八月再贬滁州。本词就是在此期间的一次春日游宴遣怀之作。

词中上阕描写了春日北池的美好春光。词人荡舟北池，看波光潋滟，水波荡漾，春风里的柔柳摇曳多姿，可是一想到“春来春又去，白了人头”，不禁令主人公大有伤春伤怀之感，而这种伤感由何而生呢？或许就是此间的理想落空、政治上的失意，使他纵使面对如此大好春光也难以释怀。

下阕写宴饮之时，劝慰友人此刻只需欣赏美丽的歌女，听着美妙的歌声，且将酒瓯斟满一醉方休，如此即便病酒流连花间，也是一种别样风流。此时词人劝友人一醉方休，其实也是在自我安慰，所以说，这看似豪迈疏放之词，其实更饱含着无数心酸与苦涩，令人油然而生一种沉重的感伤之情。

青玉案·一年春事都来几

【原文】

一年春事都来几[1]？早过了、三之二[2]。绿暗红嫣浑可事[3]。绿杨庭院，暖风帘幕，有个人憔悴。

买花载酒长安市[4]，又争似、家山见桃李[5]。不枉东风吹客泪[6]。相思难表，梦魂无据，惟有归来是[7]。

【注释】

①来：算起来。几：若干，多少。

②三之二：三分之二。

③红嫣（yān）：红艳、浓丽的花朵。浑可事：都是愉快的事。浑：全。可事：可心的乐事。

④长安：指开封汴梁。市：集市。

⑤家山：家乡的山，指故乡。

⑥不枉：不要冤枉、不怪。客：客居异乡的人。

⑦惟有：只有。是：正确。

【译文】

一年之中的明媚春光，都算起来能占几分？如今早已过了春光的三分之二。绿叶葱翠，红花娇艳，这都是令人赏心悦目的乐事。可是在那绿杨婆娑的庭院中，在那暖风拂动的帘幕下，却有个人正忧心忡忡面容憔悴。

就算是天天在长安集市买花载酒、闲游买醉，又哪能比得上在故乡的山里观赏桃李花开。不要枉然责怪春风吹落了客居异乡人的眼泪。相思之情难以表白，梦魂飘忽无依，只有回到家乡才能称心如意。

【赏析】

根据词意推测，这首以伤春、怀人、思归为内容的词作，当是欧阳修晚年表达退归之情的作品，但其创作的具体时间，已难以考证。

这首词的上阕主要描写主人公独自赏春而伤怀的情景。首先似乎若有所思地自我提出问题，问这一年之中的大好春光能占几分，接着不无感慨地自问自答“早过了、三之二”，由此直接引发了伤春的感慨。接下来以“绿暗红嫣”暗示春色正浓，如此令人赏心悦目的大好时光一定要好好把握，及时行乐。可偏偏“绿杨庭院，暖风帘幕，有个人憔悴”，但这个人为什么会忧思憔悴，词人没有说明，把答案留到了下文。

下阕抒情，侧重于写乡思。以“长安买花”和“家山桃李”两种事物形成鲜明的对比，表达了词人对故园的思念。这或许也是对上文的一种回答，而此情此景最易引发春愁，客居人之所以落泪，正是因为思念家乡的缘故，可见乡愁之浓。“惟有归来是”表达了词人决心回归田园生活的决心，从而将作者厌倦宦游，欲归乡里的真切情感，含蓄婉转地表达了出来。

少年游·阑干十二独凭春①

【原文】

阑干十二独凭春②，晴碧远连云③。千里万里，二月三月，行色苦愁人。

谢家池上④，江淹浦畔⑤，吟魄与离魂⑥。那堪疏雨滴黄昏⑦，更特地、忆王孙⑧。

【注释】

①少年游：词牌名。始见于晏殊《珠玉词》，因词有“长似少年时”句，取以为名。又名少年游令、小阑干、玉腊梅枝。

②阑（lán）干十二：指曲折回环的栏杆。阑：同“栏”。独凭春：春天时独自倚栏远眺。

③晴碧：指晴空下的青草。因天晴则色明。远连云：是说芳草延伸，至目尽处与天相接。

④谢家池：南朝宋文学家谢灵运的池塘。谢灵运《登池上楼》：“池塘生春草，园柳变鸣禽。”成为后人赞叹欣赏之名句。

⑤江淹浦畔：此指别离之地。南朝梁文学家江淹《别赋》中有句云：“送君南浦，伤如之何！”后以南浦指代送别之处。

⑥吟魄：指诗情、诗思。离魂：指离别的思绪。

⑦那堪：怎堪；怎能禁受；怎能承受。那：古通“哪”。

⑧王孙：王之孙，引申为贵游子弟。西汉淮南小山《招隐士》：“王孙游

兮不归，春草生兮萋萋。”亦可泛指贵族。

【译文】

明媚的春光里我登上高楼，轻抚曲折回环的栏杆，独自凭栏远眺，晴朗的天空一碧万里，晴空下碧绿的芳草绵延，仿佛与天边的云紧紧相连。放眼远方，辽阔无际，仿佛有千里万里，此时正值二三月间，只见远行之人行色匆匆，但身后的离别之苦，愁煞有情人。

谢灵运因远离家乡而吟咏于池塘，江淹也因离家远游而伤心南浦，他们抒发的是来自魂魄的诗情与灵魂深处的离情别绪。这样的真挚情感，怎能承受得住，那飘落潇潇细雨的黄昏，更何况是此时此地又想起了那尊贵的远游之人。

【赏析】

这大致是欧阳修的一首唱和之作。在中国古典诗词中，离愁常用芳草来比兴，芳草萋萋往往象征着离恨悠悠，而春风起时，春草的滋生又总能引起闺妇思远、游子怀乡等盼望团聚的无尽情思。这首词正是借吟咏春雨淅沥、春草葳蕤的时节，抒发离愁别绪。

该词首先从“独凭春”开始导入。一个“独”字说明此刻凭栏远眺之人是孤身一人，首句开门见山地给出了词中人物所处的环境、动作和情态，那么春愁就必然会产生了。接下来“晴碧远连云”承上句孤身凭阑所见，以“晴碧”着色，正面咏草，点明了晴空下的草色碧绿。“远连云”描绘出芳草葳蕤、无限蔓延，仿佛与天际相连，暗寓了别情的深远。接下来的“千里万里，二月三月”，则呼应首句一个“春”字，从时间上加以渲染，极言春草滋生之盛，绵延之广。“行色苦愁人”又将思人与景物相互黏合，结出不胜离别之苦的词旨，为下阕的抒情奠定基础。而这种芳草萋萋的自然景象，由伤别离的愁苦人亲眼所见，倍增苦痛，容易引起共鸣。

下阕开句就连用“谢家池上”“江淹浦畔”两个有关春草写春愁的典故来咏物抒情，将各种离愁别绪跃然纸上。接着将“疏雨滴黄昏”植入景色的变换之中，让黄昏时分的雨中之景，去渲染那种不堪离愁之苦，使离情愁绪再递进一层。结尾以“更特地、忆王孙”作结，点明了词中主人公的身份当是一位闺中思妇，她于当春之际，独上高楼远眺，无论艳阳晴空，还是疏雨黄昏，她总是别情依依，魂牵梦绕。

此词语言质朴清新，抒情境界辽远阔大，能极好地启发读者的遐思。

少年游·玉壶冰莹兽炉灰

【原文】

玉壶冰莹兽炉灰①。人起绣帘开。春从一夜②，六花开尽③，不待剪刀催④。

洛阳城阙中天起⑤，高下遍楼台。絮乱风轻，拂鞍沾袖⑥，归路似章街⑦。

【注释】

①兽炉：铸成兽形的香炉。

②春丛：春季丛生的草木。

③六花：雪花，因其结晶为六瓣，所以叫六花。

④剪刀：比喻春风。化用唐贺知章《咏柳》："不知细叶谁裁出，二月春风似剪刀。"

⑤城阙：城楼，指唐代京师长安城。中天：泛指高空中，当空。

⑥拂鞍：拂过马鞍。沾袖：沾上衣袖。

⑦章街：章台街，汉代都城长安街名，街旁种植了很多柳树。

【译文】

玉壶里结了一层晶莹光亮的寒冰，兽形香炉里的香料也已燃成灰烬。闺中人站起身来，将绣花的窗帘打开。夜里的一场大雪，将春草、树木点缀得晶莹透亮，仿佛是六瓣的雪花开遍庭院，来不及等待春风般的剪刀去剪裁。

洛阳城的城阙凌空而起，遍地是高高低低、星罗棋布的楼台。雪花仍如柳絮般随着轻风飘洒，拂扫马鞍，沾上衣袖，远游人的归来之路遥遥无期，就像流连在繁华的章台。

【赏析】

这阕咏雪词为天圣（1023—1032年）末年，欧阳修任西京留守推官期间，在洛阳所作。

上阕以闺中人的视角咏雪。首先通过室内景写天气之寒冷，结合室外忽然一夜飞雪，有如六花盛开，整体为下文咏雪作铺垫。室内的玉壶上结了一层晶莹光亮的冰霜，取暖香炉内的香烧成了灰烬也无心填充，足见闺中人此刻的凄清孤冷。接着镜头摇向窗外，闺中女主人起床掀开绣帘一看，只见雪花纷纷扬扬，似乎迫不及待而来，不等“剪刀”去裁剪，一夜之间，草丛中、树上仿佛开满了洁白的六瓣花朵。这里词人巧妙化用唐诗“不知细叶谁裁出，二月春风似剪刀”，以及“忽如一夜春风来，千树万树梨花开”来描写大雪纷飞的样子，使场面描写更显形象生动。

下阕以冶游者的视角来咏雪。首先从洛阳城中的城阙高耸、楼台亭阁星罗棋布之处着笔，以此来表现洛阳城的繁华景象，为下面的冶游之人的归路无期埋下伏笔。飘扬的雪花似迎风飞舞的柳絮，有的拂过行人的马鞍，有的飘落在行人的衣袖上。末句描绘行人骑马路过的情形，此刻仿佛像走马章台街，而章台街正是繁华的冶游场所，这似乎在为雪中行人渲染一种朦胧的色彩。

全词上下两阕分别从闺中人和冶游者的角度写雪景，看似两者没有联系，却又似乎暗含其中；离情别意昭然纸上，却又隐而不明，通篇读起来使人产生无限的遐想。

夜行船·忆昔西都欢纵①

【原文】

忆昔西都欢纵②。自别后、有谁能共。伊川山水洛川花③，细寻思、旧游如梦④。

今日相逢情愈重。愁闻唱、画楼钟动。白发天涯逢此景，倒金尊，殢谁相送⑤。

【注释】

①夜行船：词牌名。双调五十五字，前后段各四句，三仄韵。

②西都：北宋以洛阳为陪都，因在开封西，故称洛阳为西都。

③伊川：水名，即伊河，源出河南卢氏县东熊耳山，流经嵩县、伊川、

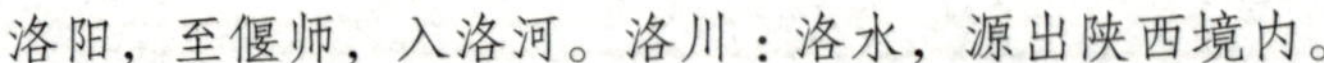
洛阳，至偃师，入洛河。洛川：洛水，源出陕西境内。

④旧游：指与欧阳修相交往的好友梅尧臣等人。

⑤殢（tì）：本意为滞留，沉溺于，此指醉酒。

【译文】

回忆起当年在西都洛阳，我们在一起的时光是多么欢快豪纵。自从那一次离别后、不知还有谁能与我共度这美好时光。我们曾同游洛阳伊川山水，一同观看城中牡丹的情景，仔细回想、曾经的游历，竟然如同在梦境中一样。

今天我们再次相逢，情意更加深重。令人忧愁的是听到远处传来忧伤的歌声、还有那画楼上的钟声敲响，催促时光向前滑动。如今你我已然白发苍苍，远隔天涯今又相逢在此景中，何不将美酒倒满金樽，一起开怀畅饮。就这样一醉方休再离去，管他到底是谁与谁相送。

【赏析】

该词约作于仁宗庆历八年（1048 年）。这一年，欧阳修由滁州知州调任扬州知州，友人梅尧臣路过扬州时与欧阳修相会。两位老友相见，自然感慨颇多，况且此时远在洛阳的旧交好友谢绛、尹洙、张汝士三人都已去世，更使二人的相聚充满了悲情与相惜。

本词上阕忆旧。开篇“忆昔西都欢纵。自别后、有谁能共”这一深沉的慨叹，蕴含着词人对以往都城生活的无限追忆，同时，更饱含着词人对洛城已经故去的老朋友极其深切的缅怀。一想到昔日同在西京诗酒欢会、纵情游赏的友人相继离世，一种伤心之痛暗涌而来，好不伤感。所以一句“有谁能共”又包含着世事无常、人生沧桑的感叹，而接下来的“细寻思、旧游如梦”，表达了词人想起当年与好友一起遍赏“伊川山水洛川花”的快意时光，不禁更加惋惜时光流逝之快，恍如一梦之间。

下阕感惜今朝相逢，自当开怀痛饮。首先以“今日相逢情愈重”表明了与友人久别重逢后的喜悦心情。彼此世事沧桑、宦海沉浮的坎坷经历，使二人更觉得相逢不易，理当相互珍惜使情谊更加厚重。但接下来一句“愁闻唱、画楼钟动”，暗暗隐蕴了一种对于即将到来的离别产生的无限惆怅伤感。这种感伤或许来自于二人畅谈之时，筵席间歌女唱起了昔日洛中好友谢绛（当时已经辞世）所填之词中“月西斜，画楼钟动”的词句，又或许是因为画楼钟声响起，催促相聚的时光即将流逝，令人忧愁。但忧愁哀伤终究不是生活的主色调，所以结尾笔锋一转，以“倒金尊，殢谁相送”作结，使情感从哀伤中突破而出。毕竟彼此都已是迟暮之年，相逢不易，还是撇开伤怀往昔而开怀畅饮，一醉方休吧，千万不要再给此次相逢留下什么遗憾！行文至此，使离情又回到相逢的珍重之中，使情谊更深更浓。

第三部分

文

峡州至喜亭记

【原文】

蜀于五代为僭国[①]，以险为虞，以富自足，舟车之迹不通乎中国者五十有九年。宋受天命，一海内，四方次第平，太祖改元之三年，始平蜀。然后蜀之丝枲织文之富，衣被于天下，而贡输商旅之往来者，陆辇秦、凤，水道岷江，不绝于万里之外。

岷江之来[②]，合蜀众水，出三峡为荆江，倾折回直，捍怒斗激，束之为湍，触之为旋。顺流之舟顷刻数百里，不及顾视，一失毫厘与崖石遇，则靡溃漂没不见踪迹。故凡蜀之可以充内府、供京师而移用乎诸州者，皆陆出，而其羡余不急之物，乃下于江，若弃之然，其为险且不测如此。夷陵为州，当峡口，江出峡始漫为平流。故舟人至此者，必沥酒再拜相贺[③]，以为更生。

【注释】

①僭（jiàn）国：古代正统王朝对割据政权的称呼。

②岷（mín）江：在四川，古称渎水、汶水、汶江等。因先秦以来即视为长江上源，故又称江水、大江水等。

③沥酒：洒酒于地，表示祝愿或起誓。相贺：相互祝贺。

【译文】

蜀地在五代时期割据一方自立为国，立国号为后蜀，从此以天险为蜀地的自然屏障，自给自足富甲一方，与中原各地货币交易不相往来长达五十九年。直到宋朝顺应天命，宋太祖号令天下，率兵逐一平定四方，宋太祖赵匡胤从建隆改元乾德后第三年，才开始平定蜀地。于是蜀地产的丝麻织物，便开始源源不断地供应天下需求，那些往来运输的商人，有从陆路自关西秦川坐车来的，也有从水路自岷江乘船而来的，熙熙攘攘绵延万里。

岷江的由来，是集合了蜀地各条大小水路交汇而成，出了三峡就是荆江，河道曲折蜿蜒，水流激荡湍急，水流汇聚一起湍急万分，瞬间又像千军万马奔腾而下。乘船顺流而下时，顷刻之间就能驶出数百里，当时船上的人根本来不及观赏岸边景色，甚至稍不留神出现毫厘差错，就会与水道中的礁石相撞，那么舟船马上就会被撞得粉碎，而且瞬间被激流吞没消失了影踪。所以只要是从蜀地运送货物，用来充实国库和提供朝廷用于各地州府的物品，一般都由陆路运输，只有那些不重要的东西才走水路运送，而且运送这些货物就像准备扔掉了一样，因为岷江的凶险和它的不可预知性，令你无法主宰结局。夷陵作为州县，正在这三峡的出口上，岷江的水流到这里才转为平和的水流。所以那些行舟之人到了这里，一定会停下来喝酒压惊，以此来感谢老天爷的眷顾，同时互相祝贺平安，就像庆祝再世获得重生一样。

【原文】

尚书虞部郎中朱公再治是州之三月[①]，作至喜亭于江津，以为舟者之停留也。且志夫天下之大险，至此而始平夷，以为行人之喜幸。夷陵固为下州[②]，廪与俸皆薄[③]，而僻且远，虽有善政，不足为名誉以资进取。朱公能不以陋而安之，其心又喜夫人之去忧患而就乐易，《诗》所谓“恺悌君子”者矣[④]。

自公之来，岁数大丰，因民之余⑤，然后有作，惠于往来，以馆以劳，动不违时，而人有赖，是皆宜书。故凡公之佐吏⑥，因相与谋而属笔于修焉。

【注释】

①尚书虞（yú）部：宋朝时期尚书省所辖六部分二十四司，工部下辖屯田、虞部、水部三司。

②下州：偏远州县。

③廪（lǐn）：米仓，这里指官员的供给。薄：微薄，少。

④恺悌君子（kǎi tì jūn zǐ）：泛指品德优良、平易近人的人。出自《诗经》。恺悌：平易近人。君子：先秦时代对诸侯卿士的美称。矣：了。

⑤岁数：年数，年年。余：生活富足、有余。

⑥佐吏：朱公手下的门吏。

【译文】

尚书省下工部所管辖的虞部郎中朱公再次到峡州赴任的第三个月，便在江边渡口修了一座至喜亭，作为往来岷江的船家停留休息之地。而且“至喜亭”这个名字还标志着岷江水路是天下最大的险路，但到这里就开始平定了，行人为此而感到幸运和高兴的寓意。夷陵作为偏远的州县，这里官员的供给和俸禄都很微薄，而且由于地处偏僻且遥远，就算官员有突出喜人的政绩，也不足以传誉天下作为晋升官职的资本。然而朱公却能够接受这种简陋的环境忠于职守，而且他还能远离忧患，带领民众过上快乐的生活，《诗经》中所说的“和乐亲善，平易近人的谦谦君子”应该就是像他这样的人了。

自从朱公到任以来，这里年年获得大丰收，因此人民生活富足，然后还有所作为，他布施恩惠给那些往来的客商，还修建了馆驿供他们休息，这样就能来往顺利而不会耽误了生意，因而过往的客商们都产生了家一般的依赖，为此对朱公的评价都很高。所以凡是朱公手下的门吏，大家聚在一起互相商量以后，就嘱托欧阳修我写了这篇文章来歌颂他的功绩美德。

【赏析】

欧阳修一生有着宏远的理想与抱负，但官场险恶，他曾因上书为执政大臣杜衍、范仲淹等辩护，而被奸人捏造罪名，由河北都转运按察使贬谪为滁州太守。但他并不因被贬谪到偏远州县而意志消沉，而是依旧不忘记以乐观积极的态度面对现实的人生。面对往昔京都繁华与现在身处荒僻的荆蛮之地，他不免对京都故旧有所怀念，于行文落笔之间舒展情怀，本文便是他这种精神境界的外化。

文章首先叙述了峡州夷陵的历史历程。原来蜀地从五代以来割据自封开始，便已“以险为虞，以富自足，舟车之迹不通乎中国者五十有九年”。接着，笔锋转到了长江之上，三峡之间，文中“捍怒斗激”等词的巧妙运用，形象地勾勒出急流狂浪的汹涌气势。再写三峡之水险，“不及顾视，一失毫厘与崖石遇，则糜溃漂没不见踪迹”，简直令人目瞪口呆，心有余悸。如此把三峡之水咆哮奔突、狂澜翻涌的险恶水势描绘得出神入化。实际上，作者也是以此来暗寓朝廷官场的险恶。

文中将此地山水形势，建亭目的，名称由来，相继娓娓道出，随后作者又在文末将笔锋荡回去，写建亭人，意在赞扬朱庆基的政绩与人品，借以抒发个人的情怀。

养鱼记

【原文】

折檐之前有隙地，方四五丈，直对非非堂①，修竹环绕荫映，未尝植物②，因洿以为池③。不方不圆，任其地形；不甃不筑④，全其自然。纵锸以浚之⑤，汲井以盈之⑥。湛乎汪洋，晶乎清明，微风而波，无波而平，若星若月，精彩下入。

予偃息其上⑦，潜形于毫芒；循漪沿岸，渺然有江潮千里之想。斯足以舒忧隘而娱穷独也。

【注释】

①折檐：屋檐下的回廊。非非堂：欧阳修在洛阳时所建，堂名非非。欧阳修曾写有《非非堂记》一文。

②植物：古今异义词，这里是种植植物的意思。

③洿（wū）：低凹之地。这里作动词用，挖掘的意思。池：池塘。

④甃（zhòu）：用砖砌的井壁。筑：修筑，修建。

⑤锸（chā）：铁锹。浚（jùn）：疏通，挖深的意思。

⑥汲（jí）井：从井里取水。盈：充满，满满的。

⑦予：我。偃息（yǎn xī）：歇息，休息。

【译文】

在屋檐下的回廊前面有块空地，方圆能有四五丈，正好面对非非堂，四周修长的绿竹成荫，这里不曾种植过花草，于是我就在这个低洼处掘开土方，把它建成池塘。这个池塘不方不圆，任其顺应地形走向而成；没用砖石砌塘壁，没用泥土刻意修建，完全保持了它淳朴自然的特点。我用铁锹开沟渠疏通水路，然后从井里取水把池塘灌得满满的。池水比大海的水还要澄澈，晶莹清亮，微风吹起时水波荡漾，没风的时候水面平静得就像一面镜子，星星和月亮若隐若现，晶莹闪烁着倒映其中。

我在池塘边休息，渺小的身影沉潜在苍茫的水中清晰可见；沿着涟漪波光岸边行走，仿佛置身在浩荡的江湖之中畅想。那些忧愁郁闷足以得到释放，而困顿寡助的心情也会随之转换成无穷的快乐了。

【原文】

乃求渔者之罟[①]，市数十鱼，童子养之乎其中。童子以为斗斛之水不能广其容，盖活其小者而弃其大者。怪而问之，且以是对。嗟乎！其童子无乃嚚昏而无识矣乎[②]！

予观巨鱼枯涸在旁不得其所[③]，而群小鱼游戏乎浅狭之间，有若自足焉，感之而作养鱼记。

【注释】

①罟（gǔ）：鱼网。

②嚚（yín）昏：指冥顽不灵，愚蠢糊涂。无识：没有见识。

③枯涸（kū hé）：干涸无水，水干竭。

【译文】

我请求一个用渔网捕鱼的渔夫，向他买了几十尾鱼，吩咐童子把它们放进池塘里喂养。童子认为池塘水容量太少而不容易养活更多的鱼，大概也是为了让小鱼活下来，于是就把大鱼都扔在了一边。我感到奇怪就问他为何这样做，他却真的这样回答了我。可叹啊！这个童子真是愚昧糊涂而没有见识啊！

我看见那些大鱼枯死在池塘的一边而没能游弋在适合它们在的地方，可那些不谙世故的小鱼，却在又浅又窄的池塘里悠闲自在嬉戏玩耍，一副自我满足的样子。我很有感触，因而写下了这篇《养鱼记》。

【赏析】

本篇约于宋仁宗明道元年（1032年），欧阳修在洛阳任西京留守推官时所作。当时正值章献太后垂帘听政，大多正直博学之士无法得到重用，欧阳修也是其中一员。在这种背景下，他写下此文是为了抒发对当时社会的忧虑之情。

文章的第一段景物描写使人心情旷达，因地制宜在低洼处挖掘池塘，足以抚慰作者内心的忧郁不畅，含蓄地点明他当时身处逆境不得志的状态；第二段借叙述养鱼之道，惊讶“其童子无乃嚚昏而无识矣乎”，从而道出了自己对当时社会奸人当道，正直能人无处安身的愤慨。

全文以小见大，通过小鱼“若自足”，而大鱼“不得其所”的境况，反映了当世君子“曾不能一日安之于朝堂之上”，而小人却“嚣嚣于廊庙”的阴暗现象。全文侧重写景抒情，使情景交融，语言简洁明快，体现了欧阳修独到的文学底蕴，令人赞叹不已。

非非堂记

【原文】

权衡之平物，动则轻重差，其于静也，锱铢不失①。水之鉴物，动则不能有睹，其于静也，毫发可辨。在乎人，耳司听，目司视，动则乱于聪明，其于静也，闻见必审。处身者不为外物眩晃而动②，则其心静，心静则智识明，是是非非，无所施而不中。

夫是是近于谄，非非近于讪③，不幸而过，宁讪无谄。是者，君子之常④，是之何加？一以观之，未若非非之为正也。

【注释】

①锱铢（zī zhū）：比喻极其微小的事物。

②处身者：立身处世的人。外物：身外之物，一般指名利、地位、荣辱等。眩晃（xuàn huǎng）：炫目耀眼；迷惑。

③谄（chǎn）：谄媚。讪（shàn）：诽谤，说坏话。

④常：常态。

【译文】

用秤来衡量物体，晃动时就会产生轻重的差异，如果在稳定的时候，极其微小的差错都不会产生。用水来映照物体时，水面晃动的时候就不能看清被映照的物体，如果在平静的时候，一丝一毫都能辨认清晰。对于人来说，耳朵是主管听的，眼睛是主管看的，倘若动荡，就会乱了听与看的分寸，如果人处在安静的时候，那么所听到和看到的必定是真实的。立身处世的人如果不被身外事物的眩目耀眼而迷乱，那么他的内心就必定是安静的，而内心安静时，人的智慧见识就会清晰透彻，学会肯定正确的而否定错误的，无论用在哪里都没有什么不适合的。

那么肯定正确的常常近乎于谄媚，而否定错误的常常近似于诽谤，不幸受到指责，宁可被指为诽谤也不要被指为谄媚。言行正确，是君子的常态，肯定他又有什么增益呢？从总体上来看，肯定正确的不如否定错误更为可取。

【原文】

予居洛之明年①，既新厅事，有文纪于壁末。营其西偏作堂，户北向，植丛竹，辟户于其南，纳日月之光②。设一几一榻③，架书数百卷，朝夕居其中。以其静也，闭目澄心，览今照古，思虑无所不至焉。故其堂以“非非”为名云。

【注释】

①明年：第二年。

②纳：吸收。

③几：几案。榻（tà）：床榻，卧床。

【译文】

我住在洛阳的第二年，重新修缮厅堂的事项完成以后，我就写了一篇文字刻于石壁之上。在大堂的西边建造了一间堂屋，门向北开着，院子里种植了几丛青竹，在房屋的南面开设了窗户，以便吸收日月的光辉。我在屋子里摆设了一张几案，一张卧床，书架上摆放了几百卷书，早晚都可以在这堂屋里休息居住。因为这里清静，我可以闭目养神，让思绪清澈明晰，可以看今日之事，对照古人所为，让思绪顾虑可以自由飞翔到无所不到的地方。所以，我把这个厅堂就用“非非”命名了。

【赏析】

欧阳修于宋仁宗天圣八年（1030年）科举进士，曾任西京留守推官。第二年，改元明道，他在衙署“其西偏”构筑一堂，并命名为“非非堂”。不难看出，表面上这是一篇记述营建非非堂的缘起和命名含义的文章，实际上是一篇对北宋社会现实，以及朝廷黑暗具有极强针对性的文章。

文章分为前后两大部分。本文的前半部分，开头由写景而展开议论，阐述了自己的是非观，以及辨明是非的外部条件和对“是是非非”的态度；文章的后半部分，具体记述了非非堂建造的缘起、布局、用途和命名。为厅堂命名，从古至今都不乏有借以寄托主人的某种思想情趣的，以“非非”命名，表现了欧阳修对现实的强烈批判精神，这与他的政治改革思想是一致的。所以说，本文虽为一堂之记，但议论有的放矢，突出“堂记”的目的是借以表达心中对错误事物否定批判斗争的思想，针砭社会上歌功颂德、谄谀成风、粉饰太平等时弊，表明自我坚守、不同流合污的高尚品格。

全文构思新颖，文字清丽，寓情于景，读来发人深思。

丰乐亭记①

【原文】

修既治滁之明年②，夏，始饮滁水而甘。问诸滁人，得于州南百步之近。其上则丰山，耸然而特立；下则幽谷，窈然而深藏；中有清泉，滃然而仰出③。俯仰左右，顾而乐之。于是疏泉凿石，辟地以为亭，而与滁人往游其间。

滁于五代干戈之际④，用武之地也。昔太祖皇帝，尝以周师破李景兵十五万于清流山下，生擒其皇甫晖、姚凤于滁东门之外，遂以平滁。修尝考其山川，按其图记，升高以望清流之关，欲求晖、凤就擒之所。而故老皆无在也，盖天下之平久矣。自唐失其政，海内分裂，豪杰并起而争，所在为敌国者，何可胜数？及宋受天命，圣人出而四海一。向之凭恃险阻，铲削消磨。百年之间，漠然徒见山高而水清；欲问其事，而遗老尽矣⑤。今滁介江淮之间，舟车商贾、四方宾客之所不至，民生不见外事，而安于畎亩衣食⑥，以乐生送死⑦。而孰知上之功德，休养生息，涵煦于百年之深也⑧。

【注释】

①丰乐亭：在今安徽滁州城西丰山北，是欧阳修被贬滁州后建造的。苏轼曾将《丰乐亭记》书刻于碑。《舆地纪胜》：“淮南路滁州：丰乐亭，在幽谷寺。庆历中，太守欧阳修建。”

②滁（chú）：滁州，古地名。明年：第二年，即庆历六年。

③滃（wěng）然：形容水势盛大的样子。

④五代：指后梁、后唐、后晋、后汉、后周。干戈之际：此指战争之时。

⑤遗老：指经历战乱的老人。矣：了。

⑥畎（quǎn）亩：田地。

⑦乐生送死：使生的快乐，礼葬送死。指过太平日子。

⑧涵煦（xù）：滋润养育，滋润教化之意。意在颂扬宋王朝功德无量，滋养万物。深：久远，深远。

【译文】

我担任滁州太守以后的第二年，夏天时，刚喝到滁州的泉水，就觉得格外甘甜。于是向滁州人询问这泉水的发源地，原来就在距离滁州城南面一百步的近处。它的上游是丰山，高耸矗立而又奇特；下面是一处深谷，颇为幽暗高深地潜藏在那里；中间就有一股清泉，水势汹涌，向上喷涌而出。我上下左右一番观看，很是喜爱这里的风景。因此，我就叫人疏通泉水，凿开石头，开拓空地，建造了一座亭子，从此我就可以和滁州人在这美景之中往来游乐了。

滁州在五代混战的时候，是个使用武力奋力争夺的地域。过去，太祖皇帝曾经率领后周兵部在清流山下击溃李景的十五万军队，在滁州东门外的战役中活捉了他的大将皇甫晖、姚凤，于是就此平定了滁州。我曾经考察过滁州地区的山水，按照记载查核过滁州地区的图籍，登上高山来眺望清流关，想在此寻找当年皇甫晖、姚凤被擒获的地方。可是，当时的老人都已经不在了，大概是天下太平的时间太久了。自从唐朝的政权败落，天下四分五裂，英雄豪杰们全都起来争夺天下，到处都是敌对的政权，哪能数得尽呢？到了大宋朝接受天命，有了圣人的出现，普天下就得到统一了。

以前凭靠险要地势割据一方的政权，都被铲平消灭。在一百年之间，茫然间只看见到处是山高水清的风光；想要询问那时的情形，可是当年的老年人现在都已经不在人世了。如今，滁州地处长江、淮河之间，是乘船坐车的商人和四面八方的旅游者所无法抵达的地方。百姓活着不知道外面的事情，安心地耕田播种，满足于穿衣吃饭，欢乐地过日子，一直到礼葬送死。而又有谁知道这都是皇帝滋润教化的功德，才得以让百姓休养生息，怡然自得已有一百年之久了。

【原文】

修之来此，乐其地僻而事简，又爱其俗之安闲。既得斯泉于山谷之间，乃日与滁人仰而望山，俯而听泉；掇幽芳而荫乔木①，风霜冰雪，刻露清秀，四时之景，无不可爱。又幸其民乐其岁物之丰成②，而喜与予游也。因为本其山川，道其风俗之美，使民知所以安此丰年之乐者，幸生无事之时也。夫宣上恩德，以与民共乐，刺史之事也③。遂书以名其亭焉。

庆历丙戌六月日，右正言知制诰知滁州军州事欧阳修记。

【注释】

①掇（duō）：拾取，采取。荫：荫庇，乘凉。

②岁物：一年的收成。丰成：丰收；丰收的成果。

③刺史：官名，宋人常作为知州的别称。欧阳修此时为滁州知州，根据习惯自称为刺史。

【译文】

我来到这里，喜欢这地方的僻静，而且政事清简，也喜爱这里风俗的安恬闲适。在山谷间找到这样的甘泉之后，于是每天同滁州的人来这里游玩，我们抬头可以仰望高山，低头可以听到泉水潺潺的弦音；春天能采摘幽香的鲜花，夏天可以在茂密的乔木林中乘凉，春风秋霜过尽、寒冰飞雪来临之时，更鲜明地显露出它的清肃秀美，四季的风光，没有不令人喜爱的。另外，还要庆幸人们因为当年谷物丰收所带来的喜悦，故而才乐意与我同游。因此我根据这里的山脉河流，道出了这里风俗的美好，让民众知道能够安享丰年的欢乐，正是因为有幸生于这太平无事的年代。勤于宣扬皇上的恩德，以此与民众共享欢乐，这都是刺史职责范围之内的事。于是我写下这篇文章来为这座亭子命名。

庆历丙戌六月日，右正言知制诰知滁州军州事欧阳修记。

【赏析】

欧阳修仕途不畅，时有奸人谗毁，屡次遭贬使他对当朝冷酷的现实有了清醒的认识，历经官场倾轧，使他希图摆脱世俗纷扰，向往恬静的归隐生活。滁州虽然地处偏僻，但民风淳厚，欧阳修被贬至此，倒也悠闲自在，他几乎陶醉于山水美景之中。由于他把“与民同乐”看成是“刺史之事”，所以在这样“安于滋养”的背景下写了这篇散文。

全文可分为三段。首段简介修建丰乐亭的由来，并由自我庆幸到与民同乐，相继在一片欢乐意绪中奠定题旨；第二段通过对滁州历史的回顾与地理位置的简述，并以“而孰知上之功德，休养生息，涵煦于百年之深也”作为小结，歌颂了宋王朝结束战乱之后，使人民安居乐业的功德，同时也是对当时朝纲混乱的暗讽；最后一段呼应篇头，归结主题，往复回还之中，可见他的人生观无比旷达，安于贫乐。

全篇借景抒情，不仅反映出当时欧阳修看破官场、渴望摆脱世俗纷扰，向往归隐生活的心境，同时也体现了他高度概括能力和行文表达的技巧。

醉翁亭记

【原文】

环滁皆山也①。其西南诸峰，林壑尤美②。望之蔚然而深秀者，琅琊也③。山行六七里，渐闻水声潺潺④，而泻出于两峰之间者，酿泉也⑤。峰回路转，有亭翼然临于泉上者⑥，醉翁亭也。作亭者谁？山之僧曰智仙也。名之者谁？太守自谓也。太守与客来饮于此，饮少辄醉⑦，而年又最高，故自号曰醉翁也。醉翁之意不在酒，在乎山水之间也。山水之乐，得之心而寓之酒也。

若夫日出而林霏开，云归而岩穴暝，晦明变化者，山间之朝暮也。野芳发而幽香，佳木秀而繁阴，风霜高洁，水落而石出者，山间之四时也。朝而往，暮而归，四时之景不同，而乐亦无穷也。

【注释】

①环滁：环绕着滁州城。

②壑（hè）：山谷。尤：格外，特别。

③蔚然而深秀者，琅琊（láng yá）也：树木茂盛，又幽深又秀丽的，是琅琊山。蔚然：草木繁盛的样子。

④潺潺（chán）：形容流水声。

⑤酿泉：泉的名字。因水清可以酿酒，故名酿泉。

⑥翼然：四角翘起，像鸟张开翅膀的样子。

⑦辄（zhé）：就，总是。

【译文】

环绕在滁州城周边的都是山峰。在它西南方向的几座山峰连绵起伏，树林和山谷显得格外秀美。远远望去，眼前那树木茂盛而又幽深秀美的山峰，便是琅琊山了。沿着山路行走六七里远，渐渐听到潺潺的流水声，那有水流从两座山峰之间飞泻而下的地方，便是酿泉了。山势曲折绵延，路径回环之处有一个四角翘起，像大鸟张开翅膀盘踞于泉水之上的亭子，这便是醉翁亭了。建造这个亭子的人是谁呢？当然就是居住在这座山里的智仙和尚了。给这个亭子命名的人是谁呢？正是太守用自己的别号给这亭子命名的。太守和宾客来这里饮酒，稍微喝了一点就有醉意了，当时他的年龄又是最大的，所以给自己起了个别号叫“醉翁”。醉翁的情趣不在喝酒上，而在欣赏山水之间的美景上了。而欣赏山水的乐趣，心里都能感受得到，就又把它全都寄托在酒里了。

若是在早晨日出的时候，林间的雾气就会自然散开，云烟归去时，山岩洞穴就显得昏暗朦胧了，像这种阴暗与明亮交替变化的现象，就是山间早晨和傍晚的景象了。遍地的野花开放，散发着清幽的香气，秀美的树木繁茂成荫，天高气爽而又霜色晶莹，因水位低落而显露出各异的石头，这就是山间四季变化的景色了。早晨出去，傍晚归来，所见四季的景色各有不同，这其中的乐趣，自然也就没有穷尽了。

【原文】

至于负者歌于途，行者休于树，前者呼，后者应，伛偻提携[①]，往来而不绝者，滁人游也。临溪而渔，溪深而鱼肥；酿泉为酒，泉香而酒洌；山肴野蔌[②]，杂然而前陈者，太守宴也。宴酣之乐，非丝非竹，射者中[③]，弈者胜，觥筹交错[④]，起坐而喧哗者，众宾欢也。苍颜白发，颓然乎其间者，

太守醉也。

已而夕阳在山，人影散乱，太守归而宾客从也。树林阴翳[5]，鸣声上下，游人去而禽鸟乐也。然而禽鸟知山林之乐，而不知人之乐；人知从太守游而乐，而不知太守之乐其乐也[6]。醉能同其乐，醒能述以文者，太守也。太守谓谁？庐陵欧阳修也。

【注释】

①伛偻提携（yǔ lǚ tí xié）：老年人弯着腰走，小孩子由大人领着走。在文中指老老少少的行人。伛偻：腰背弯曲，这里指老年人。

②野蔌（sù）：野菜的总称。

③射：这里指投壶，古人宴饮时的一种游戏，把箭向壶里投，投中多的为胜，负者照规定的杯数喝酒。

④觥筹交错（gōng chóu jiāo cuò）：意思是酒杯和酒筹交互错杂，形容许多人聚在一起饮酒的热闹情景。觥：古代饮酒用的大杯，用木或铜制。筹：用竹子制成的计数用具。在这里指计饮酒数量的筹码。

⑤阴翳（yì）：形容枝叶茂密成阴。翳：遮盖。

⑥乐其乐：乐他所乐的事情。 前一个“乐”：以……为乐。后一个“乐”：乐事，所高兴的事。

【译文】

至于那些背着东西走在路上唱着歌的，路上的行人在树下稍作休息之后，前面的人扭头呼喊，后面的人随声应答的，弯腰驼背的老人拉着小孩子的手一起行走，来来往往络绎不绝的，那便是滁州的人在欢快地游览盛景。来到溪边垂钓，溪水深澈而鱼儿肥美；用酿泉的泉水来酿酒，因为泉水清洌而酿出的酒水也甘甜可口；各种野味山菜，错杂地摆在面前的时候，那是太守在宴请宾客。宴会喝酒高潮四起时的欢笑声，并不是弹琴奏乐所带来的；投壶的人投中了目标，下棋的人获胜了，只见酒杯和酒筹在人们手中传来传去；人们时而坐着，时而站起大声嬉笑喧哗，那是宾客们在尽情欢乐。而那位容颜苍老，头发花白，醉醺醺歪坐在众人中间的人，正是太守已经喝醉了。

过了一会儿，夕阳落到山顶，看到人影散乱的时候，正是宾客们跟随着太守归去了。树林沉浸在阴暗之中，依然听见鸟儿四处啼鸣，那是游人离去后鸟儿在欢唱。然而鸟儿只知道山林中的乐趣，却不知道人间的乐趣；而人们只知道跟随太守游玩的乐趣，却不知道太守是因为他们的快乐而感到快乐。醉了能够和大家一起欢乐，醒来能够用文章记述这快乐的人，是太守。太守是谁呢？就是庐陵的欧阳修啊。

【赏析】

宋仁宗庆历五年（1045 年），范仲淹等人“推行新政”失败而遭奸臣谗毁，欧阳修愤然上书替他们分辩不成，反被贬到滁州做了两年知州。到任以后，他内心抑郁，但依旧不忘发挥“宽简而不扰”的作风，取得了一些政绩，这篇文章就是这个时期所作。

题为“醉翁亭记”却醉在两处：一是陶醉于山水美景之中；二是陶醉于与民同乐之中。

文中描写了滁州一带四季自然景物的幽深秀美，太守带着滁州百姓过着和睦宁静的生活，特别是欧阳修能够放开胸怀，在山林中与民同享游赏宴饮的乐趣。全文贯穿一个“乐”字一分为二：一方面暗示了一个封建地方长官能“与民同乐”的情怀；另一方面则在乐于寄情山水的背后，隐藏着难以言表的苦衷。正当盛年的他却自号“醉翁”，而且经常出游，加上他那“饮少辄醉”“颓然乎其间”的种种表现，都表明欧阳修是借山水之乐来排遣谪居生活的苦闷心情，从而折射出当时朝廷的黑暗。

这篇散文别具清丽格调，在中国古代文学作品中，是不可多得的佳作，曾被选入教学课本。

秋声赋

【原文】

欧阳子方夜读书，闻有声自西南来者，悚然而听之①，曰："异哉！"初淅沥以萧飒，忽奔腾而砰湃②；如波涛夜惊，风雨骤至。其触于物也，鏦鏦铮铮③，金铁皆鸣；又如赴敌之兵，衔枚疾走④，不闻号令，但闻人马之行声。余谓童子："此何声也？汝出视之。"童子曰："星月皎洁，明河在天，四无人声，声在树间。"

予曰："噫嘻悲哉！此秋声也。胡为而来哉？盖夫秋之为状也，其色惨淡，烟霏云敛；其容清明，天高日晶；其气栗冽，砭人肌骨⑤；其意萧条，山川寂寥。故其为声也，凄凄切切，呼号愤发。丰草绿缛而争茂⑥，佳木葱茏而可悦；草拂之而色变，木遭之而叶脱；其所以摧败零落者，乃其一气之余烈。

【注释】

①欧阳子：此为作者自称。悚（sǒng）然：形容惊惧的样子。

②砰（pēng）湃：同"澎湃"，波涛汹涌的声音。

③鏦鏦铮铮（cōng cōng zhēng zhēng）：形容金属相击的声音。

④衔枚：古时行军或袭击敌军时，让士兵口中衔枚以防出声。枚：形似竹筷，衔于口中，两端有带子，系在脖子上。疾走：快步行走。

⑤砭（biān）：古代用来治病的石针，这里引用为刺的意思。

⑥绿缛（rù）：形容碧绿繁茂。

【译文】

我夜里正在书房读书，忽然听到有声音从西南方向传来，心中惊悚不已侧耳倾听，禁不住说道："真是奇怪啊！"这声音初听时像是淅淅沥沥的雨声，似乎还夹杂着萧萧飒飒的风吹树林的声音，忽然间又变得汹涌澎湃起来；像是夜间的江河惊起万丈波涛，仿佛风雨骤然而至。那种声音如同碰到物体上发出铿锵之声，又好像是金银铁质的物体相互撞击的鸣响；再仔细去听，又像是衔枚士兵正在火速去袭击敌人的军营，此刻听不到任何号令声，只听见有人马行进的声响。于是我对书童说："这是什么声音？你出去看看。"书童回答说："月色皎洁明亮，星光灿烂于浩瀚的银河，四下里没有人的声音，那声音是从树林间传来的。"

我不禁叹道："唉！好生悲凉啊！这就是潇潇秋声。不知你为什么而来呢？大概这就是那秋天的样子吧，它的色调暗淡，烟飞云收；它的形貌清新明丽，天空高远明亮；它的气势寒冷凛冽，刺人肌骨；它的意境萧瑟空冷，山林川流寂静空旷。所以它所发出的声音时而凄凄切切，时而呼啸，时而又激昂迅猛。绿草浓密丰美，争相繁茂，树木青翠茂盛就会使人赏心悦目；然而，一旦秋风吹起，拂过草地，绿草就要逐渐变成枯色，掠过森林，树木就要叶落飘零；它之所以能折断枝叶，凋落花草，造成树木凋零，正是天地浑然一气造势的余威啊。

【原文】

"夫秋，刑官也[①]，于时为阴；又兵象也，于行用金；是谓天地之义气，常以肃杀而为心。天之于物，春生秋实，故其在乐也，商声主西方之音，夷则为七月之律。商，伤也，物既老而悲伤；夷，戮也，物过盛而当杀。

"嗟乎！草木无情，有时飘零。人为动物，惟物之灵。百忧感其心，万事劳其形，有动于中，必摇其精。而况思其力之所不及，忧其智之所不能，宜其渥然丹者为槁木[②]，黟然黑者为星星[③]。奈何以非金石之质，欲与草木而争荣？念谁为之戕贼[④]，亦何恨乎秋声！”

童子莫对，垂头而睡。但闻四壁虫声唧唧，如助余之叹息。

【注释】

①刑官：执掌刑狱的官。《周礼》把官职与天、地、春、夏、秋、冬相配，称为六官。秋天肃杀万物，所以司寇为秋官，执掌刑法，称刑官。

②渥（wò）：红润的脸色。槁（gǎo）木：已经死亡干枯的树木，形容毫无生气。

③黟（yī）然：形容很黑的样子。

④戕（qiāng）贼：残害人的坏人。

【译文】

“这秋天，就是一个执掌刑狱的刑官啊，它之于季节来说是属于阴；秋天又像是兵器和用兵的象征，在五行上属于金；这就是人们常说的天地具有严凝之气，常常以肃穆杀戮为核心的道理。自然界对于万物来说，是要它们在春天生长，在秋天结出果实，故而它又属于乐声，秋天在音乐的五声中又属商声。商声是西方之声，夷则是七月的曲律之名。商，也就是伤的意思，万物衰老以后，就会令人感到悲伤；夷，是杀戮的意思，草木过了繁盛期就应当衰亡。

“唉！草木没有情感，季节一到便会衰败凋零。人是动物的一种，是在万物中唯独最具有灵性的。而人总有无穷无尽的忧虑煎熬他的心绪，有无数琐碎烦恼的事来劳累他的身体，只要内心被外界事物所触动，就一定会消耗他的精神之气。更何况是常常去思索自己的能力所做不到的事情，去忧虑自己的智慧所不能解决的问题，这一切自然都会使他红润的面色变得苍老枯槁，乌黑的头发也会变得花白如霜。既然如此，为什么还要用并非如金石般结实的肌体，而像草木那样去争一时的荣盛呢？应当细细想一想究竟谁才是残害我们身体的贼人，又何必去怨恨这秋声呢？”

书童没有回答我的低语，他已经低头沉沉睡去。此刻，只听见四周依旧虫鸣唧唧，好像是在同情我而轻声叹息。

【赏析】

此文约作于宋仁宗嘉祐四年（1059年），欧阳修已步入晚年，当时虽然自己的仕途已进入顺境，而且身居高位，但长期的政治斗争使他看到了尘世昏暗，逐渐趋于淡泊名利。每当回首往事，想起自己屡次遭贬的隐痛难以平复，面对朝廷内外的污浊、黑暗，国家日益衰弱，而主张改革无望，不免对政治和社会时局心生郁结，却又不知如何做才好，这样的情绪与秋季所体现的气息正相统一，因而触物伤情，有感而发，写下了这篇文章。

文中作者从“闻有声自西南来者”为切入点，抓住秋天有物体发声的景象为主题，通过无情的草木与万物中最有感情、最有灵性的人相对比而抒发议论。把写景、抒情、记事、议论融为一体，浑然天成，将人生感悟与处世道理寄寓其中，思之清晰可见，使其在散文发展史上占有一席之地。

释秘演诗集序

【原文】

予少以进士游京师[①]，因得尽交当世之贤豪。然犹以谓国家臣一四海，休兵革[②]，养息天下以无事者四十年，而智谋雄伟非常之士，无所用其能者，往往伏而不出；山林屠贩，必有老死而世莫见者，欲从而求之不可得。

其后得吾亡友石曼卿[③]。曼卿为人，廓然有大志[④]，时人不能用其材，曼卿亦不屈以求合；无所放其意，则往往从布衣野老，酣嬉淋漓，颠倒而不厌。予疑所谓伏而不见者，庶几狎而得之[⑤]，故尝喜从曼卿游，欲因以阴求天下奇士[⑥]。

【注释】

①京师：北宋都城汴京，今河南开封。

②兵革：此指战争。

③石曼卿：名延年，宋城（今河南商丘市）人。

④廓（kuò）然：开朗、豪放。

⑤庶（shù）几：或许可以，表示希望或推测。狎（xiá）：亲近而且态度随便。

⑥阴求：暗中寻求。

【译文】

我年少时因前去参加进士科考而寄居京城，因而才有机会结交了很多当世的贤士豪杰。特别值得一说的是，自从国家统一了四方，停止了一切战争，休养生息以至天下太平有四十年，但那些智谋出众、志向雄伟的不凡之人，因为没有地方施展他们的才能，往往就蛰伏不出了。他们隐居山林不问世事，生活在屠夫商贩之中，所以一定也有直到老死还没有被世人发现的人才，若想去拜访他们并与之结交，都不容易办到。

后来，几经寻觅，我终于结识了现在已经故去的亡友石曼卿。曼卿的为人，开朗豪放而且有远大的志向，满腹才华的他却没有得到执政者的任用，曼卿也不肯委屈自己去迎合他人。他没有地方施展志向，就常常和布衣百姓、乡邻村老，尽情地饮酒玩乐，甚至到了颠狂醉倒也不会感到厌烦的地步。我猜想那些所谓蛰伏而不被发现的人才，或许只有亲近他们才能找到他们，所以我常常喜欢跟曼卿游玩，想借机会暗中访求天下杰出的人士。

【原文】

浮屠秘演者①，与曼卿交最久，亦能遗外世俗，以气节相高。二人欢然无所间。曼卿隐于酒，秘演隐于浮屠，皆奇男子也，然喜为歌诗以自娱。当其极饮大醉，歌吟笑呼，以适天下之乐，何其壮也！一时贤士，皆愿从其游，予亦时至其室。

十年之间，秘演北渡河，东之济、郓②，无所合，困而归③。曼卿已死，秘演亦老病。嗟夫④！二人者，予乃见其盛衰，则予亦将老矣夫。

【注释】

①浮屠：指佛教。秘演：北宋诗人秘演和尚。

②郓（yùn）：郓州，古地名，在中国山东省境内。

③困：困顿不畅。归：回来。

④嗟（jiē）夫：叹词。表示感叹。相当于“唉”。同“嗟乎”。

【译文】

佛教徒秘演和尚，与曼卿交往的时间最长，也是能超脱世俗之人，他们相互追求高雅的气节。他们两人相处融洽毫无嫌隙。曼卿将自己的才华隐藏在饮酒之中，秘演则将才华隐于寺庙之中，他们都是有奇才的男子，而且都喜欢作诗来自得其乐。当他们尽情饮酒到大醉时，唱歌吟诗欢笑狂呼，以共享天下最大的快乐，那种情景是多么豪迈啊！当时的贤士，都愿意跟他们交往，我也时常到他们的住所去。

一晃十年间，秘演向北渡过黄河，向东到了济州、郓州一带，也许是没有遇上知己朋友，最终困顿而归。这时，曼卿已经去世了，秘演也已经年老多病。唉！这两个人，我是亲眼看见了他们从盛年到衰老，而我自己也将走向衰老了。

【原文】

曼卿诗辞清绝[①]，尤称秘演之作，以为雅健有诗人之意[②]。秘演状貌雄杰，其胸中浩然。既习于佛，无所用，独其诗可行于世，而懒不自惜。已老，胠其橐[③]，尚得三四百篇，皆可喜者。

曼卿死，秘演漠然无所向。闻东南多山水，其巅崖崛峍[④]，江涛汹涌，甚可壮也，遂欲往游焉，足以知其老而志在也。于其将行，为叙其诗，因道其盛时以悲其衰。

庆历二年十二月二十八日庐陵欧阳修序。

【注释】

①清绝：极其清丽。

②雅健：雅正遒劲。

③胠（qū）：从旁边打开。橐（tuó）：装书的行囊。

④崛峍（jué lù）：高峻陡峭。形容山崖突起。

【译文】

曼卿的诗清妙绝伦，可是他更愿意称道秘演的诗文绝妙，认为秘演和尚所写的诗文典雅劲健，很有诗人的意趣。秘演的体态相貌伟岸杰出，他胸怀浩然正气。可惜他既然选择了修学佛教，就没有地方可以施展才能了，好在他的诗作还可以在世上流传，但他懒散又不会珍惜自己的作品。现在他已经老了，打开他的行囊，还能找到三四百篇诗作，都是令人喜爱的作品。

曼卿死后，秘演寂寞茫然无处可去。他听说东南地方有很多奇山丽水，山峰悬崖高峻陡峭，江涛澎湃汹涌，很是壮观，于是他就想到那里去游历了，如此足以可见，他虽然老了可志向依旧存在。在他临行之时，我为他的诗集写了序言，借此称道他的壮年，同时也悲叹他的衰老。

庆历二年十二月二十八日庐陵欧阳修序。

【赏析】

本文是欧阳修为北宋诗人秘演和尚的诗集所作的一篇序文。

文章在写作、构思上别具匠心，由作者与曼卿结交谈起。欧阳修年少时，因为前去参加进士科考寄居京城时，才有机会结交了当世的贤士豪杰，并说明了暗中访求天下杰出的人士之难，从而引出曼卿与秘演相交最久之可贵，因为他们都是“以气节相高”的“奇男子”。然而二人才华杰出却不为世用，最后曼卿死，而秘演寂寞茫然无处可去，最终也衰老成疾，由此引发了作者的感慨“予乃见其盛衰，则予亦将老矣”。

接下来又写了作者对曼卿的诗颇为推崇，而曼卿“尤推秘演之作”，反衬秘演诗作“雅健有诗人之意”。在秘演即将南游之际，欧阳修怜惜他的才华，感叹他的才华不能为世所用。为了记录他的一生，所以作序文，“为叙其诗，因道其盛时以悲其衰”，表达了欧阳修对友人的真挚情感与惜才之情。

祭石曼卿文

【原文】

维治平四年七月日，具官欧阳修①，谨遣尚书都省令史李敭②，至于太清，以清酌庶羞之奠③，致祭于亡友曼卿之墓下，而吊之以文。曰：

呜呼曼卿！生而为英，死而为灵。其同乎万物生死，而复归于无物者，暂聚之形④；不与万物共尽，而卓然其不朽者，后世之名。此自古圣贤，莫不皆然，而著在简册者⑤，昭如日星。

【注释】

①具官：唐宋以来，官吏在奏疏、函牍及其他应酬文字中，常把应写明的官职爵位，写为具官，表示谦敬。欧阳修写作此文时官衔是观文殿学士刑部尚书亳州军州事。

②尚书都省：尚书省，管理全国行政的官署。

③清酌：祭奠时所用之酒。庶：众多，各种。羞：通“馐”，食品，这里指祭品。

④暂聚之形：此指肉体生命。

⑤简册：指史籍。

【译文】

在英宗治平四年七月某日，具官欧阳修，差遣尚书都省令史李敭到太清之下，以清酒和各种美味的菜肴作奠仪，致祭于亡友石曼卿的墓前，并作

一篇祭文来悼念：

唉！曼卿，你生前是杰出的人才，死后一定会成为神灵。那同万物一起生死，而后又回归到无物地方的，是精气暂时相聚的肉身；那不与万物一起灭亡，卓越挺立，永垂不朽的，是留给后世的英名。这样的规律从古至今，对于圣贤来说莫过于都是这样，一生美名留著于史册，像日月星辰一样永远闪烁光辉。

【原文】

呜呼曼卿！吾不见子久矣，犹能仿佛子之平生。其轩昂磊落，突兀峥嵘而埋藏于地下者，意其不化为朽壤，而为金玉之精。不然，生长松之千尺，产灵芝而九茎。奈何荒烟野蔓，荆棘纵横；风凄露下，走燐飞萤[①]。但见牧童樵叟，歌吟而上下，与夫惊禽骇兽，悲鸣踯躅而咿嘤[②]。今固如此，更千秋而万岁兮，安知其不穴藏狐貉与鼯鼪[③]？此自古圣贤亦皆然兮，独不见夫累累乎旷野与荒城！

呜呼曼卿！盛衰之理，吾固知其如此。而感念畴昔[④]，悲凉凄怆，不觉临风而陨涕者[⑤]，有愧乎太上之忘情！尚飨[⑥]！

【注释】

①燐（lín）：磷，一种非金属元素。动物尸体腐烂后产生的磷化氢，在空气中自动燃烧，并发出蓝色火焰，夜间常见于坟间及荒野。俗称为“鬼火”。

②踯躅（zhí zhú）而咿嘤（yī yīng）：这里指野兽来回徘徊不定，禽鸟悲鸣惊叫。

③狐貉（hú hé）：兽名，狐与貉，形似狐狸。亦作“狐狢”。鼯（wú）：鼠的一种，亦称飞鼠。鼪（shēng）：黄鼠狼。

④畴（chóu）昔：往昔，从前。

⑤陨涕（yǔn tì）：落泪。

⑥尚飨（xiǎng）：祭文套语，表示希望死者与鬼神来享用祭品之意。

【译文】

唉！曼卿，我已经很久没有看见你了，但还能依稀记得你生前的模样。你那气宇轩昂的外表和光明磊落的胸襟，你那突兀的才干和高峻不凡的气质，虽然已经埋葬在地下，我想你的意气不会化成腐土，而会变成金玉的精华。如果不是这样，就会生长出高达千尺的松树，或者是长出具有九根茎的灵芝那样高贵。无奈那坟茔之上也会有荒烟野草，藤蔓缠绕，荆棘纵横；会经历风雨凄凉，霜露降临，也会有磷火飘动，明灭飞萤。只见牧童与老樵夫唱着悼歌，上上下下来回走动悲吟；受惊的飞禽与野兽，前后徘徊不去，发出悲切的鸣叫呼声。今天固然这样离去，可是再过千秋万年之后，怎知道穴洞里不深藏着狐狸貉子、鼯鼠和黄鼠狼？而自古以来圣贤都是这样，难道看不见这接连不断的旷野和荒城！

唉！曼卿！万物盛衰生

死的道理，我固然知道会是这样。然而思念起往昔的情景，越发地感到悲凉凄怆，不由自主地迎风流下眼泪，惭愧自己不能像圣人那样淡然忘情！希望你能来将这丰盛的祭品安享！

【赏析】

这是治平四年（1067年）欧阳修在亳州时，为悼念诗友石曼卿而作的一篇祭文。

这篇祭文首先说明了写作祭文的缘起。然后赞叹石曼卿“生而为英，死而为灵”的形象，继而转入对曼卿的回忆之中。通过对荒野坟茔的凄凉景象描写，感叹“此自古圣贤亦皆然兮，独不见夫累累乎旷野与荒城”！

然而毕竟时过境迁，死者已长眠地下，欧阳修也经过了几十年宦海沉浮，经历几度被贬谪的官场生活，此时致祭亡友，反映出他因政治上失意而引发的感念畴昔所带来的孤独寂寞心情。作者避免了一般祭文的呆板格式，内容不是为死者作平生概括，而是通过三呼曼卿，先称赞其不同流俗、声名不朽，再写其死后的凄凉场景，着力渲染了墓地的悲凉景象，表达出作者对死者强烈的哀悼之情。最后以“尚飨”二字作结，哀婉戚怆之情，溢于言表，无不令人动情。

菱溪石记

【原文】

菱溪之石有六，其四为人取去，而一差小而尤奇，亦藏民家。其最大者，偃然僵卧于溪侧①，以其难徙，故得独存。每岁寒霜落，水涸而石出，溪旁人见其可怪，往往祀以为神。

菱溪②，按图与经皆不载。唐会昌中，刺史李渍为《荇溪记》，云水出永阳岭，西经皇道山下。以地求之，今无所谓荇溪者。询于滁州人，曰此溪是也。杨行密有淮南，淮人讳其嫌名，以荇为菱。理或然也。

溪旁若有遗址，云故将刘金之宅③，石即刘氏之物也。金，伪吴时贵将，与行密俱起合淝，号三十六英雄，金其一也。金本武夫悍卒，而乃能知爱赏奇异，为儿女子之好，岂非遭逢乱世，功成志得，骄于富贵之佚欲而然邪？想其陂池台榭、奇木异草与此石称，亦一时之盛哉！今刘氏之后散为编民④，尚有居溪旁者。

【注释】

①偃（yǎn）然：骄傲自得的样子。侧：旁边。

②菱（líng）溪：溪名，在滁州东，源出永阳岭，南入清流河。

③刘金：据《十国春秋刘金传》载，刘金担任濠州团练使，威名大震，为濠州人所称颂。

④编民：平民，指编入官府民籍的固定人口。

【译文】

菱溪的奇石共有六块，其中有四块已经被别人取走了，还有一块稍微小一点但形状特别奇异的，也被收藏在百姓家中。其中最大的那一块骄傲地仰面躺在菱溪一侧，因为它太大而难以移动，所以才能够独自幸存下来。每年到了天寒霜降时，水位干涸，石头就会显露出来，居住在溪旁的人见它形状怪异，常常把它当作神灵来祭祀。

菱溪在各类图册典籍中都没有记载。唐代会昌年间，刺史李渍写了一篇《荇溪记》上记载：荇溪水出永阳岭，向西从皇道山下经过。但是从地理走势上查找，现在并没有叫“荇溪”的河流。询问滁州人荇溪在什么地方，他们回答说这条河就是菱溪。传说杨行密占据淮南的时候，淮南人为了避讳他的名讳，把“荇”改为“菱”，从道理上来说或许应该是这样的。

溪旁好像还有一处遗址，听说曾是五代时期的大将刘金的住宅，这奇石就是刘金家的物件。刘金，是吴国时期深受宠信的上将军，和杨行密同时在合淝起兵举事，号称“三十六英雄”，

刘金就是其中的一个。刘金原本是一个剽悍的武夫，却也知道喜欢和欣赏奇异的物件，有了青春少年一般的雅兴爱好，难道不是因为在乱世之中功成名就，然后为了满足于富贵的安乐与嗜欲无度才使他有了这样的雅兴吗？遥想这宅院当年的水池台榭、奇木异草，和这些石头倒是很相称的，也算是一时的盛事了！现在刘金的后人散居各地成为平民百姓，目前还有住在菱溪两岸的。

【原文】

予感夫人物之废兴，惜其可爱而弃也，乃以三牛曳置幽谷[①]；又索其小者，得于白塔民朱氏，遂立于亭之南北。亭负城而近，以为滁人岁时嬉游之好。

夫物之奇者，弃没于幽远则可惜，置之耳目则爱者不免取之而去。嗟夫！刘金者虽不足道，然亦可谓雄勇之士，其平生志意，岂不伟哉。及其后世，荒堙零落[②]，至于子孙泯没而无闻[③]，况欲长有此石乎？用此可为富贵者之戒。而好奇之士闻此石者，可以一赏而足，何必取而去也哉？

【注释】

①乃：于是，就。曳（yè）：同“拽”，拖拽。置：安放，放置。

②荒堙（yīn）：形容衰败没落。堙：堆成的土山。

③泯（mǐn）没：消灭，消失。常用为死的婉称。

【译文】

我感叹世间的人和事物的兴衰无常，尤其可惜这块大石让人喜爱却又遭到遗弃，于是我就用三头牛将它拖出来，放在幽谷泉边；又前去寻找那块稍微小一点的，最后在白塔的朱姓人家找到了它，然后就将它们分别立在丰乐亭的南北。丰乐亭背对城墙而又距离城路很近，可以作为滁州人每年游玩观赏的好景致。

那些奇异的物体，让它们弃置在僻远的地方则可惜，把它们放在大家都看得到的地方，又免不了被喜欢它的人拿走。唉！刘金虽然不值得一提，但也可以说是一个勇猛的豪杰，他平生的理想志向，难道不远大吗？可是等到他身死之后，家业衰败不兴，唯有一片荒芜零落的景象，以至于到了他的子孙后代也都沉沦民间而无人知晓，还能指望长久拥有这些奇特的石头吗？这些石头的命运可以作为那些富贵者的警戒。而那些喜欢奇异事物的人听到了这些石头的故事以后，用心欣赏就可以了，何必非要取走而占为己有呢？

【赏析】

“庆历新政”改革失败后，欧阳修因为上书辩驳反而遭到贬谪，使他受到很大的打击。虽然他忧国忧民，期望国富民强的初衷始终没有改变，但世事无常的经历让他看清了很多社会现实，甚至一度萌发了归隐田园之心，所以这一时期的文章，多为写景状物、记事抒怀之作。

本文记叙菱溪石的来龙去脉，感叹世事变迁和人物盛衰无常，劝诫世人不必独占奇物，用心欣赏就可以了。文章开篇点题，交代菱溪石的处所、环境，以“溪旁人见其可怪，往往祀以为神”来突出石之“奇”，然后追溯其源，由此挖掘出富有深刻思想意义的内涵。

本文以石为题，通过由此及彼的联想与对比，渲染了治国之道，暗示出以民为本的深刻道理，可谓是微中见著，平中见奇，充分体现了欧阳修散文既明白晓畅，又精练含蓄，耐人寻味的艺术风格。

朋党论

【原文】

臣闻朋党之说，自古有之，惟幸人君辨其君子小人而已。大凡君子与君子以同道为朋[①]，小人与小人以同利为朋。此自然之理也。

然臣谓小人无朋，惟君子则有之，其故何哉？小人之所好者禄利也；所贪者财货也。当其同利之时，暂相党引以为朋者[②]，伪也；及其见利而争先，或利尽而交疏，则反相贼害[③]，虽其兄弟亲戚不能相保。故臣谓小人无朋，其暂为朋者，伪也。君子则不然，所守者道义，所行者忠信，所惜者名节。以之修身，则同道而相益；以之事国，则同心而共济，终始如一，此君子之朋也。故为人君者，但当退小人之伪朋，用君子之真朋，则天下治矣。

【注释】

①大凡：大体上。用在句首，表示对某个范围的人或事物的总括。道：此指一定的政治主张或思想体系。

②党引：互相勾结，结党营私。

③贼害：暗中伤害；残害。

【译文】

臣听说关于朋党的言论，是自古就有的，只是所幸君王能分清他们是君子还是小人罢了。一般说来，君子与君子都是因为志趣一致才结为朋党，而小人则因利益相同而结为朋党，这是很自然的规律。

但是臣以为小人并没有朋党，只有君子才有。这是什么原因呢？因为小人所喜爱的是显贵和权势；他们所贪恋的是物质和钱财。当他们所追求的利益相同的时候，就暂时互相勾结成为朋党，那是虚伪的；等到他们见到利益后就会争先恐后地抢夺，或者利益已尽而交情淡漠之时，就会反过来互相暗中残害，即使是兄弟亲戚，也不会互相保护。所以说小人并无朋党，他们只是暂时结为朋党，那是虚假的。君子就不是这样，他们坚持的是信守道义，所履行的准则是忠诚守信，所珍惜的是名节。用这些来提高自身修养，他们就会彼此具有相同的道义，又能相互取长补短；用这些来为国家做事，那么观点相同就能共同前进，始终如一，这才是君子的朋党啊。所以做君主的，只要能斥退小人的假朋党，而任用君子的真朋党，那么天下就可以安定了。

【原文】

尧之时，小人共工、驩兜等四人为一朋[①]，君子八元、八恺十六人为一朋[②]。舜佐尧，退四凶小人之朋，而进元、恺君子之朋，尧之天下大治。及舜自为天子，而皋、夔、稷、契等二十二人并列于朝[③]，更相称美，更相推让，凡二十二人为一朋，而舜皆用之，天下亦大治。

《书》曰：“纣有臣亿万，惟亿万心；周有臣三千，惟一心。”纣之时，亿万人各异心，可谓不为朋矣，然纣以亡国。周武王之臣，三千人为一大朋，而周用以兴。后汉献帝时[④]，尽取天下名士囚禁之，目为党人。及黄巾贼起[⑤]，汉室大乱，后方悔悟，尽解党人而释之，然已无救矣。唐之晚年，渐起朋党之论，及昭宗时[⑥]，尽杀朝之名士，或投之黄河，曰：“此辈清流，可投浊流。”而唐遂亡矣。

【注释】

①共工、驩（huān）兜等四人：传说为上古时代四邪兽，共工、驩兜、三苗、鲧（gǔn）。即后文被舜放逐的“四凶”。《尚书·舜典》：“流共工于幽州，放驩兜于崇山，窜三苗于三危，殛鲧于羽山，四罪而天下咸服。”

②八元：传说中上古高辛氏的八个才子。高辛氏是上古传说中，在颛顼之后担任部落联盟首领的“帝喾”，是黄帝的曾孙。八个才子的名字分别叫：伯奋、仲堪、叔献、季仲、伯虎、仲熊、叔豹、季狸；他们具有忠、肃、共、懿、宣、慈、惠、和八种品德，天下之民称这八人为“八元”。八恺：传说中上古高阳氏的八个才子。高阳氏又称颛顼或帝颛顼，是继黄帝以后又一个杰出首领。传统的记载说他是华夏族人的祖先。

③皋（gāo）、夔（kuí）、稷（jì）、契（xiè）：传说他们都是舜时的贤臣，皋掌管刑法，夔掌管音乐，稷掌管农业，契掌管教育。《史记·五帝本纪》载：“舜曰：‘嗟！（汝）二十有二人，敬哉，惟时相天事。’”

④后汉献帝：这里指东汉王朝的最后一个皇帝刘协。

⑤黄巾贼：此指张角领导的黄巾军。“贼”是对农民起义的诬称。

⑥昭宗：这里指唐昭宗李晔，是唐朝第二十位皇帝，也是唐朝将要灭亡时的皇帝。

【译文】

唐尧时期，小人共工、驩兜等四人结为一个朋党，君子则有八元、八恺等十六人结为一个朋党。舜辅佐尧，废掉“四凶”的小人朋党，而任用“元、恺”的君子朋党，因此唐尧的天下非常太平。等到虞舜自己做了天子，皋陶、夔、稷、契等二十二人同时列位于朝廷要职。他们互相推举赞美，互相推辞谦让，共二十二人结为一个朋党，但是虞舜从不怀疑他们而全部任用，天下也因此得到大治。

《尚书》上说：“商纣有亿万臣，是亿万条心；周有三千臣，却是一条心。”商纣王的时候，虽有亿万人却都各存异心，可以说不能称其为朋党了，所以纣王因此而亡国。周武王的臣下，三千人结成一个大朋党，但是周朝却因此而兴盛。后汉献帝的时候，把天下名士都关押起来，把他们视作“党人”。等到黄巾军起义谋反了，致使汉王朝大乱，然后皇帝才悔悟，马上解除禁令释放了他们，可是已经无法挽回局面了。唐朝末期，逐渐生出朋党的议论，到了昭宗时，把朝廷中的名士都杀害了，有的竟被投入黄河，说什么“这些人自命为清流，应当把他们投到浊流中去”。因而唐朝很快灭亡了。

【原文】

夫前世之主，能使人人异心不为朋，莫如纣；能禁绝善人为朋，莫如汉献帝；能诛戮清流之朋，莫如唐昭宗之世。然皆乱亡其国。更相称美，推让而不自疑，莫如舜之二十二臣，舜亦不疑而皆用之。然而后世不诮舜为二十二人朋党所欺①，而称舜为聪明之圣者，以能辨君子与小人也。周武之世，举其国之臣三千人共为一朋，自古为朋之多且大莫如周，然周用此以兴者，善人虽多而不厌也②。

夫兴亡治乱之迹③，为人君者可以鉴矣④！

【注释】

①诮（qiào）：责备。

②厌：通“餍（yàn）”，满足。

③迹：事迹。

④鉴：借鉴。矣：了。

【译文】

前代的那些君王，能使人人异心不结为朋党的，谁也不及商纣王；能禁止断绝好人结为朋党的，谁也比不过汉献帝；能诛杀残害“清流们”所结朋党的，谁也不及唐昭宗之时。然而都因此而使他们的国家招来混乱以致灭亡。而互相称赞，推举谦让却不相互疑忌的，谁也不及虞舜的二十二位大臣，可贵的是虞舜也毫不猜疑地任用他们。但是后世并不讥笑虞舜被二十二人的朋党所蒙骗，却赞美虞舜是聪明的君主，原因就在于他能准确区分谁是君子谁是小人。周武王时，把全国的三千臣子结成一个朋党，自古以来作为朋党又多又庞大的，莫过于周朝，然而周朝却能因此兴盛，原因就在于贤良之士虽多，但始终不会因此而感到满足。

如此看来，那么历朝历代的朝纲治乱与兴亡的过程，作为君主的，就可以拿它作为借鉴了！

【赏析】

这是欧阳修在庆历四年（1044 年）向宋仁宗上书的一篇奏章，目的是驳斥保守派的攻击，辩驳对于“朋党论”之诬。全文义正词严，有理有据，令人叹服。

这篇文章起笔不凡。开篇两句“臣闻朋党之说，自古有之”，首先肯定了朋党之论，然后直言“只是所幸君王能分清他们是君子还是小人罢了”，从而提出了“君子有党，小人无党”的观点。作者在文中不刻意辩解，而是明确地承认朋党之有，这样，就主动夺取了政敌手中的武器，理直气壮地揭示了全文的主旨，从而使自己立于不败之地；然后不讳言朋党的存在，同时将朋党一分为二，分别指出小人结党与君子结党的利害关系。指出朋党是有原则性区别的，让两者形成鲜明的对比，增强了文章的说服力；最后通过对史实的进一步分析，论证了“若用小人之朋，则国家乱亡，用君子之朋，则国家兴盛”的道理。结句呼吁“夫兴亡治乱之迹，为人君者可以鉴矣”，以此向君王发出最后的警醒之语，表露出写作此文之目的。

文章运用对比句式，能够体现出深刻的揭露作用和强大的批判力量，使中心突出，有理有据，剖析透辟，具有不可辩驳的逻辑力量，并且进行

排偶句式的穿插运用，更加增强了文章议论效果上的夺人气势，不愧是一篇历久弥新的传世佳作。

樊侯庙灾记

【原文】

郑之盗，有入樊侯庙刳神像之腹者①。既而大风雨雹，近郑之田麦苗皆死。人咸骇曰②："侯怒而为之也。"

余谓樊侯本以屠狗立军功，佐沛公至成皇帝③，位为列侯④，邑食舞阳⑤，剖符传封⑥，与汉长久，《礼》所谓有功德于民则祀之者欤！舞阳距郑既不远，又汉、楚常苦战荥阳、京、索间，亦侯平生提戈斩级所立功处⑦，故庙而食之宜矣。

【注释】

①樊（fán）侯：这里指樊哙（kuài），西汉开国元勋，大将军，左丞相，著名军事统帅，是刘邦麾下最勇猛的战将。刳（kū）：切割。

②咸：全，都。骇（hài）：惊恐，害怕。

③佐：辅佐。沛公：汉高祖刘邦。

④列侯：诸侯。

⑤邑（yì）食：这里指食邑。中国古代诸侯封赐所属卿、大夫作为世禄的田邑（包括土地上的劳动者在内）。又称采邑、采地、封地。因古代中国之卿、大夫世代以采邑为食禄，故称为食邑。

⑥剖符：剖分信符。汉朝封功臣时，将作为信物的符节，剖分为二，一

部分交给受封者保存。传封：继承爵位。

⑦戈：古代一种兵器。级：首级。古时打仗时以斩首的多少来论功封赏。

【译文】

在郑州有个强盗闯入了樊侯庙中，把樊哙神像的腹部剖开了。不久，便刮起了大风，下起了冰雹，以至于郑州一带，农民种植的麦苗都被冰雹砸死了。人们都很惊恐地说："这是樊侯发怒了，所以才降下这场灾害的。"

依我说，樊哙本来是一个杀狗的屠夫，跟随刘邦以后立了战功，然后又辅佐沛公做皇帝，所以才被封为一方诸侯的，沛公赏赐他并把舞阳定为他的封地，剖符作为封赐他的凭证，可以世代相传，延袭制度可与汉代一样长久，这便是《礼记》上所说的"对百姓有功德的人便会受到祭祀"。他的食邑封地舞阳离郑州不远，而汉、楚两军常在荥阳、京、索一带激战，而且郑州也是樊侯提刀征战杀敌立功的地方，所以在这里立庙祭祀他，是理所当然的了。

【原文】

方侯之参乘沛公，事危鸿门，振目一顾，使羽失气，其勇力足有过人者，故后世言雄武称樊将军，宜其聪明正直，有遗灵矣。

然当盗之倳刃腹中①，独不能保其心腹肾肠哉②？而反贻怒于无罪之民，以骋其恣睢③，何哉？岂生能万人敌，而死不能庇一躯邪④？岂其灵不神于御盗，而反神于平民而骇其耳目邪！风霆雨雹，天之所以震耀威罚有司者，而侯又得以滥用之邪？

盖闻阴阳之气，怒则薄而为风霆，其不和之甚者凝结而为雹。方今岁且久旱，伏阴不兴，壮阳刚燥，疑有不和而凝结者，岂其适会民之自灾也邪？不然，则喑呜叱咤⑤，使风驰霆击⑥，则侯之威灵暴矣哉！

【注释】

①倳（zì）刃：以刀刺入。倳：刺入，插入。

②独：难道，岂。心腹肾肠：指五脏六腑。

③恣睢（zì suī）：任意胡为。

④庇（bì）：庇护。

⑤喑呜叱咤（yīn wū chì zhà）：指厉声怒喝的意思。

⑥风驰霆（tíng）击：形容迅速出击。这里指狂风大作，雷电交加。

【译文】

当年樊侯担任参乘事奉在沛公左右，正在鸿门宴上惊心动魄的危急时刻，他瞪大眼睛环顾四周，竟能使楚霸王项羽也害怕得大失锐气，可见他的勇猛气力确实远远超过常人，因此后人讲到英武勇猛时，都会称赞樊哙将军，也正好适合他的聪明正直，难怪死后会显现灵验了。

然而当强盗站在那里将刀插入神像的肚子时，难道樊哙将军连自己的五脏六腑都保不住吗？却把怒气发到无罪的百姓头上，来放任自己胡作非为，这是为什么呢？难道说活着的时候可以力敌万人，死了连自己的躯体都保不住了吗？难道说他的神灵不能震慑防御盗贼，反而对平民百姓发威，致使百姓为之惊恐吗？那大风大雨、雷电冰雹，是上天显示威力用来惩罚掌权的官吏的，樊侯你又怎能随便使用呢？

我听说阴阳二气发怒就会变薄，而突然爆发互相逼近就会形成风和雷电，当它们差异最大时便凝结成冰雹。今年到目前为止，正长期处于干旱之中，潜伏的阴气不能散发，而阳气却越发地猛烈干燥。我猜想一定是阴阳二气产生巨大差异而凝结形成了冰雹，大概是它们正好碰到樊侯神像被剖开这件事了吧？若不是这样的话，如果是樊哙大声怒吼，就能使得狂风大作，雷电交加，那么他的威灵可就太厉害了！

【赏析】

这是一篇通过强盗闯入樊侯庙中，把樊哙神像的腹部剖开之事展开评论的文章。开篇介绍了事情的经过。某一天，一个强盗闯入了樊侯庙中把樊哙神像的腹部剖开之后，随之而来的是狂风大作、冰雹相加，致使民间受害，人们认为这是樊侯显灵发威而造成的后果，同时造成了民众恐慌，一时间谣言四起，认为是神像显灵了。欧阳修向来反对迷信邪说，于是就以这个现象为出发点，展开驳论，写下了这篇文章。

对于樊侯其人，他是如何封侯的呢？樊哙原本是一个杀狗的屠夫，跟随刘邦以后立了战功，然后又辅佐沛公做皇帝，所以才被封为一方诸侯的。又因为郑州也是樊侯提刀征战杀敌立功的地方，所以在这里立庙祭祀他，是理所当然的了。鸿门宴上，樊哙怒目圆睁使楚霸王项羽也惧他三分，进一步证明了樊侯的正义勇猛之气，所以说“有遗灵矣”似乎也合乎情理。作者随后反问“独不能保其心腹肾肠哉？”揭示了樊侯在强盗面前，连自己的五脏六腑都保护不了，又谈何“神像显灵招致风雨雷电之灾”呢？转而又分析了雷电冰雹的形成，欧阳修毕竟不是天文学家，所以文中承认自然灾害是上天惩戒政事失措的观点，似乎略有科学的局限性，但也不失其文章的精彩。

文中针对迷信现象、荒唐可笑的“显灵”说，反复进行诘问和驳斥，有理有据，表面看是在破除迷信，实则是对当代社会盲目崇拜现象的一种极大讽刺。全文具有笔法灵巧，转折顿挫，诙谐讥讽，欲擒故纵的艺术特点，使文章更加耐人回味。

送杨寘序[①]

【原文】

予尝有幽忧之疾[②]，退而闲居，不能治也。既而学琴于友人孙道滋[③]，受宫声数引[④]，久而乐之，不知疾之在其体也。夫疾，生乎忧者也。药之毒者，能攻其疾之聚，不若声之至者，能和其心之所不平。心而平，不和者和，则疾之忘也宜哉。

夫琴之为技小矣[⑤]，及其至也，大者为宫，细者为羽，操弦骤作，忽然变之。急者凄然以促[⑥]，缓者舒然以和。如崩崖裂石、高山出泉，而风雨夜至也；如怨夫寡妇之叹息[⑦]，雌雄雍雍之相鸣也[⑧]。其忧深思远，则舜与文王、孔子之遗音也；悲愁感愤，则伯奇孤子[⑨]、屈原忠臣之所叹也。喜怒哀乐，动人心深，而纯古淡泊，与夫尧舜三代之言语、孔子之文章、《易》之忧患、《诗》之怨刺无以异。其能听之以耳，应之以手，取其和者，道其堙郁[⑩]，写其幽思，则感人之际亦有至者焉。

【注释】

①杨寘（zhì）：欧阳修的朋友。字审贤，少时有文才，宋仁宗庆历二年进士。

②幽忧之疾：过度的忧伤和劳累。语出《庄子·让王》：“我适有幽忧之病。”

③孙道滋：欧阳修的朋友。

④宫：五声音阶的第一音级，依次是宫、商、角、徵、羽。引：乐曲体裁之一。本句意即学习宫、商的声音和几支曲子。

⑤技：技艺。矣：了。

⑥凄然：悲伤的样子。

⑦怨夫：没有妻室的男子。

⑧雍雍（yōng）：和谐，和睦。鸣：和鸣。

⑨伯奇：周宣王时，大臣尹吉甫有个儿子，名伯奇，本来很孝顺，生母死后，由于后母谗害，被尹吉甫驱逐出去。伯奇很伤心，弹琴作《履霜操》，曲终，投河而死。

⑩堙郁（yīn yù）：形容心情抑郁不畅快；滞塞不通，郁抑不畅。

【译文】

我曾经得了忧劳的病症，辞官回乡闲居，但一直没有医治痊愈。后来在朋友孙道滋那里学习弹琴。学习了五声和几支乐曲，时间一长觉得很快乐，已经忘记还有疾病在自己的身上了。那些疾病，往往是由于忧虑哀愁而生发的。药物是有毒的，它的毒性只能攻克聚集在身体里的疾病，不像这声音能抵达的地方，能抚平你心中的幽怨不平。只有心气平和，感觉不平和的事也就慢慢和顺了，那么，忘掉疾病的痛楚也就理所当然了。

弹琴是一种小技艺而已，但是这技艺到了极致，却能大到弹出宫声浩荡，小到弹出羽声轻扬，操着琴弦急速地弹拨出声，琴声忽而多变。急促起来让人感到声音凄然，轻柔的声音显得平和舒缓。时而像山崩石裂、又似高山上喷涌而出的清泉，而有时又像狂风暴雨在夜晚来临；有时像怨夫寡妇的叹息声，又像是雌鸟、雄鸟和睦的悠然和鸣。那琴声深沉的忧虑和悠远的思绪，正像是虞舜、周文王和孔子的遗音；琴声悲伤、愁怨、愤恨和感怀，是孤儿伯奇、忠臣屈原所发出的叹息。奔腾而出的喜怒哀乐，一定能深刻地打动人心，而纯厚、古雅、淡泊的音色，跟尧舜三代的言语、

孔子的文章、《易经》所表现的忧患、《诗经》所包含的怨恨讽刺没有什么区别。这声音能够用耳朵听出来，也能够随手弹出来。如果选取那和谐的音调，排遣忧郁，散发幽思，那么那种感动人心的时刻，也是极为深切的。

【原文】

予友杨君，好学有文，累以进士举，不得志。及从荫调[①]，为尉于剑浦[②]，区区在东南数千里外[③]，是其心固有不平者。且少又多疾，而南方少医药，风俗饮食异宜。以多疾之体，有不平之心，居异宜之俗，其能郁郁以久乎？然欲平其心以养其疾，于琴亦将有得焉。故予作《琴说》以赠其行，且邀道滋酌酒进琴以为别[④]。

【注释】

①荫调：凭借上代官爵而调动得官。

②剑浦：县名，今福建南平市内。

③区区：形容小，文中指剑浦。

④进琴：赠琴。

【译文】

我的朋友杨君，勤奋好学而且写得一手好文章，屡次参加进士考试，却都不得意。后来依靠祖上官勋的庇佑，才调到剑浦去做了县尉。小小的剑浦在东南面几千里路以外，这种情形，他心里固然会愤愤不平。况且杨君年少多病，而南方又缺医少药，风俗、饮食习惯都不适宜。以他多病的身体，加上怀有不平的心境，又生活在风俗完全不同的地方，怎能长期抑郁地生活下去呢？然而想要使他的心境平和，以此来疗养他的疾病，对于学琴来说，将会有所收获。因此，我写了这篇关于弹琴的文章给他饯行，并且邀请孙道滋来饮酒，然后赠一张琴当作临别的纪念。

【赏析】

庆历七年（1047 年），当时欧阳修有感于杨寘的仕途坎坷，生计多艰，且疾病缠身，加之被贬谪到潮湿的南方以后，心情忧郁，对于那里的风土人情又不习惯。因此欧阳修对他无比怜惜，却又无可奈何，于是给杨寘写了这篇赠序，以作宽慰。

文章开篇写自己学琴、爱琴的经历，以及琴声对自己身体状况的改善和性情方面的陶冶心得，文末叙述赠一张琴为好友杨寘送行，表现了对友人的关爱之情。

按照常规，序文的内容往往是叙友谊，道别情、表祝愿，但这篇赠序却写得别开生面，独具风格。全文只围绕一张“琴”，由此及彼地加以描绘，巧妙地相互烘托，语言含蓄委婉，情真意切，使人有身临其境的感觉，读起来感人至深，不禁拍案叫绝。

纵囚论

【原文】

信义行于君子，而刑戮施于小人①。刑入于死者，乃罪大恶极，此又小人之尤甚者也。宁以义死，不苟幸生②，而视死如归，此又君子之尤难者也。方唐太宗之六年③，录大辟囚三百余人④，纵使还家，约其自归以就死。是以君子之难能，期小人之尤者以必能也。其囚及期而卒自归，无后者，是君子之所难，而小人之所易也。此岂近于人情哉？

或曰："罪大恶极诚小人矣。及施恩德以临之，可使变而为君子。盖恩德入人之深而移人之速，有如是者矣。"曰："太宗之为此，所以求此名也。然安知夫纵之去也，不意其必来以冀免⑤，所以纵之乎？又安知夫被纵而去也，不意其自归而必获免，所以复来乎？夫意其必来而纵之，是上贼下之情也；意其必免而复来，是下贼上之心也。吾见上下交相贼以成此名也，乌有所谓施恩德与夫知信义者哉！不然，太宗施德于天下，于兹六年矣，不能使小人不为极恶大罪，而一日之恩能使视死如归而存信义，此又不通之论也！"

【注释】

①刑戮（lù）：刑罚或处死。

②苟（gǒu）：苟且，只图眼前。

③唐太宗之六年：唐太宗贞观六年。唐太宗是中国历史上有一定作为的

皇帝，他在位年间，国势强大，社会较安定，史称“贞观之治”。

④大辟：死刑，意为最重的刑罚。

⑤冀免：希望赦免。

【译文】

信义可以在君子中施行，而种种刑罚则是对小人施行的。被判处死刑的人，是罪大恶极到了顶点了，这种人是小人中特别败坏的。宁愿为坚守信义而死，也不愿意苟且偷生，而视死如归的人，这在君子中也是很难做到的。在唐太宗即位后第六年，曾经选取被判处死刑的犯人三百多人，唐太宗颁布诏书暂时释放他们回家，约定好到期限后让他们自动回来接受死刑。这是君子都难以做到的事，而希望小人中最坏的人能做到自然就更难了。但是到了规定的时间，那些囚犯自动回来而没有延误归期，这是君子难以做到的，而小人却很容易地做到了。这难道就是近于人之常情吗？

有人说：“罪大恶极的，确实算是小人了。但是对他们采取恩德感化的手段，就可以使他们变为君子。大概是因为恩德感化越深入人心，人的转变速度就越快，所以才会出现这样的情况。”我说：“唐太宗之所以这样做，就是为了求取恩德深入人心的好名声啊。然而那些囚犯哪里知道在放走他们时，不是想让他们必须回来而得到赦免死罪，所以才放走他们呢？又怎知那些被放走而又回来的囚犯，没有料到他们自动回来就一定会被赦免自己的死罪，才又回来呢？那种料想到囚犯一定会回来这才放他们回家，这是上面在揣摩下面内心的情形；料想到一定会被赦免死罪才回来，这是下面囚犯在揣摩上面皇帝的内心罢了。我从中看到的是上下互相揣摩内心的想法，才形成了这种声誉，哪有什么布施恩德和遵守信义的事呢？不然的话，唐太宗在全国施行恩德感化的事情，到这次释放犯人已经时隔六年了，却不能让小人不犯极恶大罪，只凭一天的恩德感化，就能使囚犯视死如归，而且坚守信义，这是讲不通的观点啊！”

【原文】

然则何为而可？曰：纵而来归，杀之无赦①；而又纵之，而又来，则可知为恩德之致尔。然此必无之事也。若夫纵而来归而赦之，可偶一为之尔。若屡为之，则杀人者皆不死，是可为天下之常法乎？不可为常者，其圣人之法乎？是以尧、舜、三王之治②，必本于人情，不立异以为高，不逆情以干誉③。

【注释】

①无赦（shè）：不加以赦免。

②三王：这里指夏禹、商汤、周文王和周武王。他们都是儒家崇拜的古代明君。

③逆情：违背情理。干誉：求取名誉。

【译文】

既然这样，那么应该怎么做才好呢？依我说：释放了以后又回来的囚犯，照样杀头不加以赦免；然后再放出一批囚犯，他们又回来了，这样才能知道是皇上布施恩德而使他们这样做的了。然而这必定是不可能的事啊。如果对放出的囚犯在他们回来后就赦免了死罪，可以偶尔做一次。如果总是这样做，那么杀人犯都不会被处死，这可以作为国家的常法吗？不能作为国家的常法，这难道能说是圣人之法吗？所以说，尧、舜、三王的治国之道，一定是以合乎人情为基本出发点，不以标新立异作为高尚的准则，不以违背情理，作为用来博取好名望的手段。

【赏析】

这是一篇史评，是评论唐太宗李世民的假释死刑囚犯之事，也就是轰动一时的，被皇帝下令释放归家后的犯人又全部按时返回而最终被赦免的历史真实事件。

唐太宗李世民，开创了历史上的“贞观之治”，公元633年，李世民下令释放将近400人囚犯回乡一年，等到来年秋收后再回到狱中受刑。这些犯人感激不已，所有犯人到期后全部归狱。李世民很高兴，当场赦免了所有犯人，这就是著名的“四百囚徒归狱案”。

文章通过评论唐太宗李世民的假释死刑囚犯的史实，从“信义行于君子，而刑戮施于小人”说起，定下了全文的基调，标出全文的主旨。然后又换个角度提出了质疑，用君子与小人相比较，指出唐太宗的做法有悖人情，违反法度，是标新立异、沽名钓誉的一种手段，认为此事不足为训，并明确强调了“三王之治，必本于人情，不立异以为高，不逆情以干誉”这一伟大论点。

这篇文章据史立论，最大的特点是逻辑性强，结构严密，层层辨析，布局严谨，结论高远，字字珠玑，无不警醒人心，不愧是一篇对传统见解进行辩驳的上等佳作。

梅圣俞诗集序

【原文】

予闻世谓诗人少达而多穷①，夫岂然哉②？盖世所传诗者，多出于古穷人之辞也。凡士之蕴其所有③，而不得施于世者，多喜自放于山巅水涯之外④，见虫鱼草木风云鸟兽之状类，往往探其奇怪，内有忧思感愤之郁积，其兴于怨刺⑤，以道羁臣寡妇之所叹⑥，而写人情之难言。盖愈穷则愈工。然则非诗之能穷人，殆穷者而后工也⑦。

予友梅圣俞，少以荫补为吏⑧，累举进士，辄抑于有司，困于州县⑨，凡十余年。年今五十，犹从辟书⑩，为人之佐，郁其所蓄，不得奋见于事业。其家宛陵⑪，幼习于诗，自为童子，出语已惊其长老。既长，学乎六经仁义之说，其为文章，简古纯粹，不求苟说于世，世之人徒知其诗而已。然时无贤愚，语诗者必求之圣俞；圣俞亦自以其不得志者，乐于诗而发之。故其平生所作，于诗尤多。世既知之矣，而未有荐于上者。昔王文康公尝见而叹曰⑫："二百年无此作矣！"虽知之深，亦不果荐也。若使其幸得用于朝廷，作为雅、颂，以歌咏大宋之功德，荐之清庙，而追商、周、鲁颂之作者，岂不伟欤⑬！奈何使其老不得志，而为穷者之诗，乃徒发于虫鱼物类，羁愁感叹之言。世徒喜其工，不知其穷之久而将老也，可不惜哉！

【注释】

①少达而多穷：擅长写诗的人在功名富贵或事业上得意的少，而穷困不

得志的人多。达：显达。穷：此指穷困不得志。

②夫岂然哉：难道真是这样吗？岂：难道。

③蕴其所有：胸中怀藏他所有的才学、抱负。蕴：藏蓄，积聚。

④多喜自放于山巅水涯之外：大多喜欢在山水之间放浪。指喜欢过隐居生活。

⑤兴于怨刺：用“见物起兴”的手法表达不满和讽刺。

⑥道：表达出。羁（jī）臣：羁旅之臣，即在外地宦游的官吏，也可泛指贬谪在外的官员。

⑦殆（dài）：大概、几乎。

⑧梅圣俞：梅尧臣，字圣俞，世称宛陵先生，北宋官员、现实主义诗人，梅尧臣为诗力主平淡，反对浮艳，在当时影响很大。有《宛陵先生集》。荫补：因上代官爵而推恩补官。补：指官员有缺额，选人授职。

⑨累举进士：屡次参加进士考试。辄抑于有司：每次都受到主考官的压抑。辄：总是。有司：负有专职的官吏，这里指主考官。困于州县：在州县做小官。困：困厄，指陷在艰难痛苦或无法摆脱的环境中。

⑩辟书：征召的文书。古代地方长官可自行延聘幕僚。

⑪宛陵：宣城，简称宣，古称宛陵、宣州。宣城地处江南，自古便有“南宣北合”一说。自西汉设郡以来已有2000多年的历史，宣城自西汉时起就一直是江东大郡。

⑫王文康公：王曙，字晦叔，宋仁宗时任宰相，卒谥号文康，著有《两汉诏议》《周书音训》《唐书备问》等。

⑬欤（yú）：语气助词，表示疑问、感叹、反诘等语气。

【译文】

我听世人常说，诗人仕途畅达的少，而穷困失意的多，难道真是这样吗？大概是由于世上所流传的诗歌，多出于古代困厄之人的言辞吧。大凡胸中蕴藏才智，却又不能充分施展于世的士人，大多喜爱自由自在地放浪形骸于山水之外，看见虫鱼草木、风云鸟兽之类的物体所显示出来的状态，

往往喜欢去探究它们的奇特怪异之处，内心有了忧愁感慨愤激的情绪郁积之后，就会将这些情感化为诗兴，寄托在怨恨与讽刺之中，以表达羁旅之臣或者是寡居之人的慨叹，从而写出了人在情感上难以直接说出来的言语。大概越困厄就越能写得工巧。如此说来，并非写诗使人穷困潦倒，完全是穷困潦倒之后才能写出工巧的好诗来。

我的朋友梅圣俞，年少时因为“推恩补官”而被补充为地方官吏，后来屡次应考进士，总是遭到主考官吏的压制。因此在这偏远的州县，困厄了十多年。如今已年近五十岁了，还要依靠传送征召文书的途径，成为别人府中的幕僚辅佐他人，使他郁积着自己的才能智慧，却不能得以发奋体现在成就自己的事业上。他的家乡在宛陵，幼年时就学习作诗，从他还是个小孩子的时候起，写出来的诗句就已经能使他的父老长辈惊异了。等到长大以

后，学习了六经仁义的学问，他写出来的文章简古纯正，但从不希求苟且而取悦于世人，因此世人只知道他会写诗罢了。然而当世之人不论贤愚，谈论诗歌的时候，必然会向圣俞请教；圣俞也喜欢把自己认为不得志的地方通过诗歌发泄出来。因此他平时所写的作品，诗歌方面就特别多。现在世人已经知道他的才华了，却没有人向朝廷推荐他。以前王文康公曾看过他的诗作，慨叹地说："二百年来没有出现过这样的诗作了！"虽然对他了解很深，可最终还是没有加以推荐。倘若使他有幸得到朝廷的任用，写出如《诗经》中雅、颂那样的作品，用以歌颂大宋的功业恩德，并献到宗庙，使他有机会能赶上商颂、周颂、鲁颂的写作者，这难道不是很雄壮伟大的事情吗？只可惜他到老也不得志，只能去写困厄者的诗作，白白地在虫鱼之类的身上，去抒发羁旅之愁以及穷苦忧愤的感叹之言了。当世之人只喜爱他诗歌的工巧，却不知道他困厄已久而且即将衰老了，这难道不值得叹息吗？

【原文】

圣俞诗既多，不自收拾。其妻之兄子谢景初①，惧其多而易失也，取其自洛阳至于吴兴以来所作，次为十卷。予尝嗜圣俞诗②，而患不能尽得之，遽喜谢氏之能类次也③，辄序而藏之④。

其后十五年，圣俞以疾卒于京师，余既哭而铭之，因索于其家，得其遗稿千余篇，并旧所藏，掇其尤者六百七十七篇⑤，为一十五卷。呜呼！吾于圣俞诗论之详矣，故不复云。

庐陵欧阳修序。

【注释】

①其妻之兄子：他妻子兄弟的孩子，今称为内侄。

②予：我。尝：曾经。嗜：喜欢，酷爱。

③遽（jù）：骤然，立刻。类次：分类编排。

④辄：立即；就。序：按某种档次排列。

⑤掇（duō）其尤者：选取其中最好的。掇：拾取，摘取。

【译文】

圣俞的诗写了很多以后，胡乱丢弃，他自己也不去收拾整理。他的内侄谢景初担心诗作太多而容易散失，就选取他从洛阳到吴兴这段时间的作品，编为十卷。我曾经酷爱圣俞的诗作，担心不能全部得到它，忽然得知谢景初能为它分类编排，十分高兴，这样就能将他的诗集，立即按照一定的次序排列，并将其珍藏起来了。

自那以后过了十五年，不幸的是，圣俞因病在京师去世，我随后痛哭着为他写好了墓志铭，因此亲自到他家索求诗集作品，然后得到他的遗稿一千多篇，连同我先前所保存的旧作，选取其中特别好的诗作共六百七十七篇，分为十五卷。唉！我对圣俞的诗作曾经评论得很详尽了，所以这里就不再重复述说了。

庐陵欧阳修序。

【赏析】

这是欧阳修为他的朋友梅圣俞的诗集所作的一篇序。梅圣俞是北宋著名诗人，在仕途上终身不得志。他的诗写得很好，风格深远闲淡，欧阳修认为他是“穷而后工”。

本序中，欧阳修对梅尧臣的诗歌才华与创作成就给予了高度评价，并对其仕途不畅、坎坷的一生表达了深深的惋惜之情，同时以他的生活现状为实例，进一步阐述了诗歌创作中的理论性问题。欧阳修认为诗人“内有忧思感愤之郁积，其兴于怨刺”，才能写出好的诗歌来。也就是说，诗人必须有真情实感，才能把难以描摹的情感，在诗篇之中表达出来。

本文行文起伏跌宕，生动而不呆板，多角度、多手法去论证中心论点。为了突出梅诗之“工”，先说他尚在童子时期，就已经“出语已惊其长老”了，为下文长大以后的才华做铺垫；然后说他的文章“简古纯粹”，但他“不求苟说于世”，所以人们只知其诗，却不知其名，这是以文之美来衬托他的诗之工；再然后表述了“时无贤愚，语诗者必求之圣俞”，这里借梅圣俞虽然没能仕途腾达，但其才华早已得到公认，所以在此借公众的推崇来赞扬梅诗之工；接着又写了王文康公对梅诗的赞叹，一句“二百年无此作矣！”这是借名人名言来旁证；最后以“吾于圣俞诗论之详矣，故不复出”作结，表示梅圣俞的诗作特点很多，毋庸赘述，让读者自己去想象、品味，在此通过作者自己对梅诗的热爱来侧面烘托梅诗之精妙，其作品之卓然不群。

这篇序文虚实并举，情致跌宕，之所以历来受人推重，主要在于作者提出了“穷而后工”的创作思想，概括了我国古代诸多文学家的生活与创作之路，对后世文坛颇有影响。

五代史伶官传序[1]

【原文】

呜呼！盛衰之理，虽曰天命，岂非人事哉！原庄宗之所以得天下[2]，与其所以失之者，可以知之矣。

世言晋王之将终也[3]，以三矢赐庄宗而告之曰："梁[4]，吾仇也；燕王[5]，吾所立；契丹[6]，与吾约为兄弟，而皆背晋以归梁。此三者，吾遗恨也。与尔三矢，尔其无忘乃父之志[7]！"庄宗受而藏之于庙。其后用兵，则遣从事以一少牢告庙[8]，请其矢，盛以锦囊，负而前驱，及凯旋而纳之。

【注释】

①《五代史》：记载后梁、后唐、后晋、后汉、后周五个王朝共53年的历史。有新旧两种，《新五代史》为欧阳修著。

②庄宗：后唐庄宗李存勖（xù），他宠用伶官（宫廷演员），任其横行不法，终成兵变。

③晋王：庄宗之父李克用，西突厥沙陀族人，曾参与镇压黄巢起义，封晋王。将终：生命将要终止。

④梁：指后梁太祖朱温，曾追随黄巢，降唐，成为军阀，与李克用长期对峙。

⑤燕王：刘仁恭父子。刘因李克用之荐而为卢龙军节度使，据守幽州。后背晋，其子刘守光受梁封，为燕王。

⑥契丹：辽国。辽太祖耶律阿保机曾与李克用结盟，不久又与朱温联合反晋。

⑦乃父：你的父亲。

⑧少牢：古称祭祀用的猪和羊，称少牢。告庙：通常是指古代天子或诸侯出巡或遇兵戎等重大事件而祭告祖庙。

【译文】

呜呼！国家兴盛与衰败的道理，虽说是天意，难道就没有人为的缘故吗？探究前朝庄宗之所以得天下，以及后来他之所以失天下，就可以知道其中的奥妙了。

世人传说晋王李克用临死之时，曾把三支箭交给庄宗，并告诉他说："梁，是我的仇人啊；燕王，是我亲手所扶立的，契丹，与我订立盟约结为兄弟，可是最终都背叛了我而归附于大梁。这三件事，是我终生的遗恨啊。我给你三支箭，希望你不要忘记你父亲报仇的志愿！"庄宗收下这三支箭并将其藏在宗庙里。此后每次出兵打仗时，就会派遣官员以一种少牢之礼祭祀于宗庙，恭敬地取出那三支箭，然后放入锦缎织的袋子里，背着锦囊冲杀在前，等打了胜仗凯旋归来之时，再把箭重新放回宗庙收藏起来。

【原文】

方其系燕父子以组[①]，函梁君臣之首[②]，入于太庙，还矢先王，而告以成功，其意气之盛，可谓壮哉！及仇雠已灭，天下已定，一夫夜呼[③]，乱者四应，仓皇东出，未见贼而士卒离散，君臣相顾，不知所归。至于誓天断发[④]，泣下沾襟，何其衰也！岂得之难而失之易欤[⑤]？抑本其成败之迹[⑥]，而皆自于人欤？

《书》曰："满招损，谦受益。"忧劳可以兴国，逸豫可以亡身[⑦]，自然之理也。故方其盛也，举天下之豪杰，莫能与之争；及其衰也，数十伶人

困之，而身死国灭，为天下笑。夫祸患常积于忽微⑧，而智勇多困于所溺⑨，岂独伶人也哉⑩？作《伶官传》。

【注释】

①系燕父子以组：913年，李存勖破幽州，擒刘仁恭。刘守光出走，不久也被擒。组：丝带。

②函：木匣，这里指用木匣盛装。梁君臣之首：923年，李存勖灭梁。梁末皇帝朱友贞及大臣皇甫麟自杀。

③仇雠（chóu）：仇敌。雠：同“仇”。一夫夜呼：926年，唐军哗变。李存勖出京避乱，所部二万五千人，不久就被打散，李被乱兵杀死。一夫：一人，指唐庄宗同光四年（926年）发动贝州兵变的军士皇甫晖。

④誓天断发：剪断头发放在地上，并向天发誓。

⑤岂：难道。欤（yú）：表疑问的语气助词。

⑥抑：表转折的连词，相当于“或者”“还是”。本：考究。迹：事迹，道理。

⑦逸（yì）豫：安逸舒适。

⑧忽微：形容微小的事。忽：寸的十万分之一。微：寸的百万分之一。

⑨溺（nì）：溺爱，对人或事物爱好过分。

⑩也哉：语气词连用，表示反诘语气。

【译文】

当庄宗用绳子捆着燕王父子，用木匣装着梁王君臣的头颅，进入宗庙以后，便把箭交还给先王，向先王禀告报仇成功消息的时候，他意气之盛，可以说是无比豪壮啊！等到仇敌已灭，天下已经平定以后，从此开始歌舞升平。忽然有一天，只听一个人在夜间呼喊一声号令，叛乱的人们便四方响应，庄宗立刻仓皇东逃，还没等见到敌人，官兵们就逃散了，只剩下君臣互相瞧着，不知投奔哪里是好。以至于最后他剪断头发，对天发誓，那时候只见他眼泪沾湿了衣裳，这又是多么的衰败啊！难道真是得天下难而失天下容易吗？还是回过头来推究他成功与失败的原因所在吧，难道都是来自于人为的缘故吗？

《尚书》中说："自满招致损失，谦虚得到增益。"忧患与勤劳可以使国家兴盛，贪图安逸舒适的享乐可因此丧失性命，这是很自然的道理。所以当庄宗气势旺盛时，全天下的英雄豪杰无人能同他对抗争雄；等到衰败时，几十个歌舞伶人将他困扰，就可使他命丧国亡，为天下人所耻笑。可见那祸患常常是由微小的事物积累而成的，智慧勇敢的人大多常被所溺爱的人或事困扰，难道仅仅是伶人的过错吗？于是作此《伶官传》。

【赏析】

这是欧阳修编撰《五代史》中的一篇，主要记述了唐庄宗李存勖宠幸伶官，沉溺于酒色，最后死于兵变的史实。这是一篇论理清晰、辞情并茂的著名史论文章。

借助一段伶官演变的历史事件，欧阳修在序文中提出"盛衰之理，虽曰天命，岂非人事哉"这样的问题，并列举史实，阐述了国家的盛衰，事业的成败主要取决于人事的道理，同时提出"忧劳可以兴国，逸豫可以亡身""祸患常积于忽微，而智勇多困于所溺"的论断，不得不说十分令人信服。很显然，作者在文中并未赘述庄宗身世以及伶官逸事详情经过，也未过多地列举史例，而是从之前纷繁的史料中，只选取了具有传奇色彩，颇具典型意义的庄宗得失天下的事件作为线索，展开论述。结尾以一段"及其衰也，数十伶人困之，而身死国灭"精彩的言辞，给出了庄宗亡国的答案，从而使"生于忧患，死于安乐"的道理昭然纸上。而"满招损，谦受益"的道理，更是通过庄公失天下的事实得到了验证。纵观全文，如同醍醐灌顶，令人不胜警醒。

全文以沉重充沛的感情，抑扬顿挫的语调，雄壮饱满的气势，一唱三

叹，阐明“安邦定国”的道理。细细品味，这既是对当时朝廷的告诫，也对后世治国者有借鉴作用，所以说，此文极富现实意义。

五代史宦者传论

【原文】

自古宦者乱人之国[①]，其源深于女祸。女，色而已。宦者之害，非一端也[②]。

盖其用事也近而习，其为心也专而忍；能以小善中人之意[③]，小信固人之心，使人主必信而亲之。待其已信，然后惧以祸福而把持之。虽有忠臣硕士列于朝廷[④]，而人主以为去己疏远，不若起居饮食、前后左右之亲为可恃也[⑤]。故前后左右者日益亲，则忠臣硕士日益疏，而人主之势日益孤。势孤，则惧祸之心日益切，而把持者日益牢。安危出其喜怒，祸患伏于帷闼[⑥]，则向之所谓可恃者[⑦]，乃所以为患也。

【注释】

①宦者：宦官，也叫太监，是一些被阉割后失去性能力的男人，在宫廷内侍奉皇帝及其家族。宦官本为内廷官，不能干预政事，但因为是皇帝最亲近的奴才，所以往往能窃取大权。

②一端：事情的一点或一个方面。

③小善：指一些能得到人君喜欢的小事。中：迎合。意：心思，想法。

④硕士：学问渊博之人。这里指贤能之士。

⑤恃（shì）：依赖、依靠。

⑥伏于帷闼（tà）：祸患潜伏在帷幕宫门之间，这里指潜伏在皇帝身边。闼：寝室旁的小门。帷闼：此指皇宫近侍。

⑦向：原先，以前。

【译文】

自古以来，宦官扰乱君王的国家，比女子造成的祸患还要严重。女子，只不过是使君主沉溺于美色罢了。而宦官的危害，可不止一个方面啊。

宦官所担当的职责就是每天侍奉在君王身边，容易与君王形成亲密关系，他们善用心计、用心专一而且手段毒辣；他们能用微小的好处来迎合君王的心思，能用小小的忠信获得君王的信任，从而使君王一定会信任他们并且愿意亲近他们。等到获得了君王的完全信任，这样以后他们就可以趁机利用祸福来恐吓他、挟制他。这时候虽然有忠臣贤士列位于朝堂之上，但君王认为他们和自己关系疏远，不如侍奉自己起居饮食、每天都在左右侍奉自己的亲随可靠。所以君王与成天在左右侍奉自己的人日益亲密，却对那些忠臣贤士日益疏远，而君王的势力就会因此变得一天比一天孤

立。一旦势单力孤，则惧怕发生祸患的心理就会更加严重，而挟持自己的人的地位就会一天比一天牢固。君王的安危，取决于这些人的喜怒，而祸患就潜伏在君王的内廷之中，于是过去君王认为可以依靠的人，正是现在所能成为祸患的根源啊。

【原文】

患已深而觉之，欲与疏远之臣图左右之亲近，缓之则养祸而益深，急之则挟人主以为质。虽有圣智，不能与谋。谋之而不可为，为之而不可成。至其甚，则俱伤而两败。故其大者亡国，其次亡身，而使奸豪得借以为资而起，至抉其种类①，尽杀以快天下之心而后已②。此前史所载宦者之祸常如此者，非一世也！

夫为人主者，非欲养祸于内，而疏忠臣硕士于外，盖其渐积而势使之然也。夫女色之惑，不幸而不悟，则祸斯及矣。使其一悟，捽而去之可也③。宦者之为祸，虽欲悔悟，而势有不得而去也。唐昭宗之事是已④。故曰："深于女祸"者，谓此也。可不戒哉！

【注释】

①抉（jué）其种类：将为害的宦官及其党羽全部挖取出来。抉：挖，挑出。

②以快天下之心：这样可以使天下人心大快。

③捽（zuó）而去之：揪住并把她除掉。捽：揪。

④唐昭宗之事：这里指唐昭宗为宦官拥立，受其挟制，乃引朱温为外援，宦官则劫持昭宗，双方在凤翔恶战年余。后朱温得势，先杀尽宦官，再杀昭宗和朝臣，后灭唐。

【译文】

当祸患已经很深的时候才发觉，想去和平日里疏远的大臣们商讨一起除掉自己身边的近侍宦官，但行动慢了就会使祸患日益严重，操之过急，就容易出现宦官挟持君王做人质的状况。这时候即使智慧再高的人，也不能与君王共商对策了。就算是能够商议对策，也很难实际着手去做了。即使做了，也有可能不成功。到了情况最严重的时候，很可能产生两败俱伤的后果。所以说，祸患大的可以亡国，相比小一点的也会使自己丧命，并且会使世上的奸雄以及所谓的豪杰们，以此为借口乘机而起，把宦官与其同党全都除掉，使天下人心大快之后才算完。过去历史上记载的宦官之祸往往都是这样的，而且不止一个朝代啊！

作为君王，并不是想在宫中供养宦官使其成为祸患，而在朝堂之上疏远忠臣贤士拒之于千里之外，这都是日积月累逐步而成的，是形势发展使事态变成这样的。至于那沉迷于女色的结局，不幸的是一直执迷不悟，那么祸患就要随之降临了；但是一旦让沉迷者醒悟了，把她们揪出来除掉就行了。而宦者造成的祸患，虽然想有所悔悟，但已经形成的势力过于庞大，使君王没有办法把他们除掉了。唐昭宗灭亡之事就是这样的。所以，“宦官之祸，比女人造成的祸患还要严重”，说的就是这个道理。不可以不有所戒惧啊！

【赏析】

这篇文章是欧阳修为《新五代史·宦者传》所作的传记评论。东汉末年与晚唐时期，宦官弄权的现象越来越严重，以至于先后酿成了亡国的灾祸。欧阳修鉴于此，特在其《五代史》中为宦者立传，阐明宦官专权为害之深，以此作为后世人君的警戒。

本文开篇点题，直接以“自古宦者乱人之国，其源深于女祸。女，色而已。宦者之害，非一端也”为切入点，分两路剖析了祸害国家灭亡的原因所在。接下来详细描述了宦官一步步把持朝政、危害政权的具体过程，从而警告后世君王不要渐积养祸。

关于“宦官之害，深于女祸”，文中侧重描写了宦祸的形成。因为宦官服侍皇帝生活起居等事物，所以更便于了解皇帝的生活习惯与思想志趣，也就更容易把握皇帝的喜怒哀乐，况且他们都是“阉割者”，心理上的恐惧与空虚促使他们要抓住一些什么。在这种情况下，一种不健全的心态也很容易滋生，那就是弄权！这样就可以巩固自己的地位。所以他们就挖空心思去接近皇帝，取得皇帝与后宫受宠者的信任，等待时机成熟。他们先以“小善”“小信”来稳固人心，求得君主的信赖；等到君主完全信任之后，就趁机进谗言，用祸福之事吓唬君主，离间重臣，以达到把持君主之目的。一旦弄权成功，为了确立威望，就专横残忍地排除异己，甚至心狠手辣、不遗余力。而皇帝身边只有宦官时刻不离左右，很多真实信息就被他们拒之门外而一无所知。这样一来，就必然形成君主对宦者“日益亲”，对朝中的忠臣“日益疏”，而君主之势也就自然“日益孤”了，从而造成了君主真假难辨的局面，祸患就成为一种潜在的必然了。等到皇帝清醒过来，发觉养祸已深，想除掉乱政的宦者，但无论速度快慢，都可能会受到一些未知的制约，稍有不慎，就被宦官挟持为人质，甚至弄得“亡国”“亡身”，使天下奸豪趁机以救国为借口乘势而起，杀尽祸乱的宦者而取代国政。至此，作者慨叹一句“此前史所载宦者之祸常如此者，非一世也”，足以发人深思！

文末作者再从君主角度宕开一笔，高呼“‘深于女祸’者，谓此也。可不戒哉！”，这发自肺腑的呼喊，更能使人深入思考，并与开篇相呼应，情深而理切，成就了此篇堪称千古卓绝的传世佳作。

相州昼锦堂记

【原文】

仕宦而至将相，富贵而归故乡，此人情之所荣，而今昔之所同也。盖士方穷时，困厄闾里[①]，庸人孺子，皆得易而侮之[②]。若季子不礼于其嫂，买臣见弃于其妻[③]。一旦高车驷马，旗旄导前[④]，而骑卒拥后，夹道之人，相与骈肩累迹，瞻望咨嗟[⑤]，而所谓庸夫愚妇者，奔走骇汗[⑥]，羞愧俯伏，以自悔罪于车尘马足之间。此一介之士，得志于当时，而意气之盛，昔人比之衣锦之荣者也。

惟大丞相魏国公则不然[⑦]。公，相人也。世有令德，为时名卿。自公少时，已擢高科，登显仕。海内之士，闻下风而望余光者，盖亦有年矣。所谓将相而富贵，皆公所宜素有。非如穷厄之人，侥幸得志于一时，出于庸夫愚妇之不意，以惊骇而夸耀之也。然则高牙大纛[⑧]，不足为公荣；桓圭衮冕[⑨]，不足为公贵。惟德被生民而功施社稷，勒之金石，播之声诗，以耀后世而垂无穷，此公之志，而士亦以此望于公也。岂止夸一时而荣一乡哉?

【注释】

①困厄（è）：指困苦危难，或处境艰难窘迫。闾（lǘ）里：指乡里。

②庸人：指平常的人；见识浅陋、没有作为的人。语出《韩非子·内储说上》。孺（rú）子：多指幼儿、儿童。易：轻视。

③季子：苏秦，字季子。买臣：朱买臣。西汉人，曾以卖柴为生，妻子

不能忍受穷困，弃朱而去。朱买臣做了大官后，妻子要求复婚，被拒。后来朱买臣叫人端来一盆水泼在马头前，让她再全部收回来才肯复婚。

④旄（máo）：竿顶用牦牛尾作为装饰的旗。

⑤骈（pián）肩累迹：肩挨肩，足迹相迭。形容人多拥挤。骈：并列。咨嗟（zī jiē）：赞叹。

⑥骇汗：因惊恐、惶惧而流汗。

⑦大：是尊称。魏国公：指韩琦，北宋大臣，执政多年，并与范仲淹率兵同抗西夏，世称“韩范”。不然：不是这样。

⑧高牙大纛（dào）：高官的仪仗队。牙：牙旗。纛：仪仗队的大旗。

⑨桓圭（huán guī）：古代三公所执玉圭。衮冕（gǔn miǎn）：古代帝王及上公的礼服和礼冠。

【译文】

出仕为官升迁到将相级别，获得了财富与华贵回到故乡，这是大家都认为非常荣耀的事，也是从古到今都一致公认的。一般来说，当读书人的生活艰难穷困时，只能在乡里过着困苦艰难的日子，就连平民和儿童也都来轻视或者侮辱他。比如古时候的季子不被他的嫂子以礼相待，朱买臣因为贫苦困厄而被妻子抛弃。然而一旦穷苦的书生做了高官以后，他们就可以乘着四匹马驾驭的高大豪华的车子，有旗帜在前方开道，又有骑兵卫队在其身后簇拥着，这时候在街边的人，纷纷挤在一起肩并肩脚挨脚地争相观看，而且一边仰望一边赞叹，而之前所说的那些平民男子与愚弄过他的妇女们，则会奔走相告，惶恐惊惧吓得满头大汗，有的甚至惭愧得低头弯腰，慌忙跪在车轮扬起的灰尘和马蹄子中间，虔诚地叩拜并向新贵人悔过请罪。这就是一个普通士子，在他成功得志之时的意气风发，也正是以前人们所比作的那种，穿着锦绣荣归故里的荣耀之事啊！

只有大丞相魏国公则不是这样夸耀自己的。魏国公，是相州人士。从祖辈开始就世世代代都具有美好的德行，都是当时享有盛名的公卿。魏国公在年轻时就已经考取了科举高榜，顺利登上显要的官位。四海之内的人士都能听到他传布四方的德音，仰望其风采播撒的光辉，这样大概也有很多年了。人们所说的做将相，得富贵，都是魏国公平素积累而早就应有的。不像那平素穷困的人，凭一时侥幸得志，出乎庸男和愚妇的意料而使他们惊异，并向他们夸耀。然而威武仪仗、高牙大旗，不足以显示魏国公的荣光；桓圭和礼服，不足以为魏国公显贵。只有恩德遍及百姓，功勋建于国家，骄人的事迹刻入钟鼎碑石，美名被传播在声乐和文章里，以此光耀后世得以永世不朽，这才是魏国公的心志，故而读书人也应该在这点上向魏国公学习才是啊。哪能只谋求于一时的夸耀，只在一乡荣光呢？

【原文】

公在至和中，尝以武康之节[①]，来治于相，乃作昼锦之堂于后圃。既又刻诗于石，以遗相人。其言以快恩雠、矜名誉为可薄[②]，盖不以昔人所夸者为荣，而以为戒。于此见公之视富贵为何如，而其志岂易量哉？故能出入将相，勤劳王家，而夷险一节。至于临大事，决大议，垂绅正笏[③]，不动声色，而措天下于泰山之安[④]，可谓社稷之臣矣[⑤]！其丰功盛烈[⑥]，所以铭彝鼎而被弦歌者[⑦]，乃邦家之光[⑧]，非闾里之荣也。

余虽不获登公之堂，幸尝窃诵公之诗，乐公之志有成，而喜为天下道也。于是乎书。

尚书吏部侍郎、参知政事欧阳修记。

【注释】

①至和：宋仁宗年号。武康之节：韩琦是以武康节度使的官衔担任相州知州的。

②雠（chóu）：同“仇”。矜（jīn）：自大，自夸。

③绅：官服上束在衣外的大带子。笏（hù）：大臣上朝时所执的手板，以便用来指画或记事。

④措：安放，安排；放置。

⑤社稷（jì）：土神和谷神的总称，古时君主都祭祀社稷，后来就用社稷代表国家。

⑥盛烈：盛大的功业。烈：此指功业。

⑦彝鼎（yí dǐng）：泛指古代祭祀用的鼎、尊等礼器。

⑧邦家：国家。邦：古代诸侯封国的称号，后来泛指国家。

【译文】

魏国公在宋仁宗至和年间，曾以武康节度使之职，来此地治理相州，于是在后面园圃空地修建了“昼锦堂”。随后又刻诗于石碑上，以此留给相州的人们。诗中说快意于感恩报仇、自我夸耀声望名誉的行为，都是值得鄙薄的，但他不以昔日人们所夸耀的为荣，反而作为自己的警戒。从这一点可以看出魏国公是如何看待富贵的，而他远大的志向又怎能轻易就测量出来呢？因此他能出大将而入为丞相，一生勤劳为朝廷做事，而且不论平顺之时，还是险难之时都一样恪守节操。至于面临重大事件，决策重要异议之时，总是从容不迫地献计献策，只见他衣带垂而不乱，手中笏板端正，面容不动声色，仿佛把天下放置得像泰山一样安稳，真可以称得上是国家的重臣了！他那丰厚的功德、盛大的功业，都被刻上钟鼎，而且谱成歌曲传唱不衰，这是国家的荣光，而不仅仅是乡里的荣耀啊。

我虽然没有机会登上魏国公的厅堂，却暗暗庆幸曾诵读过他的诗篇，高兴的是魏国公大志有成，令人欢喜的是我可以借此向天下宣告。于是就写下了以上这些文字以作记录。

尚书吏部侍郎、参知政事欧阳修记。

【赏析】

本文是为位于相州的“昼锦堂”写的记。昼锦堂，是当年魏国公韩琦在仁宗至和年间，以武康节度使身份来此地治理相州之时，在州府后面园圃空地修建的庭堂。

作者围绕“昼锦”二字，先描述了一介寒士，寒窗苦读就是为了有朝一日能够金榜题名，然后就可以高官得坐、骏马得骑，那种跨马游街、荣归故里的荣耀是所有人所仰慕期盼的。而那些“困厄闾里”的士子命运则是“庸人孺子，皆得易而侮之”，这简直是天壤之别，但不得不承认，这正是一种世俗现实，是古今所同的。接下来作者生动描述了古人衣锦还乡、得意扬扬的场面。然后以季子、朱买臣为例，进一步说明了读书人穷困时，连庸人孺子都可以轻侮他，而一旦成了达官显贵，那些庸夫愚妇都争着来俯首请罪，生怕得罪了声势正旺的官人。以上这些简述，意在为下文做铺垫。

接下来一句“惟大丞相魏国公则不然”，引出了魏国公与众不同之处。仅仅轻带几笔便道出了魏国公的身世经历，然后着重说明了他之所以能做将相，得富贵，都是他早就应当有的，所以“高牙大纛，不足为公荣；桓圭衮冕，不足为公贵”，只有恩及百姓、建立丰功伟业、为国为民名垂青史、光照后代，才是他的毕生志向；然后实写相州昼锦堂的来历，并由昼锦堂石碑上他的诗句“其言以快恩雠、矜名誉为可薄”，进一步肯定了魏国公对富贵的态度以及他的志向。一句“不动声色，而措天下于泰山之安”，深度赞誉了魏国公面临重大事件临危不惧的风度与卓然超群的政绩积淀。为了突出魏国公的超凡脱俗，反映他高远的抱负，欧阳修主要采取了对比的写作方法，又通过几处反问的句式，使想要表达的思想更加突出与肯定。

文中通过对魏国公的反复赞叹，充分表达了作者对魏国公的敬佩之情，寄寓了自己对为官从政的政治见解，以及作者本人的人生追求。全文叙事简洁有力，含蓄隽永，论理含情，沁人心脾，是历来公认的名篇佳作。

送徐无党南归序

【原文】

草木鸟兽之为物，众人之为人，其为生虽异，而为死则同，一归于腐坏、澌尽、泯灭而已[①]。而众人之中，有圣贤者，固亦生且死于其间，而独异于草木鸟兽众人者，虽死而不朽[②]，逾远而弥存也[③]。其所以为圣贤者，修之于身，施之于事，见之于言，是三者所以能不朽而存也。

修于身者，无所不获；施于事者，有得有不得焉[④]；其见于言者，则又有能有不能也。施于事矣，不见于言可也。自《诗》《书》《史记》所传，其人岂必皆能言之士哉？修于身矣，而不施于事，不见于言，亦可也。孔子弟子，有能政事者矣，有能言语者矣。若颜回者[⑤]，在陋巷，曲肱饥卧而已[⑥]，其群居则默然终日如愚人。然自当时群弟子皆推尊之，以为不敢望而及。而后世更百千岁，亦未有能及之者。其不朽而存者，固不待施于事[⑦]，况于言乎？

【注释】

①一：指一切，全部，都。澌（sī）尽：全部消失。澌：尽。泯灭：指形体痕迹等全部消灭，消失。

②不朽：此处引申为不可磨灭。朽：此指身虽死而言论、事业等依然长存。

③逾：通“愈”，越，更加。弥存：长久存在。弥：指久、远之意。

④有得：指能取得成功。焉：语气助词，无实意。

⑤颜回：曹姓，颜氏，名回，字子渊，鲁国人，春秋末期鲁国思想家，孔门七十二贤之首，是孔子最得意的门生。

⑥陋巷：简陋狭小的巷子。肱（gōng）：指胳膊。

⑦固：固然。待：凭借。

【译文】

各种草木鸟兽被归类为“物”，而世间众人被归类为“人”，人和物生存在世时虽然有所不同，但是在死亡面前却很相同，都会变成腐朽状态，直到消失殆尽罢了。而众人之中，有一些堪称圣贤之人的，他们也要面对这种从生到死的历程，然而只有他们才有与各种草木鸟兽，以及众人有所不同的地方，他们虽然死去了，但他们的精神、功业不可磨灭，而且时间再久也能长久留存。他们之所以被称为圣贤，就在于他们能够修行自身的德行，建立功业，能让世人看到他们著书立说，正是这三者成就了圣贤之人，所以才能死而不朽，而且能够长存于世了。

一个人若能努力修炼个人操守的话，一定能有所成就；若想倾力于建立自身功业，会有获得成功的时候，但也有不能获得的，可见其是受外界因素影响的；若想行文传世、著书立说的话，则被个人天赋所约束，又有能做到和不能做到之分了。有些人能建立功业，却未必能有著作可以流传于世。从《诗》《书》《史记》等著作所记载来看，那里面的人，难道都是善于著书立说的士人吗？至于那些已经修炼了高尚德行的人，但没能建立功业，也没能著书立说的，也是可以流芳百世的。孔子的弟子中，有能参与政事而建立功业的人了，也有能著书立说的人了。就以颜回为例吧，他就是一个睡卧在陋巷穷宅，时常蜷曲四肢忍饥挨饿的穷人罢了，就是后来与大家住在一起时，在与他人相处时也是整天沉默寡言如同一个愚钝之人。然而在当时孔子门生中，众多弟子都极其推崇尊重颜回，自认为无人敢与他相比。而且就算是后世千百年来，也没有人能在德行操守上胜过颜回的。从颜回能够永存不朽的原因来看，固然不是凭借于能够置身于建立功业上，更何况是著书立说呢？

【原文】

予读班固艺文志①、唐四库书目，见其所列，自三代、秦、汉以来，著书之士，多者至百余篇，少者犹三四十篇，其人不可胜数②，而散亡磨灭，百不一二存焉。予窃悲其人，文章丽矣，言语工矣③，无异草木荣华之飘风，鸟兽好音之过耳也。方其用心与力之劳，亦何异众人之汲汲营营④？而忽焉以死者，虽有迟有速，而卒与三者同归于泯灭。夫言之不可恃也盖如此⑤。今之学者，莫不慕古圣贤之不朽，而勤一世以尽心于文字间者，皆可悲也！

东阳徐生⑥，少从予学为文章，稍稍见称于人。既去，而与群士试于礼部，得高第，由是知名。其文辞日进⑦，如水涌而山出。予欲摧其盛气而勉其思也⑧，故于其归，告以是言。然予固亦喜为文辞者，亦因以自警焉。

【注释】

①班固：字孟坚，东汉史学家、文学家，扶风安陵（今陕西省咸阳市东北）人。艺文志：《汉书·艺文志》，是汉代时期出版的图书，是中国现存最早的目录学文献。这部最早的系统性书目，是班固撰写的，简称《汉志》。属于史志书目，《汉书》十志之一。

②不可胜数：数也数不过来。形容数量极多。胜：尽。

③工：工巧。矣：了，语气助词。

④汲汲营营：形容人急切求取名利的样子。

⑤恃（shì）：依赖、依靠的意思。

⑥东阳徐生：徐无党，婺州永康（今浙江永康）人，师从欧阳修学古

文，皇祐五年（1053 年）进士及第，为作者编撰的《新五代史》作过注释。

⑦文辞：指文章。日进：每天都在进步；日渐进步。

⑧予：我。欲：想，希望。摧：摧折；挫伤。

【译文】

我曾读过《汉书·艺文志》、唐《四库书目》等著作，看见当中所列举的，自从上古三代秦汉以来至今，有著作流传的士人，其作品多的能达到百余篇，少的则有三四十篇，其中这样的文人多得数不胜数，然而大部分的作品已随时间而散失消亡，至今只存留不到百分之一二而已。我暗暗悲叹这些作者，他们的文章足够华丽了，语言文字足够工巧了，但如今与花草树木的繁盛随风飘散没有什么区别，就像鸟兽美好的鸣叫掠过耳边一样了。他们创作时竭尽心力，这又和世人为生活急切求取名利的样子有什么分别呢？而且到最后，也是或早或迟地面对死亡，他们的情况和草木、鸟兽、世人一样，全部归于泯灭消失。那么你就会说那“立言”实在是不能依赖的。可如今追求学问的人，他们没有不羡慕古代圣贤能够名声不朽的，可是只知道用一辈子功夫在著述文字之间的，都是极其可悲的人了！

东阳徐生，年少时便跟随我学习古文，所写的文章很好，已经颇得别人称赞。你学成离去后，与那些士子到礼部应考科举，得以名列前茅，因此而名声显著在人前。你的文章日渐进步，有一种如同泉水涌出山谷的气势。不过，我还是希望借本篇文章挫一挫你的锐气，从而勉励你求学之道，因此在你南归之时赠送这篇文章给你，以便告诫你这些肺腑之言。当然，我自己也是相当喜爱为文写作的，因此也要以这篇文章来警示自己一番了。

【赏析】

这篇文章约作于至和元年（1054 年），当时欧阳修任翰林学士兼史馆修撰。徐无党年少时曾师从欧阳修学习古文，并于皇祐五年（1053 年）进士及第，后来曾参与欧阳修编撰的《新五代史》并为之作过注释，此次南归故里，欧阳修提笔作序赠别。

文章前段提出，圣贤是不同于草木、鸟兽、众人的，因为圣贤是“虽死而不朽，愈远而弥存”的。他们之所以被人尊为圣贤，长存不朽，是由于他们曾经立德、立功、立言。这里指明立言为三不朽之一。首先提出“草木”“鸟兽”“众人”三者都无法逃避同归灭亡的自然规律，然后从“众人”中突出“圣贤”，表述了他们独异于万物生命意义所在的原因。接下来列举颜回、班固之所以被后人推崇尊重的事例，以及下文提到的自己曾读过《汉书·艺文志》、唐《四库书目》等著作所见到的现实现象，都是在围绕文章主旨加以论述。

本文所说的“修之于身”“施之于事”“见之于言”，就是常言所说的立德、立功、立言。全文用了一半篇幅，论三者之所以为不朽，并将“修之于身”，也就是将“立德”放在最高地位，将“见之于言”排在第三位，似乎有重道轻文的意思，但这篇文章的主旨，又不在权衡文与道之间的轻重，而另有其深意所在。因此，文章结尾用“亦因以自警焉”，暗暗透出个中深意，同时也表明了自古以来“文辞者”所面临的共同悲哀所在，因此发自肺腑地以此警示徐无党，也是在自我警醒。

这篇文章结构紧凑，前呼后应，回环往复之中呈现出一股情感的旋流，使这篇文章更加逆折有力，理据贯通。

答吴充秀才书

【原文】

修顿首白①，先辈吴君足下：

前辱示书及文三篇，发而读之，浩乎若千万言之多，及少定而视焉，才数百言尔。非夫辞丰意雄，沛然有不可御之势②，何以至此！然犹自患伥伥莫有开之使前者③，此好学之谦言也。

修材不足用于时，仕不足荣于世，其毁誉不足轻重，气力不足动人。世之欲假誉以为重④，借力而后进者，奚取于修焉⑤？先辈学精文雄，其施于时，又非待修誉而为重、力而后进者也。然而惠然见临，若有所责，得非急于谋道⑥，不择其人而问焉者欤⑦？

【注释】

①修：此为欧阳修自指。顿首：磕头；叩头下拜（常用于书信、名帖中的敬辞）。

②沛（pèi）然：充盛貌；盛大的气势。不可御：不可阻挡之意。

③伥伥（chāng chāng）：指无所适从的样子。开之使前：开导他，使他前进。

④假誉：借着别人的称赞，以造成名誉。

⑤奚：文言疑问代词，相当于“胡”“何”。修：指欧阳修自己。

⑥责：求。得非：岂不是。谋道：求道。

⑦欤（yú）：文言助词，表示疑问、感叹、反诘等语气。

【译文】

欧阳修顿首在先辈吴君足下，向您陈述：

此前我有幸接到吴君寄来的书信以及文章三篇，打开后我拜读这些文章，感到其中浩浩然像有千言万言之多，等到我稍微定下神来仔细一看，原来才几百字啊。如果不是您的文辞丰厚、文意雄浑，具有如此浩然盛大而不可阻挡的气势，又如何能达到这种地步啊！然而您还是自我担心没有人开导而使自己有所提高，总是自感无所适从，您这都是好学自谦的话语。

我的才能不足以用在当世，官职不足以使后世感到荣耀，我对于他人的批评和赞誉也无足轻重，气势力量也不足以打动人。世人要想凭借别人的赞誉作为自重的依据，凭借别人的力量提携引进的人，何必来择取于我欧阳修呢？先辈学问精湛，文章雄厚隽永，这样的实力都施用于当今，而这些又不是非要依靠我的赞誉而被推重的、依靠我的力量而被引进的，都是后进的人。然而您却惠然下问，您这样就像是在责求于我，岂不是急于谋求为文之道，以至于没有闲暇时间选择他人就问到我了吗？

【原文】

夫学者未始不为道，而至者鲜焉。非道之于人远也，学者有所溺焉尔①。盖文之为言，难工而可喜，易悦而自足。世之学者往往溺之，一有工焉，则曰："吾学足矣！"甚者至弃百事不关于心，曰："吾文士也，职于文而已。"此其所以至之鲜也。

昔孔子老而归鲁，六经之作，数年之顷尔。然读《易》者如无《春秋》，读《书》者如无《诗》，何其用功少而至于至也？圣人之文虽不可及，然大抵道胜者②，文不难而自至也。故孟子皇皇不暇著书③，荀卿盖亦晚而有作。若子云、仲淹④，方勉焉以模言语，此道未足而强言者也⑤。后之惑者，徒见前世之文传，以为学者文而已，故愈力愈勤而愈不至。此足下所谓“终日不出于轩序，不能纵横高下皆如意”者也，道未足也。若道之充焉，虽行乎天地，入于渊泉，无不之也。

先辈之文浩乎沛然，可谓善矣。而又志于为道，犹自以为未广，若不止焉，孟、荀可至而不难也⑥。修学道而不至者，然幸不甘于所悦，而溺于所止。因吾子之能不自止，又以励修之少进焉。幸甚幸甚！修白。

【注释】

①溺：沉湎，沉溺。形容嗜好至极。

②大抵：大概，大都；表示总括一般的情况。

③皇皇：同“遑遑”。指匆忙，忙迫的样子。不暇：没有闲暇时间。

④子云：汉代扬雄，字子云。仲淹：隋末王通，字仲淹。

⑤强：勉强。

⑥孟、荀：这里指孟子和荀子。

【译文】

大凡求学的人，一开始未尝不是为了学求儒家的“道”，但是能到达“道”之境界的人很少啊。这不是“道”离人很远，而是求学的人过于沉湎于其他方面了。因为作文章的语言，难以做到精细工巧而且令人喜欢，却很容易使作者自己喜悦满足。世上的求学者，往往沉湎于这种情况之中，文章一旦具有精细工巧之处，就说：“我的学问足够了！”甚至抛弃一切事务而不再去关心任何事情，他会说：“我是文士，作文章是我的职业而已。”这就是之所以能达到“道”之境界的人很少的原因了。

从前孔子在年老时回归鲁国，他著写“六经”，只用了几年时间。然而读《易经》时好像没有《春秋》，读《书经》时好像没有《诗经》，可见他用功是何其之少，而达到的境地又何其之高呢？圣人的文章，虽然是一般人所不能达到的，然而大抵还是能从“道”中有所收获的，文章也就不难

依靠自己达到佳妙之处了。所以孟子一生栖遑奔波，只顾忙于追求“道”而没有时间去著书立说，荀子大概也是到了晚年才有时间著述文章留下著作。像汉代扬雄、隋末王通二人勉强模仿别人的语言，完成了著书立说的志向，这就是“道”未充足而勉强去发言著说的例子。后世那些不明白事理的人，只是看到前世的文章著作流传下来，认为所要学习的仅是表面的文采罢了，所以越是用力学习文章的文采、越是勤勉地学习文章的技巧，反而越是写不好文章。这就是您信中所说的“终日不出书房之门，而不能使文章纵横驰骋，挥洒如意”的原因了，也就是所说的学“道”不足啊。如果“道”已经充足，作文章就会自由驰骋于天地之间的广大，沉游于渊泉之深，也是能够无所不到了。

先辈的文章，气势浩荡盛大，可以说是已经很好了。但依然有志于追求“道”，还自谦认为不够广大，如果这样追求不止，孟子、荀子的境界是不难达到的。我学习“道”但未能达到最高境界，不过所幸的

是，我不甘于自我喜悦满足而使自己停滞不前，因为身边有像您这样坚持求“道”不止的人，而且还用这种精神对我的少许进步加以勉励，所以我实在是万分有幸！万分有幸啊！欧阳修敬上告白。

【赏析】

这是一封借回复秀才吴充而谈论文学理论的书信。在答信中，欧阳修阐明了自己对“文”与“道”之间必不可少的关系所发表基本观点。

首先赞誉了吴充行文境界开阔、气势充沛以及谦虚好学、不耻下问的精神。吴充比欧阳修年轻，但欧阳修称吴充为“先辈吴君足下”，是以示谦虚，同时也反映了他对吴充的推重。欧阳修真诚地赞誉了吴充行文的气势，然而能够写出如此“辞丰意雄，沛然有不可御之势”好文章的人却不满足于现状，依旧虔诚地请教他人，这是多么谦虚的求学态度啊！对如此谦虚好学之人，他由衷敬佩，当然不能不给予引导，或者是言之为“愿意欣然交流”了。

接下来连用四个“不足”排比句，介绍了自己的文学常态，也揭露了当时存在的“假誉以为重，借力而后进者”不良现象。这样既批评了那种不学无术、企图借助外力沽名钓誉的世相，同时也赞誉了吴充非同流俗的高贵品质。然后又分析阐述了“文”与“道”的内在关系，侧重强调学者为文要加强道德修养，反对“弃百事不关于心”“终日不出于轩序”的倾向，提出了文人绝对不可“闭门造车”的写作态度。欧阳修先后以孔子“六经之作，数年之顷尔”，又以孟子、荀子为例，总结说明了“道胜者文不难而自至”的道理。接下来，又列举了西汉的扬雄、隋代的王通因“道不足”而勉强为文的“反面”事例。通过一正一反的实例，更有力地论证了“道为本、文为末”的文学思想。

最后围绕求学问道发表言论，呼应前文。赞誉吴充“若不止焉，孟、荀可至而不难也”，实际上也是在肯定文中所阐述的“求道而不止，方能达

到最高境界”的观点。同时也充分体现了欧阳修谦虚好学的品质和奖掖后进的热诚态度，表达了作者要以吴充谦逊向上的精神自勉，永远做一个求道不止的人。

全文注重论题集中，语言明白畅达，字里行间无不流露遒劲有力的气势，给人以明晰通透的启示。

真州东园记①

【原文】

真为州，当东南之水会②，故为江淮、两浙、荆湖发运使之治所③。龙图阁直学士施君正臣、侍御史许君子春之为使也④，得监察御史里行马君仲涂为其判官⑤。三人者乐其相得之欢⑥，而因其暇日得州之监军废营以作东园⑦，而日往游焉。

【注释】

①真州：宋代州名，治所在今江苏省仪征市。

②水会：水路交通的枢纽。

③发运使：全称为江淮两浙荆湖发运使。宋代置此司，负责江南六路漕粮征调运输等事，治所在真州。通常置发运正使一至二人，副使数人，判官数人，共理漕运事宜。

④龙图阁直学士：宋代特有的学士官名，次于龙图阁学士。侍御史：官名，属御史台。

⑤监察御史里行：官名，即代理监察御史。亦属御史台。

⑥相得之欢：指相处关系融洽和睦。

⑦监军：监军使，朝廷派出监视地方军事长官的宦官。

【译文】

真州作为一个州郡，位置正处于东南水运交通的枢纽地带，因此成为江淮、两浙、荆湖发运使的治所。龙图阁直学士施正臣、侍御史许子春担任发运使的时候，恰好是监察御史里行马仲涂担任那里的判官。三个人为他们能够在一起当职而高兴，因而他们趁着空闲的日子，寻找到真州废弃的监军营地，并加以修筑成为东园，从此他们每天都去那里游赏。

【原文】

岁秋八月，子春以其职事走京师①，图其所谓东园者来以示予曰："园之广百亩，而流水横其前，清池浸其右②，高台起其北。台，吾望以拂云之亭③；池，吾俯以澄虚之阁④；水，吾泛以画舫之舟⑤。敞其中以为清宴之堂⑥，辟其后以为射宾之圃⑦。芙蕖芰荷之的历⑧，幽兰白芷之芬芳⑨，与夫佳花美木列植而交阴⑩，此前日之苍烟白露而荆棘也⑪；高甍巨桷⑫，水光日景动摇而上下；其宽闲深靓⑬，可以答远响而生清风，此前日之颓垣断堑而荒墟也⑭；嘉时令节，州人士女啸歌而管弦⑮，此前日之晦冥风雨、鼪鼯鸟兽之嗥音也⑯。吾于是信有力焉⑰。凡图之所载，盖其一二之略也⑱。若乃升于高以望江山之远近，嬉于水而逐鱼鸟之浮沉，其物象意趣，登临之乐，览者各自得焉⑲。凡工之所不能画者，吾亦不能言也，其为我书其大概焉。"

【注释】

①以其职事走京师：因公事到京城去。京师：京城，京都。

②浸其右：浸润于东园的西边。

③吾望以拂云之亭：指拂云亭建在很高的台上。

④俯：俯视。

⑤画舫（fǎng）之舟：装饰华丽的游船。

⑥敞其中：使东园中央开阔。为清宴之堂：建造清宴堂。

⑦射宾之圃（pǔ）：宾客戏射的场地。射：指射箭的游戏。

⑧芙蕖芰（jì）荷：泛指莲花。的（dí）历：花开鲜明、艳丽的样子。

⑨白芷（zhǐ）：香草名，多生于水泽之处。

⑩列植而交阴：成排种植，树荫交互。

⑪苍烟白露而荆棘（jí）：意思是此园开辟之前，是一片荆棘榛莽，上罩青烟，下沾白露的荒凉之地。

⑫高甍（méng）：高高的房脊。巨桷（jué）：巨大的椽木。

⑬宽闲深靓（liàng）：虚敞幽深，景致秀美。靓：漂亮；好看。

⑭颓（tuí）垣（yuán）断堑（qiàn）：倾倒的墙壁和挖断的壕沟。

⑮啸歌而管弦：唱着歌儿，弹奏着乐器。

⑯鼪（shēng）鼯（wú）鸟兽之嗥（háo）音：黄鼠狼和野鸟怪兽嗥叫的声音。

⑰信有力：的确是出了大力。

⑱一二之略也：只画出了十之一二的景致，其余都省略了。

⑲览者各自得焉：游览的人会各得其乐。

【译文】

这年秋季的八月，子春因有公事来到都城，特将他们所建的东园画成图卷带给我看，并对我说："这个东园宽有百亩，有流动的水域横亘在东园的前面，清池浸润在它的右面，高台建在它的北面。台上，我们筑起了可供登高望远的拂云亭；池塘边，我们建起了可供俯视清波的澄虚阁；清澈的流水中，我们可以乘坐装饰华丽的游船浮波逐浪去游赏。在园中开阔的地方建造了可以用来宴饮吟诗的清宴堂，在后园则开辟了一个用来习射娱宾的园圃。池塘里的荷花绚丽夺目，幽兰白芷散发着诱人的芬芳，与那些佳花秀木罗列种植成行，它们的浓荫交织在一起倍感清凉，而开辟之前这里却是苍烟白露、荆棘丛生的地方；如今这里的屋脊高耸，椽木粗大，水光日影上下摇曳相映；这里的厅堂宽敞幽静，向远山发出喊声可以听见回声悠长，而且还能带回来风的清凉，而从前这里却是颓墙破壁、深沟断堑，简直就是荒凉的废墟之地；每当遇到天气晴朗，或是逢年过节的时候，真州的文士美女便来到这里游赏，他们弹琴吹笛，尽情吟诵欢唱，而在过去的日子里，每当遇到风雨呼号、天气阴沉的时候，这里只有黄鼠狼和野鸟怪兽的悲鸣与嗥叫声。我因此才深信人力是可以改变那里的环境的。凡是这图里所画的部分，只是全部景物之中大致的十分之一二罢了。倘若你登高遥望江山的远近之处，就能看见鸥鸟戏水、追逐鱼的鸟儿随之沉浮的景象，这其中自然景物的形象意趣、登高临水的欢乐，以及观赏游览的人都会各得其乐。目前凡是画工画不出来的地方，我也就无法说明了，今日特请您为我们书写出这大概的情形吧。”

【原文】

又曰：“真，天下之冲也①。四方之宾客往来者，吾与之共乐于此，岂独私吾三人者哉②？然而池台日益以新，草木日益以茂，四方之士无日而不来，而吾三人者有时而皆去也，岂不眷眷于是哉③？不为之记，则后孰知其自吾三人者始也？”

予以谓三君子之材贤足以相济④，而又协于其职，知所后先⑤，使上下给足⑥，而东南六路之人无辛苦愁怨之声⑦，然后休其余闲，又与四方之贤士大夫共乐于此。是皆可嘉也，乃为之书。

庐陵欧阳修记⑧。

【注释】

①天下之冲：天下的水道要冲。

②私吾三人者：满足我们三个人的游乐场所。

③眷眷（juàn）：留恋，眷恋。

④三君之材贤足以相济：意为夸赞这三位君子的才干贤能足以相互取长补短，担负朝廷重任。

⑤知所后先：深深了解漕运的缓急先后。

⑥上下给足：京师和各路粮米供运都很充足。

⑦东南六路：指江东、江西、湖南、湖北、两浙、淮南六路。

⑧庐陵：欧阳修的籍贯，宋代为吉州，在今江西省吉安市。

【译文】

子春接着又说："真州，是天下的交通要冲。四面八方的宾客来往不绝，都可以和我们在这里共同游乐，岂只是我们三个人独自享受其中呢？然而池水楼台因日益修葺而更新，花草树木因日益增加才繁茂多姿，四面八方的人士没有一天不来观赏的，可是我们三人总有一天都要离去的，怎能不万分眷恋于此呢？如果不为这东园写一篇记，那么后来的人谁会知道这是我们三人创建的呢？"

我因此说这三个人的才能足以互相辅助成就大事，对他们能够各负其责而又能同心协力，懂得政事的先后与轻重缓急，使官民上上下下粮米都能供应丰足，而身居东南六路的百姓也没有任何困苦愁怨的叹息之声，然后还能享有空余时间休闲娱乐，又能和四方的贤士大夫在园中共同游乐。这都是值得称赞的事啊，于是我欣然为他们写下了这篇文章。

庐陵欧阳修记。

【赏析】

宋仁宗皇祐三年（1051年）八月，当时欧阳修知应天府兼南京留守。应江淮、两浙、荆湖发运副使许子春之请，并根据许子春所带来的图画，以及口头介绍写了这篇文章。

文章开头简单介绍了东园处在真州的位置以及东园的来历。真州位于长江北岸，东临大运河，是水上交通要道，作者以“当东南之水会”加以证明。接着写了许子春三人利用闲暇时间“得州之监军废营以作东园”，然后许子春借来京城办公事之机带来东园图，并向欧阳修介绍了东园的相关情况，具体描述了东园面积与所处位置，描绘了园中有池、台、亭、阁、舟、堂、圃等景物的美丽、壮观与游人的欢乐，形象地将当下的“池塘里的荷花绚丽夺目，幽兰白芷散发着诱人的芬芳，可以骑射游赏，泛舟水上，可以登高望远，歌舞吟唱”与昔日的“苍烟白露而荆棘也”“晦冥风雨、鼪鼯鸟兽之嗥音也”那种荒僻残破、阴森恐怖的破败景象形成鲜明的对比，更能突出赞美这三个人治理一方的政治能力。最后许子春强调了这篇园记诞生的原因，并想让欧阳修写一篇园记，侧面反映了这三位创建园林之人对田园的喜爱，以及恋恋不舍之情。而这种舒适田园生活的环境正是欧阳修所向往的，或许也正是激发他为此欣然落笔写下这篇散文的触点。

文章最后称颂许子春三人能够各司其职，又能通力合作，使朝廷、民间粮米等物品供应充足，东南百姓无怨愁之声，闲暇之时，又可以“与四方之贤士大夫共乐于此”，高度赞誉了他们治理一方的才能与政绩，称其精神之可贵，同时也在呼吁官吏要像他们一样，国家才能和谐富足、国泰民安。

虽然这篇园林碑记只能凭借一幅图卷与主人口述“书其大概”，却能把叙述对象写得如此真实可感、气象万千、美丽诱人，足以证明欧阳修不愧是文学巨匠，后人的文学典范。

六一居士传

【原文】

六一居士初谪滁山[1]，自号醉翁。既老而衰且病，将退休于颍水之上[2]，则又更号六一居士。

客有问曰："六一，何谓也？"居士曰："吾家藏书一万卷，集录三代以来金石遗文一千卷[3]，有琴一张，有棋一局，而常置酒一壶。"客曰："是为五一尔，奈何？"居士曰："以吾一翁，老于此五物之间，是岂不为六一乎？"客笑曰："子欲逃名者乎[4]？而屡易其号。此庄生所诮畏影而走乎日中者也[5]；余将见子疾走大喘渴死，而名不得逃也。"居士曰："吾固知名之不可逃，然亦知夫不必逃也；吾为此名，聊以志吾之乐尔[6]。"客曰："其乐如何？"居士曰："吾之乐可胜道哉！方其得意于五物也，太山在前而不见，疾雷破柱而不惊[7]；虽响九奏于洞庭之野[8]，阅大战于涿鹿之原[9]，未足喻其乐且适也。然常患不得极吾乐于其间者，世事之为吾累者众也。其大者有二焉，轩裳珪组劳吾形于外[10]，忧患思虑劳吾心于内，使吾形不病而已悴，心未老而先衰，尚何暇于五物哉？虽然，吾自乞其身于朝者三年矣[11]，一日天子恻然哀之[12]，赐其骸骨[13]，使得与此五物偕返于田庐，庶几偿其夙愿焉[14]。此吾之所以志也。"客复笑曰："子知轩裳珪组之累其形，而不知五物之累其心乎？"居士曰："不然。累于彼者已劳矣，又多忧；累于此者既佚矣[15]，幸无患。吾其何择哉？"于是与客俱起，握手大笑曰："置之[16]，区区不足较也⑰。”

【注释】

①六一居士：欧阳修晚年自号“六一居士”，此为作者自指。初谪滁山：庆历六年（1046年），欧阳修被贬谪为滁州知州，时年四十岁。谪：贬谪。

②将退休于颍（yǐng）水之上：熙宁元年（1068年），欧阳修在颍州（今安徽阜阳市）修建房屋，准备退休于此。

③三代：这里指夏、商、周三个朝代。金石遗文：指欧阳修所收集的钟鼎和石刻文字的拓本。欧阳修撰有《集石录》，为现存最早的著录金石的专著。

④逃名：逃避名声而不居。

⑤此庄生所诮（qiào）畏影而走乎日中者：引自《庄子·渔父》：“人有畏影恶迹而去之走者，举足愈数而迹愈多，走愈疾而影不离身。自以为尚迟，疾走不休。绝力而死。不知处阴以休影，处静以息迹，愚亦甚矣。”庄生：指庄子。诮：讥笑，嘲讽。

⑥志：记，标记。

⑦“太山”二句：以为心有专注，不闻外物。语本《鹖冠子·天则》：“一叶蔽目，不见太山；两耳塞豆，不闻雷霆。”太山：泰山，在山东泰安。一作“泰山”。

⑧九奏：“九韶”，虞舜时的音乐。

⑨阅大战于涿鹿之原：《史记·五帝本纪》记黄帝与蚩尤战于涿鹿之野，遂擒杀蚩尤之事。

⑩轩裳珪（guī）组：分指古代大臣所乘车驾，所着服饰，所执玉板，所佩印绶，总指官场事物。劳：形容词的使动用法，使……劳累。

⑪乞其身：向皇帝请求退休。

⑫一日：一旦，终有一天。

⑬赐其骸（hái）骨：意思是得到皇帝恩赐，同意他告老退休。

⑭庶几：大概，差不多；或许可以。夙（sù）愿：意思是一向怀有的愿望。

⑮佚（yì）：同“逸”，安逸，安乐。

⑯置之：放在一边。

⑰区区：形容事小，比喻（人或事物）不重要。

【译文】

“六一居士”最初被贬谪到滁州山乡时，自己以“醉翁”为号。既然现在已经年老体弱，而且又多病缠身，所以想辞别官场退居到颍水之滨颐养天年，便又改名号为“六一居士”。

一天，有位客人问我说：“六一，所说的是什么意思呢？”居士说：“我家中收藏的书籍有一万卷，收集记录夏、商、周三代以来的金石文字一千卷，有一张琴，有一盘棋，而且常常备好酒一壶。”客人疑惑不解地说：“你这只是五个一而已，怎么说是‘六一’呢？”居士说：“加上我这一个老翁，将在这五种物品中间慢慢老去，这岂不就是‘六一’了吗？”客人笑着说：“您大概就是那种想逃避名声的人吧？所以才屡次改换名号。这正像是庄子所讥讽的那个害怕影子而在阳光中逃跑的人；我仿佛将看到您像那个人一样，快速奔跑，大口喘着粗气，最终干渴而死，然而名声还是不能得以逃避。”居士说：“我固然知道名声不可以逃避，然后也知道我没有必要逃避；我取用这个名号，姑且是用来记下我的乐趣罢了。”客人说：“那你的乐趣又如何呢？”居士说：“我的乐趣怎么可以说得尽啊！当自己在这五种物品中得到乐趣时，即便是泰山在面前也看不见，迅雷劈破柱子也不惊慌；即使在洞庭湖原野上奏响九韶音乐，在涿鹿之原观看庞大的战役，也不足以形容自己的快乐与舒适之感啊。然而我常常忧虑自己不能在这五种物品中尽情享乐，原因是世间万事给我带来的拖累太多。其中较大的方面有两件，这官车、官服、符信、印绶从外在使我的身体感到劳累，忧患思虑，从内在使我的心中感到疲惫，所以使我身体没有生病却已经显得憔悴，人心还没有衰老而精神却已衰竭，还有什么空闲时间可用在这五种物体上呢？虽然如此，我向朝廷请求告老还乡已有三年了，如果有一天皇上发出恻隐之心哀怜我，能够赏赐我这把老骨头，让我能和这五种物件一起回归田园茅庐，差不多就有希望实现自己素来的愿望了。这便是我之所以自号'六一'来记述我乐趣的原因了。"客人又笑着说："您只知道官车、官服、符信、印绶劳累自己的身体，却不知道这五种物品也会劳累心力吗？"居士说："不是这样的。我被那官场拖累身体已经很辛苦了，但心中还会有很多忧愁；而被这些物品所劳累身体之后，心里却觉得很安逸，而且还会庆幸没有祸患发生。你说我将选择哪方面呢？"于是我和客人一同站起来，握着手大笑说："停止辩论吧，区区小事是不值得比较的。"

【原文】

已而叹曰："夫士少而仕，老而休，盖有不待七十者矣①。吾素慕之，宜去一也。吾尝用于时矣②，而讫无称焉③，宜去二也。壮犹如此，今既老且病矣，乃以难强之筋骸，贪过分之荣禄，是将违其素志而自食其言④，宜去三也。吾负三宜去⑤，虽无五物，其去宜矣，复何道哉！"

熙宁三年九月七日，六一居士自传。

【注释】

①不待七十：古代规定官员七十岁退休（即"致仕""致政"），欧阳修写本文时为六十四岁，所以用他人也有不到七十就告退的事例作为自解。

②用于时：指出仕。

③讫（qì）：最终。无称：没有值得称道的政绩。

④违其素志而自食其言：违背自己的平生志向而说话不算话。欧阳修

早在皇祐元年任颍州知州时，已萌生归田退休之意。后在《归田录序》中明确表示了“退避荣宠，而优游田亩”的心愿。

⑤负：具有，具备。

【译文】

辩论结束之后，居士叹息道：“读书人常说从年轻时开始出仕做官，到年老时就退居休养，但总有等不到七十岁就退休的人。我素来羡慕他们，这是我应当离职的第一点理由。我曾经被当朝任用，但始终没有值得称道的政绩，这是应当离职的第二点理由。身体强壮之时尚且如此，如今既衰老又多病缠身，凭着难以支撑的身体，勉强自己去贪恋过多的荣华与俸禄，这将会违背自己平素的志愿，是在自食其言，这是应当离职的第三点理由。我具有这三点应当离职的理由，即使没有这五种物品，我也是应当离职了，又何必再多说什么呢！”

熙宁三年九月七日，六一居士自传。

【赏析】

这篇文章作于熙宁三年（1070年）。当年欧阳修由青州知州改任蔡州知州。此时的他在政治上想摆脱忧烦祸患，早就有急流勇退的想法，再加上与王安石的政见不合，所以他一直接连上书朝廷请求退休，这是迁任到蔡州后不久创作的一篇文章。

文中首先提到了自封的别号为“醉翁”与“六一居士”。“醉翁”是庆历六年他被贬滁州时的自号，而此刻的他“既老而衰且病，将退休于颍水之上”，所以就又更名号为“六一居士”，表达了自己晚年想摆脱世间烦扰、寄情山水的美好愿望。

接下来采用主客问答的形式，对客人说明了自称“六一居士”的含义，从而表明了自己目前基本只赖于构成“六一”这五种物品打发孤寂无聊的生活现状，另一方面也暗寓了自己想摆脱官场倾轧、尔虞我诈，以及政治抱负不能实现的苦恼与忧患，想早日脱离苦海，过上自己想要的生活。当客人问他“子知轩裳珪组之累其形，而不知五物之累其心乎”时，作者为客人解说词中不难看出，原来他长期被官场拖累已经很劳苦了，而且还要经受身体病患与精神忧患交织的折磨。然而当有这五种心爱的物品相伴的时候，虽然会身体劳累，但那种精神的愉悦所带来的安逸，是旁人所不能理解的，况且还没有了官场随时而来的祸患。两者相比，当然选择后者了。所以也就没有辩论的必要了，于是“与客俱起”，并且握手大笑说“置之，区区不足较也”。

到此又将作者晚年消极隐退的思想显露出来。结尾段在主客对话的基础上，又进一步说明了自己想退隐的三条理由。这三条理由表面上看正当、充分，但字里行间却流露着作者对仕宦生活的厌倦，以及渴望退休田园的迫切心情，即便没有这五种物品共处的乐趣，也“其去宜矣，复何道哉！”可见其决心之坚定，官宦生涯对其伤怀之深。

全文采用了主客问答方式，逐层推进阐述自己心中的思想和情趣，行文跌宕多姿，情感深切，语言平和流畅，寓意深刻。

画舫斋记

【原文】

予至滑之三月[①]，即其署东偏之室[②]，治为燕私之居[③]，而名曰画舫斋。斋广一室，其深七室[④]，以户相通，凡入予室者，如入乎舟中。其温室之奥[⑤]，则穴其上以为明；其虚室之疏以达[⑥]，则栏槛其两旁以为坐立之倚。凡偃休于吾斋者，又如偃休乎舟中。山石巉崒[⑦]，佳花美木之植列于两檐之外，又似泛乎中流[⑧]，而左山右林之相映，皆可爱者。故因以舟名焉。

《周易》之象，至于履险蹈难，必曰涉川。盖舟之为物，所以济险难而非安居之用也。今予治斋于署，以为燕安，而反以舟名之，岂不戾哉[⑨]？矧予又尝以罪谪[⑩]，走江湖间，自汴绝淮，浮于大江，至于巴峡，转而以入于汉沔，计其水行几万余里。其羁穷不幸[⑪]，而卒遭风波之恐，往往叫号神明以脱须臾之命者[⑫]，数矣[⑬]。当其恐时，顾视前后凡舟之人，非为商贾，则必仕宦。因窃自叹，以谓非冒利与不得已者，孰肯至是哉？赖天之惠，全活其生。今得除去宿负[⑭]，列官于朝，以来是州，饱廪食而安署居。追思曩时山川所历，舟楫之危，蛟鼍之出没[⑮]，波涛之汹欻[⑯]，宜其寝惊而梦愕。而乃忘其险阻，犹以舟名其斋，岂真乐于舟居者邪！

【注释】

①滑：滑州，今河南滑县。

②署（shǔ）：官署，衙门。

③治：修理，修建。燕私之居：歇息的地方。

④广：指宽。深：纵深。此指斋室的长度。

⑤温室之奥：指画舫斋最里面的房子。奥：深处。

⑥其虚室之疏以达：靠外边的房子没有墙壁，疏朗而通达。

⑦崷崪（qiú zú）：山峰峥嵘高峻的样子。崪：山峰高耸险峻。

⑧泛乎中流：像泛舟在江河中央一样。中流：水流的中央；江河的中段。

⑨戾（lì）：乖戾，悖谬。哉：用于句尾语气助词，相当于"吗"。

⑩矧（shěn）：况且，何况。予：我。谪：贬谪。

⑪羁（jī）穷不幸：形容仕途挫折，颠沛流徙不定。

⑫叫号神明：呼唤上天保佑。须臾（xū yú）：表示一段很短的时间，片刻之间。

⑬数：屡次。

⑭除去宿负：免去以前受贬谪的罪过。

⑮蛟鼍（jiāo tuó）：指蛟龙与扬子鳄。泛指水族。

⑯汹欻（xū）：这里形容波涛汹涌迅疾的样子。

【译文】

我到滑县三个月后，就在官署东边的偏室，修建了休憩的居所，并把它命名为"画舫斋"。画舫斋的宽度有一间屋子那么大，它的长度有七间屋子那么长，门户之间相互连通，凡是进来观赏过我这画舫斋的人，都说感觉就好像到了船上一样。温暖的居室中略显深暗的地方，就在屋顶部凿洞开窗，使屋子明亮起来；房间空疏通达的地方，就在两边砌上栏杆，当成坐立时的倚靠之处。但凡在斋中休息，就像是在船上休息一样。屋外山石高峻，各种美丽的花草树木分别种植在屋檐下方的两旁，人在斋中坐，又像是泛舟在江流中央，左右两边的山林交相辉映，都是令人喜爱的景色。

于是我就用“舟”来命名我的居室。

记得《周易》的卦上说，涉及经历艰难险阻的，必定会被称作“涉川”。这是因为“舟”作为一种物体，是用来渡过难关而不是用来安居的。如今我在官署修建的居所，原本是用作闲居休憩的，我却用“舟”来命名，这难道不违背常理吗？况且我曾经因为获罪而被贬谪，行走在江湖之间，从汴京溯江绝淮，又沿长江漂流，到了巴峡之地，然后又辗转进入汉水和沔水，总计水路行程有几万余里。这一路颠沛流徙，阻塞多难，而且突然遭遇大风浪恐惧的时候，常常只能呼唤神灵保佑，来祈求使自己脱离危险，从而保住片刻之间可能丧失性命的情形，这种情形已经历无数次了。当恐惧的时候，我环顾船上的人，不是商人就一定是做官的。于是我暗自感叹，以此告诉自己，如果不是贪图利益和身不由己的人，谁愿意到这里来呢？全靠老天的恩惠眷顾，我才得以保全性命。如今我能够除去以往的罪责，继续在朝廷列位任职，来到这滑州，得以饱吃官粮而安居官署。回想起从前我辗转高山江河所有的经历，想起乘船的危险，想到突然有蛟龙和扬子鳄的出没，还有那江河波涛的汹涌险恶，总能使我在睡梦中惊醒。而我如今却忘记了自己遭受的艰难险阻，还用“舟”来命名我的斋室，难道我真的喜欢在船上生活吗？

【原文】

然予闻古之人，有逃世远去江湖之上，终身而不肯反者，其必有所乐也。苟非冒利于险，有罪而不得已，使顺风恬波，傲然枕席之上，一日而千里，则舟之行岂不乐哉！顾予诚有所未暇[①]，而舫者宴嬉之舟也，姑以名予斋，奚曰不宜[②]？

予友蔡君谟善大书[③]，颇怪伟，将乞其大字以题于楹。惧其疑予之所以名斋者，故具以云。又因以置于壁[④]。

壬午十二月十二日书。

【注释】

①诚有所未暇：意思是世乱方甚，自己应该做一番事业，但还不能脱身世外，漫游江湖。

②奚（xī）曰不宜：为什么说不合适呢？奚：文言疑问代词，相当于“胡”“何”。

③蔡君谟（mó）：蔡襄，字君谟，欧阳修的朋友，当时以书法著名。

④置于壁：将字刻于石，砌入墙壁间。

【译文】

然而我听说古时候的人，有的逃离世俗、远离江湖之上逍遥而去，终生都不肯再返回俗世之中，他们肯定会有感到快乐的地方。如果不是在危险当中求得利益，如果不是因为犯罪而身不由己，这样使自己在船上顺风而行，而且面临的是风平浪静，可以傲然倚躺在枕席之上，一日之内就可以行程千里，那么乘船而行难道不是一件乐事吗？考虑到我确实没有空闲的时间，而“舫”是一种休憩娱乐的大船，姑且用此命名我的斋室，为什么说不合适呢？

我的朋友蔡君谟擅长写大字书法，字体颇为奇崛雄伟，我想请求他在斋室的门楣上题写大字。可是又怕他对我的斋室的命名有疑问，所以写了这篇文章加以详细解释说明。然后再将它刻石砌入墙壁之上。

壬午年十二月十二日记。

【赏析】

这篇抒情性文章作于庆历二年（1042 年），当时欧阳修担任滑州通判。这年五月，欧阳修应诏写了《准诏言事上书》，极陈时弊、力主改革，但没得到采纳，而且遭到某些大臣的非议。这种境况下，欧阳修只好请求外任，后被任命为滑州通判。到达滑州后，他在官署的东侧修建一室，题名“画舫斋”，并写下这篇文章借题发挥，抒发内心的抑郁，警醒自己要居安思危，渴望日后能一帆风顺，有所作为。

文章首先阐述了斋室命名的依据，其一是“斋广一室，深七室，其形似舟”；其二是“其虚室之疏以达，则栏槛其两旁以为坐立之倚”；其三是“斋之左右风景如画，花木山石分别两侧，斋置于其中，好似一舟行于山林相间的江水之中”。作者通过描绘画舫斋的结构特点和它所处的自然环境，展现出富有特色的建筑和山石花木交相辉映的美丽画面，表达了自己独特的文人情趣。接着顺应画舫之名，转而言舟。作者先从《周易》说起，用行舟比喻人生处境危难，比喻自己要想从政治旋涡中摆脱出来就如同行舟历尽千难万险。但仔细想来，人生旅途也需要有船来作为战胜艰难险阻的工具，乘风破浪，去享受战胜大风大浪的快乐，这也是人生的一大乐事。接着作者又以“然予闻古之人，有逃世远去江湖之上，终身而不肯反者，其必有所乐也”与现实中自己的经历作比较，反问自己“难道我真喜爱船上的生活吗？”，道出了自己身处政治旋涡中矛盾的心理：“如果不是因为贪求财利，不是因为有罪或身不由己，那么，能够一帆风顺，水波平静，心情平缓地躺在枕席之上，一天便可到达千里之外的地方，这样乘船难道不快乐吗？”然而这两种快乐，看似近在咫尺，却又遥不可及。

全文围绕以舟名斋为主题，反复发挥，逐层递进转折加以剖析，抒写了自己复杂的内心世界。全文情景交融，饱含哲理，充分体现了作者居安思危的思想感情，以及壮志难酬的百般无奈。

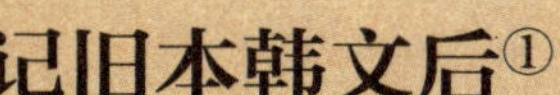

记旧本韩文后①

【原文】

予少家汉东②，汉东僻陋，无学者，吾家又贫，无藏书。州南有大姓李氏者，其子尧辅颇好学。予为儿童时，多游其家。见有弊筐贮故书在壁间③，发而视之，得唐《昌黎先生文集》六卷，脱落颠倒无次序，因乞李氏以归④。读之，见其言深厚而雄博，然予犹少⑤，未能悉究其义，徒见其浩然无涯⑥，若可爱⑦。

是时，天下学者杨、刘之作⑧，号为"时文"⑨，能者取科第⑩、擅名声⑪，以夸荣当世，未尝有道韩文者。予亦方举进士⑫，以礼部诗赋为事⑬。年十有七，试于州，为有司所黜⑭。因取所藏韩氏之文复阅之，则喟然叹曰⑮："学者当至于是而止尔⑯！"因怪时人之不道，而顾己亦未暇学⑰，徒时时独念于予心，以谓方从进士干禄以养亲⑱。苟得禄矣，当尽力于斯文⑲，以偿其素志⑳。

【注释】

①旧本韩文：《昌黎先生文集》，唐代古文运动的主要倡导者韩愈的文集，为其弟子李汉编辑。

②汉东：宋代随州有汉东郡，位于汉水以东。

③见有弊（bì）：一作"见其弊"。弊：同"敝"，破烂，坏。

④因：于是。乞：讨，求人给予。

⑤犹少：年纪还小。

⑥浩然无涯：广大无边。文中指文气汪洋恣肆，不受拘束的样子。

⑦若可爱：好像十分令人喜爱。

⑧杨、刘之作：指杨亿、刘筠的作品。他二人均为宋初西昆派的主要作家。

⑨时文：当时科举考试的程式化文章。

⑩能者：能写“时文”的人。

⑪擅：占有，独占。名声：名气声望。

⑫方举进士：正准备应进士考试。

⑬以礼部诗赋为事：把礼部规定的诗赋体制、程式作为学习的最重要内容。当时进士考试由礼部主持，骈体文、试帖诗为考试的主要科目。

⑭为有司所黜（chù）：被主考官所废弃。黜：罢免；废除。

⑮喟（kuì）然：叹息的样子。

⑯学者：学写文章的人。

⑰未暇学：因忙于准备应试用的骈文和试帖诗而没有工夫学习韩文。

⑱方从：正从事，正追求。干禄：求得官职以领取俸禄。

⑲当尽力于斯文：应该用尽全力来学习韩愈的文章。

⑳偿其素志：实现自己平生的愿望。

【译文】

我年少时家住汉东郡，汉东地区偏僻落后，没有做学问的人，当时我家又贫穷又没有藏书。州城南部有一个姓李的大户人家，他的儿子尧辅相当好学。在我还是孩童的时候，经常闲游到他家去玩。那时候，我看见他家有个破竹筐贮存着旧书，就放在墙壁间，我打开并且向里边看，发现里边有唐代《昌黎先生文集》六卷，可惜的是这书页缺损，文字遗漏，前后颠倒，没有次序，因而请求李家送给我拿回家去看。读了这本书以后，发现它的言论深刻扎实，并且雄奇广博，但是当时我还年轻，不能深刻理解它的全部含义，只是觉得它浩瀚无边，好像特别喜爱的样子。

当时，天下求学古文的人都把杨亿、刘筠写的文章称为“时文”，善于写时文的人便能考取功名，可以独占大好名声，凭此在当世受到称赞，得到荣耀，却从来没有人称道韩愈的文章。当时我也正在努力考取进士，把礼部规定的诗赋作为自己的学习任务。十七岁那年，我参加州试，被主考官所除名。因而拿起所收藏的韩愈文集又仔细阅读，读完以后就长叹说：“求学的人应当达到这种境界才能停止啊！”因而好奇当今的人为何不称道韩文，可自己又没有空闲时间去钻研学习，我只能常常在心里暗自打算，心想自己目前正在努力考取进士，应该早日求得功名获取俸禄，以此来奉养母亲。如果将来能够获取官名禄位，一定要努力钻研韩愈的文章，来实现自己平日的志愿。

【原文】

后七年①，举进士及第②，官于洛阳③，而尹师鲁之徒皆在④，遂相与作为古文。因出所藏《昌黎集》而补缀之⑤，求人家所有旧本而校定之。其后天下学者亦渐趋于古，而韩文遂行于世。至于今，盖三十余年矣。学者非韩不学也，可谓盛矣。

呜呼！道固有行于远而止于近，有忽于往而贵于今者，非惟世俗好恶之使然，亦其理有当然者⑥。故孔、孟惶惶于一时⑦，而师法于千万世。韩氏之文，没而不见者二百年，而后大施于今⑧。此又非特好恶之所上下⑨，盖其久而愈明，不可磨灭。虽蔽于暂⑩，而终耀于无穷者，其道当然也。

【注释】

①后七年：七年后。

②及第：科举考试中第，即考中。

③官于洛阳：欧阳修中进士后，任西京留守推官，在洛阳。

④尹师鲁：尹洙（1001—1047年），洛阳（今河南洛阳市）人，北宋散文家，世称“河南先生”。

⑤补缀（zhuì）：修补装订。

⑥亦其理有当然者：也有其本身应该如此的道理。

⑦惶惶：心中焦虑不安的样子。

⑧大施于今：盛行于今。

⑨非特：不仅，不只。

⑩蔽于暂：一时被埋没。

【译文】

七年后，我考中了进士，在洛阳做官，而且尹师鲁等人当时也都在洛阳，于是就相互呼应一起研究写作古文。我因此拿出所保藏的《昌黎集》加以认真修补整理，同时还寻找别人家中保存的旧本对其进行校对确定。从这以后，天下求学的士子，也渐渐趋向于学写古文，于是韩愈的文章很快就在世上流行。到现在，大概有三十多年了。求学的人除了韩文外不学习别人的文章，可以说是盛况空前了。

唉！一种学说固然有在远方流行却不在近处流行，在过去被忽视而在现在受尊重的情况，这不仅因为世俗的喜爱与厌恶才使它这样的，也有其必然的道理。所以说，孔子、孟子在当时整日匆匆奔忙而不得志，但后来却被千秋万代尊为效法学习的榜样。韩愈的文章，一直埋没不被世人发现已达两百年，却大大流行于当今世上。这又不只是世人的喜爱或厌恶所能抬高或贬低的，而是因为时间越久，它们就越有光彩，是不可以磨灭的。虽然暂时被掩盖，但终究会光耀于世世代代，这就是因为其中的“道”，所以理当如此了。

【原文】

予之始得于韩也，当其沉没弃废之时，予固知其不足以追时好而取势利[①]，于是就而学之，则予之所为者，岂所以急名誉而干势利之用哉[②]？亦志乎久而已矣[③]。故予之仕，于进不为喜，退不为惧者，盖其志先定而所学者宜然也。

集本出于蜀[④]，文字刻画颇精于今世俗本[⑤]，而脱谬尤多[⑥]。凡三十年间闻人有善本者[⑦]，必求而改正之。其最后卷帙不足[⑧]，今不复补者[⑨]，重增其故也[⑩]。予家藏书万卷，独《昌黎先生集》为旧物也。呜呼！韩氏之文之道[⑪]，万世所共尊，天下所共传而有也[⑫]。予于此本，特以其旧物而尤惜之[⑬]。

【注释】

①予：我。势利：势力和利益，文中指高官厚禄。

②急名誉：急于求名。

③亦志乎永而已矣：也不过是久有此志罢了。

④集本：指欧阳修从李氏所得《昌黎先生文集》的版本。蜀：今四川省一带。

⑤世俗本：社会上流行的本子。

⑥脱谬（miù）：文字的脱落、错误。

⑦善本：珍贵罕见、校勘精确完好的版本。

⑧卷帙（zhì）：书籍可舒卷的叫卷，编次的叫帙。泛指书籍；卷数。

⑨不复补者：不再补配的原因。

⑩重增其故：不轻率地增补残本，以保持旧本的原貌。

⑪韩氏之文之道：韩愈的文统和道统。

⑫万世所共尊，天下所共传：意思是永远会受到世人的尊崇，得以在天下流传。

⑬特以：只因为。尤：特别。

【译文】

我最初得到韩文，是在它被埋没抛弃的时候。我原本就知道它不能用来追赶时尚爱好和取得权势利益的，却在这种情况下接近并学习它，那么我的举动，难道是为了急于取得名誉和追求权势利益吗？其实我不过是志在久远罢了。所以我出仕做官时，对升官不感到高兴，对贬官也不感到畏惧担心，就是因为自己的志向早已确定，而所得的学问也使我这样去做。

《昌黎先生集》是从蜀地传过来的，文字雕刻比现在世上通行的版本更为精工，但是脱漏和错误特别多。在这三十年中，我每听说别人有校勘完好的版本，就一定要找来加以校改订正。文集的最后几卷残缺，现在没有再补上的原因，是为了保持原样，不轻率增加。我家中现在藏书有一万卷，唯独《昌黎先生集》是旧物。呜呼！韩愈的文统和道统，是应该世世代代共同尊崇，应该天下共同传诵，共同享有的珍贵遗产。我对于这本《昌黎先生集》，只因为它是难得的旧物，所以就特别珍惜它。

【赏析】

本文约作于宋英宗治平年间（1064—1067 年）。宋初骈俪文流行，古文不受重视，后来经过欧阳修的大力提倡学习韩文以及亲身引领，宋代古文运动才得以蓬勃发展。在韩文“大行于世”的鼎盛时期，欧阳修回顾这三十余年的历程，写下了这篇文章。

文中第一段首先记叙了自己少年时期偶得《昌黎先生文集》的始末。他孩童时代在一个大户人家的一个破筐里发现的，不过已经“脱落颠倒，无次序”，在此间接说明韩愈文风已经衰落，甚至韩文随便被丢弃在“弊筐贮故书”之中而不被重视。他当时虽然还不能读懂韩文道统的深刻含义，但仍是爱不释手，从而引出下文；接下来叙说“杨、刘之作，号为‘时文’，能者取科第”，从而点名了当时科考的形势、风气以及自己为发扬韩

文而积极进仕的决心和经过，从而揭示了韩文不能盛行的原因，以及自己也是为了考取功名赡养母亲才暂作放弃，并且暗中在心里盘算，如果能够获取官名禄位，一定努力钻研韩愈的文章，来实现自己平日的志愿。

后来果然考取了功名，并且结识了志同道合的尹师鲁、梅尧臣等几个好朋友，然后他们一起致力于研学推行古文运动，前后经三十年的努力才使“韩文遂行于世”，以至于掀起了“学者非韩不学”之风。这段记叙很简单，但是它灌注了作者半生的精力。因为他除自己创作大量简洁明畅、跌宕多姿的散文外，更重要的是团结、奖引和培植了许多有名气的作家，如“三苏”、王安石、曾巩，使古文彻底击溃了“时文”，这场古文运动在中国文学史上占有极其重要的地位。

接下来根据韩文“没而复盛”的事实，阐明“道”即使可能暂时泯没，但其内涵所放射的光辉，是永世不可磨灭的道理，并列举了孔子、孟子为了推行他们的学说游说列国却没有人接受，但后来却被世人尊为师表、被人效法的事实，进一步证实了文道“非惟世俗好恶之使然，非特好恶之所上下”的道理。

最后，作者又进一步说明了自己校补韩文的情况、遵照的原则，表达了他对先辈的尊重，一句“予于此本，特以其旧物而尤惜之”，更加突出表达了自己对韩文的无比钟爱。

全文时叙时议，间或抒情，语言朴实，情感真挚，字里行间都透露出自己对韩文的敬仰和无比珍爱之情。

苏氏文集序

【原文】

予友苏子美之亡后四年[1]，始得其平生文章遗稿于太子太傅杜公之家[2]，而集录之以为十卷[3]。

子美，杜氏婿也，遂以其集归之，而告于公曰："斯文，金玉也。弃掷埋没粪土，不能销蚀[4]。其见遗于一时[5]，必有收而宝之于后世者。虽其埋没而未出，其精气光怪已能常自发见[6]，而物亦不能掩也。故方其摈斥摧挫、流离穷厄之时[7]，文章已自行于天下。虽其怨家仇人，及尝能出力而挤之死者，至其文章，则不能少毁而掩蔽之也[8]。凡人之情，忽近而贵远。子美屈于今世犹若此，其伸于后世宜如何也！公其可无恨[9]。"

予尝考前世文章政理之盛衰[10]，而怪唐太宗致治几乎三王之盛[11]，而文章不能革五代之余习[12]。后百有余年，韩、李之徒出，然后元和之文始复于古[13]。唐衰兵乱，又百余年而圣宋兴[14]，天下一定，晏然无事。又几百年，而古文始盛于今。自古治时少而乱时多。幸时治矣，文章或不能纯粹，或迟久而不相及。何其难之若是欤？岂非难得其人欤？苟一有其人，又幸而及出于治世，世其可不为之贵重而爱惜之欤？嗟吾子美，以一酒食之过，至废为民而流落以死[15]。此其可以叹息流涕[16]，而为当世仁人君子之职位宜与国家乐育贤材者惜也[17]！

【注释】

①苏子美：苏舜钦，字子美，是北宋著名的诗人、古文家，他面对当时的浮靡文风，独立不阿，和穆修一起提倡古文，是北宋诗文革新运动的先驱者。亡后四年：苏舜钦庆历八年（1048 年）去世。此文作于皇祐三年（1051 年），前后四个年头。

②太子太傅杜公：杜衍，字世昌，越州山阴人。曾与晏殊、韩琦、范仲淹、富弼同时执政。庆历六年以太子少师致仕，皇祐元年进位太子太傅，故有此称。

③十卷：今本《苏学士集》有 16 卷。《四库总目提要》云："修序称十五卷，晁陈二家目并同，而此本乃十六卷，则后人又有所续入。"

④销蚀：腐蚀损坏。销：古同"消"，消散，消失。

⑤见遗：被遗弃，不被重视。

⑥精气光怪：指灵气和发散出来的斑斓光芒。自发见：自己散发出来。

⑦方其摈（bìn）斥摧挫、流离穷厄之时：正当他遭到排挤、受到挫折的时候。摈斥：被排斥。摧挫：受攻击，遭受挫折。穷厄：陷于困境。厄：困窘。

⑧"尝能出力而挤之死者"三句：这里指攻击、诬陷苏舜钦的王拱辰等人。据《宋史纪事本末》记载，庆历五年，苏舜钦当时任监进奏院，循例祀神，以伎乐娱宾，王曙之子集贤院校理王益柔又在宴席上戏作傲歌。御史中丞王拱辰一向嫉恨范仲淹和杜衍，苏、王皆范仲淹所荐，苏又是杜衍之婿，为了借机攻击范和杜，王拱辰于是暗中指使御史鱼周询、刘元瑜举奏此事，弹劾苏、王等人，致使苏舜钦被革职为民，王益柔被贬为监复州酒税。同席被斥者十余人，皆知名之士。不能少毁而掩蔽之：不能有一点点攻击诋毁之词，也不能掩盖住苏氏文章的光芒。

⑨无恨：不要感到遗憾。恨：遗憾。

⑩尝：曾经。考：考察。

⑪三王：指夏禹、商汤和周武王，他们是夏、商、周三代的开国君主，治国的业绩十分突出。

⑫革：改变。五代：指梁、陈、齐、周、隋五个朝代。余习：遗留下来的习俗。唐初诗文沿袭了五代浮靡纤丽的文风，所以说“不能革五代之余习”。

⑬韩：韩愈，字退之。他是唐代著名的文学家，唐代古文运动的领袖。李：李翱，字习之，他是韩愈的弟子，师从韩愈，积极推行古文运动。元和：唐宪宗李纯的年号。复于古：韩愈等人提倡写奇句单行的散文，反对偶句双行的骈文，对文风、文体和文学语言进行了全面改革，主张以秦汉文为宗，所以说“复于古”。这场古文运动主要在元和年间推行和实践，所以称“元和之文始复于古”。

⑭“唐衰兵乱，又百余年而圣宋兴”以下六句：唐衰兵乱：指唐代衰落，唐末黄巢举行起义，嗣后出现梁、唐、晋、汉、周五代时期。又百余年：这是指由唐懿宗咸通元年（860年）到宋太祖建隆元年（960年），其间共101年，故称“百余年”。一定：指天下统一。晏然：天下安定太平。几：几乎，接近。

⑮以一酒食之过：因为一场宴席的过失，此指苏舜钦因祭神宴客而被弹劾事。废为民：指苏舜钦被废黜革职为民。

⑯流涕：流泪。

⑰乐育贤材：乐于培养贤德的人才。这全句的意思是说，苏舜钦之死，会使当时处在应为国家乐育贤材职位的仁人君子感到痛惜。

【译文】

我的朋友苏子美去世后四年，我才在太子太傅杜公家里得到他生平所写的文章遗稿，并且将其收集抄录整理成十卷。

子美，是杜家的女婿，于是我又把这部文集归还给杜家，并告诉杜公说："这些文章，是珍贵的金玉啊。即使被丢弃埋没在粪土中，也不会消磨腐蚀的。尽管现在一时间被遗弃，将来一定有人收藏并且视为珍宝流传给后世的。即使它被埋没而没有显露出来，可是它的精神灵气、奇异的光芒早已常常自动显现出来了，而且任何外物也无法掩盖它。所以当子美遭受排挤挫折、流离困窘的时候，他的文章却早已流传于天下了。即使他的怨家仇人，以及曾经出面极力排挤而将他置于绝境的人，在他的文章面前，则一点都不能贬低诋毁他，或者加以遮蔽掩盖了。通常人的感情，都是忽视近代而重视远古。子美曾经委屈于当世而困窘地生活，他的文章还如此受人重视，将来他的文章流传到后世，该会受到人们怎样的喜爱啊！杜公您可以没有遗憾了。"

我曾经考察过前代文学、政治的兴盛衰落，很奇怪唐太宗将国家治理得兴盛太平，几乎接近"三代圣王"的盛世时代，可是在文章写作方面，却不能革除齐、梁等五代时期浮靡文风的残余习气。此后一百多年，才有了韩愈、李翱这些人的出现，在这之后元和年代的文章才恢复了古代传统。后来唐朝日渐衰亡，战事混乱，就这样又过了一百多年，圣明的大宋兴起，天下得以统一安定，举国上下安然无事。又过了将近百年，古文才开始在今天兴盛起来。自古以来就是天下大治的时候少，而战乱的时候多，幸时的政治兴盛了，而文章有的不能纯正精粹，有的过了很久还是赶不上时代的步伐。为什么会如此困难呢？难道不是因为难以得到像子美这样能够振兴文风的人才吗？如果有这样的人，而且又很幸运地出生在太平盛世，世人还会不会为了权贵和重视与否，而去喜欢并怜惜他呢？可叹我的朋友子美，因为一顿酒饭的过失，以致被罢官为民，最后流落异乡而死。这真是令人忍不住叹息流泪之事，同时也替当今那些职责上应该为国家选育贤德人才的仁人君子而感到惋惜啊！

【原文】

子美之齿少于予①，而予学古文，反在其后。天圣之间，予举进士于有司，见时学者务以言语声偶擿裂②，号为时文③，以相夸尚④，而子美独与其兄才翁及穆参军伯长⑤，作为古歌诗、杂文，时人颇共非笑之⑥，而子美不顾也。其后，天子患时文之弊，下诏书，讽勉学者以近古⑦。由是其风渐息，而学者稍趋于古焉。独子美为于举世不为之时，其始终自守，不牵世俗趋舍，可谓特立之士也⑧。

子美官至大理评事、集贤校理而废，后为湖州长史以卒⑨，享年四十有一。其状貌奇伟，望之昂然而即之温温⑩，久而愈可爱慕。其材虽高，而人亦不甚嫉忌，其击而去之者，意不在子美也⑪。赖天子聪明仁圣，凡当时所指名而排斥，二三大臣而下，欲以子美为根而累之者⑫，皆蒙保全，今并列于荣宠⑬。虽与子美同时饮酒得罪之人⑭，多一时之豪俊，亦被收采，进显于朝廷⑮。而子美独不幸死矣，岂非其命也？悲夫！

庐陵欧阳修序。

【注释】

①齿少于予：年龄比我小。齿：年龄。

②声偶：指讲究音韵平仄对偶。擿（tī）裂：割裂。

③时文：此指宋时流行的文体。

④夸尚：夸耀推崇。

⑤才翁：苏舜钦的兄长苏舜元，字才翁。穆参军伯长：穆修，字伯长。曾担任颍州文学参军。北宋初文学家，以散文著称，是宋代古文运动的先驱。

⑥杂文：这里指古文。非笑之：讥笑他们。

⑦下诏（zhào）书，讽勉学者以近古：皇帝颁布诏书，教诲鼓励那些学习文章的人要革除时文之弊、要接近古人文风。讽勉：教诲鼓励。近古：

指接近古代，即学习古文。一作“趋于古焉”。

⑧特立之士：指志行卓越，与众不同的人。

⑨长史：州府属官，无实际职掌，只是闲散之职。卒：死亡。

⑩昂然：高傲。即之：靠近他。温温：和蔼可亲的样子。

⑪意不在子美：意思是说王拱辰等人诬陷、弹劾苏舜钦，意在打击杜衍、范仲淹等人。

⑫欲以子美为根而累之者：指想要以苏舜钦之事为根由而受牵累的那些人。

⑬列于荣宠：列于受宠重用的荣耀地位。

⑭同时饮酒得罪之人：指那些曾经参加宴饮的人，有王洙、王益柔、吕溱、宋敏求、蔡襄、刁约等人。

⑮亦被收采：那些人在事件平息后均复职，所以说“亦被收采”。进显：职位晋升，地位贵显。

【译文】

子美的年龄比我小，可是我学习古文的时间，反而在他之后。天圣年间，我在有司参加科举进士考试，见到当时学习写文章的人，按照要求务必追求文辞声调对偶和摘取古人文句才算好文章，并称之为“时文”，还以此相互夸耀推崇，唯独子美和他的兄长苏才翁以及穆参军写作古体诗歌和杂文，当时的人都很惊奇并且都在非议讥笑他们，但子美却不去理睬那些人。不过从那以后，皇帝担忧时文的弊端，于是发布诏书，勉励学写文章的人要革除时文之弊、学习接近古人文风。从此那种推崇时文的风气才渐渐停止，而学写文章的人也稍稍趋向古文了。只有子美在全世界的人都不写古文的时候，他还始终独自坚守，不受世俗的趋势取舍牵绊，真可以称得上是个具有独立见解的人了。

子美的官职升迁到大理评事、集贤校理就被废黜撤职了，后来担任湖

州长史直到死去，享年四十一岁。他的形貌奇俊魁伟，看上去很高傲的样子，可是接近他时就会感到非常和蔼可亲，相处时间长了就会更加令人喜爱仰慕了。他的才华虽然很高，但是别人对他也不怎么嫉恨，那些攻击他，而且把他排挤走的人，其实用意不在打击子美本人。后来完全仰赖皇上聪明仁圣，凡是当时被指名而且受到排斥的人，从两三个大臣往下，所有想借苏子美事件为根由而受到株连陷害的人，全被保全下来了，现在都得到了皇上赐予的荣耀与恩宠。虽然当年跟子美一起饮酒的人获罪，但很多都是闻名一时的杰出人物，所以现在也都重新被收录选用了，进身在朝廷上担任显要职位。唯独子美不幸死了，这难道不是他的命运吗？真是悲哀啊！

庐陵欧阳修序

【赏析】

苏子美是北宋著名的诗人、古文家，曾和文学参军穆修一起提倡古文，是北宋诗文革新运动的先驱者。在围绕“庆历新政”的政治斗争中，苏舜钦受到守旧派的攻击、诬陷，被贬黜而归，不幸早亡。这篇文章是欧阳修在整理、编集亡友苏舜钦遗稿之后，怀着无比思念之情而写的序言，高度赞赏了苏子美的文学价值，怜惜其不幸遭遇，在为朋友鸣不平的同时，也对那些守旧派传达了一种无比愤慨之情。

这篇序言首先简略交代了编辑《苏氏文集》的过程。先从文学角度对苏氏作了极高的评价，字里行间无不充满着赞赏之情。然后站在政治盛衰与文章盛衰的角度，欧阳修没有直接给出结论，而是发出了沉重的叹息：“嗟吾子美，以一酒食之过，至废为民而流落以死”。至此使读者了解了苏舜钦倡导古文运动所经历的人生遭遇。为了加深哀其不幸的艺术效果，欧阳修又站在国家的角度再次感发沉重的哀叹：这样一位不随波逐流，引领文学潮流之人却要遭受罢黜的命运，最终抑郁而亡，怎能不令人扼腕痛惜？在此段文字里，作者既申之以理，又动之以情，使情理交融。

结尾通过回忆好友生前的音容笑貌，表明了如此和蔼可亲、奇伟杰出的一代英才，却不幸死于政治斗争的旋涡中，实在令人惋惜不止。尤其写到所有因此案受到牵连之人“皆蒙保全，今并列于荣宠”，“被收采，进显于朝廷”，而唯独子美“不幸死矣，岂非其命也？”之时，心中的愤慨之情如同江河翻涌而出，带着无比悲壮远去。至此，序文在这沉痛的哀悼声中结束，却留下了斩之不尽的悲鸣，更有无尽的社会反思。

全文把叙事、议论、抒情融为一体，一唱三叹，不仅慷慨激昂，而且极富文学情韵。

参考文献

[1] 郭正忠，宋心昌 . 欧阳修及其作品选 [M]. 上海 ：上海古籍出版社，1998.

[2] 陈新，杜维沫 . 欧阳修选集 [M]. 上海 ：上海古籍出版社，2016.

[3] 洪本健 . 欧阳修诗文集校笺 [M]. 上海 ：上海古籍出版社，2009.

[4] 刘扬忠 . 欧阳修集 [M]. 南京 ：凤凰出版社，2014.

[5] 李之亮 . 欧阳修集 [M]. 郑州 ：中州古籍出版社，2010.

[6] 刘扬忠 . 欧阳修集 [M]. 长春 ：吉林文史出版社，2012.

[7] 谭新红 . 欧阳修词全集 [M]. 武汉 ：崇文书局，2015.